Tout
pour Toi
ANDREW GREY

Tout pour Toi

Andrew Grey

Publié par
DREAMSPINNER PRESS

5032 Capital Circle SW, Suite 2, PMB# 279, Tallahassee, FL 32305-7886 USA
www.dreamspinnerpress.com

Édition e-book en français : 978-1-64405-076-7
Édition imprimée en français : 978-1-64405-077-4
Première édition française : novembre 2018
v 1.0

Édité aux États-Unis d'Amérique.

À Holly et Mike : vous êtes ma famille,
et j'en suis reconnaissant tous les jours !

I

— COMMENT SE passe ton nouveau travail ? demanda Casey alors que Reggie Barnett, le nouveau shérif de Sierra Pines en Californie, approchait son ami chez *Barney's*.

Reggie leva les yeux au ciel et s'assit sur le seul siège disponible du lieu avec un soupir de soulagement.

— Puis-je au moins avoir une bière avant que tu commences l'Inquisition espagnole ? demanda-t-il, essuyant ses yeux pour en retirer la poussière, et essayant de prendre une seconde pour laisser quelques-uns d'une longue liste de problèmes avec le département le quitter juste pour quelques heures.

— Personne ne s'attend à l'Inquisition espagnole ! Parodia son ami de retour dans son style complet de Monty Python.

Reggie eut un petit rire, relâchant un peu de tension. Il aurait dû savoir que voir ses amis lui ferait du bien. Ils avaient été ensemble à l'université. Casey était maintenant avocat et se construisait une solide réputation. Vick était pharmacien hospitalier. Et Bobby, le plus intelligent du lot, qui s'était placé premier de leur année à Davis, était maintenant à Berkeley finissant un master et planifiant un doctorat en mathématiques. Les nombres chantaient tout simplement pour lui. Tous les quatre avaient habité ensemble pendant leurs années à l'université. Reggie sourit, se souvenant des activités que cet appartement avec deux chambres avait vues durant leur temps.

Bobby plaça une bière en face de lui, et Reggie prit une longue gorgée puis soupira.

— Si mauvais ? Commenta Casey par-dessus le vacarme des douzaines de conversations et de plans drague en cours se chevauchant, aussi bien que la musique qui essayait de donner au lieu une certaine atmosphère – et y échouait. C'était un bar, pas un club de danse, merci beaucoup. Finalement, quelqu'un sembla en prendre conscience et éteignit la musique.

— Pire, répondit Reggie. Tellement pire.

— C'est pourquoi tu as été nommé, dit Bobby – une grande perche avec des lunettes de geek et un sourire qui arrêterait la circulation – en lui tapotant gentiment le dos. Tu es le meilleur, et c'est là où ils ont besoin de toi.

Ils se taquinaient tous les uns les autres, mais il n'y avait aucun soupçon d'humour dans les yeux de Bobby.

1

— Qu'est-ce qui est si mauvais ? demanda Casey tout en jouant avec son verre de vodka-soda, le faisant tournoyer entre ses doigts.

Il avait toujours eu plus d'énergie qu'aucun d'entre eux et cela semblait se traduire par de petits mouvements continuels.

Reggie prit un autre verre.

— Pour commencer, j'ai trois adjoints.

Il leva la main et décompta ses doigts au fur et à mesure qu'il parlait.

— Un est un alcoolique. Je ne l'ai pas encore surpris ivre en service, mais ce n'est qu'une question de temps. Je l'ai vu tituber jusque chez lui après avoir passé toute la soirée dans un bar. Le second est tellement nouveau qu'il pose un million de questions tout au long de la journée. Au moins, il peut être récupérable. Mes prédécesseurs ne l'ont pas entraîné pour quoi que ce soit d'autre que mettre des amendes pour excès de vitesse. Et le troisième…

Reggie leva les yeux au ciel de manière dramatique.

— Il pense qu'il est un don de Dieu pour le département et ne voit pas pourquoi ils ne lui ont pas donné le poste de shérif. J'ai l'impression qu'il a les mains aussi sales qu'un amas de crottes de chien. Aucune preuve, juste un pressentiment.

Il finit sa bière, et Bobby lui en apporta une autre.

— J'en déduis que tu ne conduis pas ? fit remarquer Vick par-dessus son verre de Coca Light.

C'était le plus silencieux de tout le groupe et il ne buvait jamais. Il détestait le goût de l'alcool, disait que pour lui cela avait le goût d'acide sulfurique. Le groupe payait ses boissons et lui faisait en sorte qu'ils rentrent tous sains et saufs chez eux en fin de soirée.

— Nope. La voiture est sur le parking et je peux la récupérer plus tard. Je n'ai pas besoin d'y retourner avant lundi à huit heures, donc je peux la ramener demain après-midi.

Reggie prit un autre verre. La vie était douce pour quelques heures au moins.

— Génial.

Bobby balança son bras autour du cou de Reggie.

— Je pionce chez Casey.

— Tu viens chez moi, offrit Vick en souriant. J'ai même un vrai lit pour les invités maintenant, donc tu n'as pas à dormir sur le canapé.

— Mon dos et mon cul te remercient, répliqua Reggie. Parfois, je pense que je deviens vieux.

Les autres grognèrent en chœur.

— S'il te plaît, dit Bobby avec son accent du Queens le plus prononcé. Aucun de nous n'a encore dépassé la trentaine, donc nous ne devenons pas vieux. Personnellement, je veux profiter de mes dernières années au royaume des minets.

Reggie eut un bruyant rire narquois.

— Tu n'es pas et n'as jamais été un minet.

Il se tourna vers la porte au moment même où un homme au début de la vingtaine entra.

— Là, ça, c'est un minet, dit-il en indiquant le gars qui venait d'entrer et avançait dans le bar en regardant tout autour de lui, le dos pratiquement collé au mur comme s'il était effrayé que quelqu'un se faufile derrière lui et lui prenne sa virginité à tout instant.

— Non, c'est un petit lapin effrayé, dit Casey avec un large sourire. Vous vous souvenez de la première fois où nous sommes entrés dans un bar gay ? Je pense que nous avions tous cet air-là, seulement nous étions tous les quatre, donc nous sommes restés ensemble, murmurant, ressemblant pour le reste du monde à de la viande fraîche pour les loups. Bien sûr, nous nous avions les uns et les autres, et des langues aussi affutées qu'un fouet.

— Nous l'avons toujours, lança Vick en imitant un fouet qui claque de la main et en tombant presque de sa chaise.

Il n'avait pas besoin de boire pour être maladroit.

Bobby prit le verre de Vick, sentit son contenu et fronça le nez. Puis il le goûta et reposa le verre.

— C'est juste du soda.

Ils rirent de Vick alors que Reggie regardait à nouveau l'endroit près du mur où se tenait le gamin, ses yeux aussi grands que des soucoupes.

Bon Dieu, il se souvenait du sentiment. La liberté de faire ses premiers pas dans un monde qui pourrait vous laisser être qui vous êtes, mais effrayé que quelqu'un vous voie – ou pire, que personne ne vous dise quoi que ce soit. Puis, après un certain temps, l'agitation laissait place à des instincts plus basiques alors que vous espériez malgré tout que quelqu'un de mignon voudrait bien s'arrêter et venir vous parler, parce que la véritable raison pour laquelle vous aviez rassemblé votre courage et que vous étiez venu, c'était afin de pouvoir baiser.

— Quel est le plan pour redresser le département ? demanda Casey, et Reggie grogna tout en observant le gamin.

Il avait des cheveux blond roux, et même à travers la pièce, Reggie pouvait dire que ses yeux étaient bleus, comme le lac Tahoe un jour ensoleillé. Il était, en un mot, magnifique, avec un air d'innocence autour de lui qui le rendait encore plus attirant.

3

— Je ne pense pas que Reggie soit venu ici pour parler, dit Bobby. Donnez-lui une chance de se détendre, se relaxer, et de baiser des yeux le gars là-bas.

— Ce n'est pas ce que je faisais, grogna Reggie alors qu'il se tournait vers le groupe.

— Il est vraiment super mignon, dit Casey en faisant mine de se lever.

— Laisse-le tranquille. Il n'a pas besoin de t'entendre lui sortir tes mauvaises phrases de drague et tes paroles mielleuses de juriste.

Reggie envoyait des vagues d'onde disant clairement « pas touche » à tout le monde autour de la table, et ils trouvèrent tous brusquement leur verre très intéressant. Pas qu'il allait faire quoi que ce soit. Ce gamin était trop jeune, et Reggie ne cherchait pas à passer la moitié de la nuit à l'éduquer.

Reggie avait une tolérance zéro très stricte, une règle « ne-chie-pas-où-tu-manges », donc il ne sortait jamais avec quelqu'un dans les villes où il travaillait. Pas de rendez-vous, pas de coucherie, pas de drame, pas d'intrigue. Cela avait toujours fonctionné dans les petites villes et il allait à Sacramento ou San Francisco lorsqu'il avait besoin d'un peu de compagnies et voulait baiser un gars sacrément sexy. Il n'en avait pas beaucoup l'occasion et n'allait probablement pas en avoir dans un futur proche, donc il voulait profiter un maximum de la soirée.

Il se tourna de nouveau vers le blond, qui n'avait pas avancé plus loin dans le bar et était assis à une des petites tables. Il était adorable. Sa chaise était pressée contre le mur, et il avait la table positionnée en face de lui comme un bouclier.

Oh, être si jeune et innocent de nouveau.

— Arrête de le regarder. Je ne pense pas que le poulet soit au menu ce soir, le taquina Casey.

— Définitivement pas.

Reggie scanna la pièce des yeux, croisant le regard d'un homme de son âge deux tables plus loin. Il sourit et Reggie lui répondit de la même manière. Un torse agréable, des bras épais, forts – un vrai homme.

Un des serveurs circulant dans la pièce s'arrêta à la table. La pièce devint moins bruyante pendant quelques secondes, juste assez pour entendre l'inconnu parler.

Les fantasmes étaient comme des bulles, et il était si facile de voir un homme et immédiatement de construire une image de la manière dont il était. Reggie voyait celui-ci comme un genre bûcheron. Il portait la chemise à carreaux rouge et noir tellement tendue contre ses muscles qu'elle était prête à se déchirer à chaque mouvement, et il avait bronzage de quelqu'un qui travaillait à l'extérieur. Mais cette bulle éclata aussitôt qu'il ouvrit la bouche et demanda un martini avec une voix de fausset. Instantanément, l'attirance disparu. « Vois Tarzan, entends Jane » était un signe certain que ce type passait son temps à la salle de gym et ses soirées à essayer de deviner quels stéroïdes prendre pour faire gonfler ses mollets. Non merci.

Reggie se détourna, prit une autre gorgée de sa bière, et attrapa un bretzel à la saucisse dans la corbeille snack-bar que le serveur venait juste de déposer à leur table. La nourriture était une bonne idée, et il en mit un dans sa bouche et en attrapa un autre alors que Vick s'excusait et se dirigeait vers les toilettes.

— Ne pars pas trop longtemps ou nous saurons ce que tu es parti faire, le taquina Casey.

C'était une vieille blague, et Vick lui fit un doigt d'honneur avant de continuer son chemin.

— Uh-oh, dit Bobby et Reggie le regarda.

Il fit un signe de tête vers le mur et Reggie se retourna. Le gamin était toujours assis à sa table, mais il y avait maintenant deux hommes avec lui, un de chaque côté. Ils étaient énormes et avait pris au piège le gamin. C'était une tactique d'intimidation classique et le jeune homme avait l'air d'un cerf pris dans les phares d'une voiture. Il se leva, essayant probablement de partir, et l'un des deux mit une main sur son épaule. Une autre tactique. Le gamin se rassit, les yeux maintenant remplis de peur.

— Les monstrueux trolls sont de sortie ce soir, commenta Casey. Pourquoi ce genre d'enfoirés ne peuvent-ils pas laisser tout le monde tranquille ? Pour l'amour de Dieu. Tout ce qu'ils vont réussir à faire, c'est d'effrayer le gamin qui va retourner dans le placard, et cela lui prendra des années avant d'avoir le courage de faire un nouveau pas en avant.

Reggie comprenait cela. Il se glissa hors de sa chaise. Il détestait les tyrans et n'allait pas laisser le gamin être blessé.

— Reggie, est-ce une bonne idée ? demanda Bobby, en posant doucement une main sur son bras.

— Tu te souviens de l'Enfoiré des Arts ? demanda Reggie.

Bobby retira sa main, ses yeux s'assombrissant sous la colère et il acquiesça.

— Va leur en faire voir de toutes les couleurs.

Reggie se redressa en exploitant toute sa taille et marcha à grands pas vers la table du gamin comme s'il possédait le bar.

— Est-ce que tout va bien ici ?

Il adressa sa question au petit lapin effrayé qui tenait les bords de la table comme s'ils allaient lui sauver la vie.

— Est-ce qu'ils vous dérangent ?

5

— On boit un verre avec lui.

Un des grands gaillards se leva lentement, essayant de l'intimider, mais Reggie connaissait ce jeu.

— Allez-vous-en si vous savez ce qui est bon pour vous.

Les mots sortirent de la bouche aux dents jaunes du Rat Numéro Un, son haleine laissant supposer qu'il eut pour dîner ce qu'il avait trouvé dans la benne à ordure la plus proche. Reggie inspira profondément. Les deux gars sentaient comme s'ils ne s'étaient pas lavés depuis un certain temps.

— Et si vous le laissiez répondre par lui-même ? dit-il.

— Je… Ils… Je… bégaya le gamin en agrippant plus fortement la table jusqu'à en faire blanchir ses articulations, la peur inscrite sur son visage augmentant encore plus.

— Je vois.

Reggie se tourna vers Rat Numéro Un et Rat Numéro Deux.

— Je vous suggère de partir… Maintenant !

Il mit la main dans sa poche et montra rapidement son badge, ne leur laissant pas réellement le temps de le voir.

— Vous avez dix secondes pour vous lever et sortir, ou j'appelle quelques amis à moi et nous contrôlerons votre voiture. Voir ce que vous cachez. Des sous-merdes comme vous cachent toujours quelque chose.

Il sourit, et les deux rats se regardèrent avant de se précipiter pour sortir rapidement, trébuchant presque dans leur hâte.

— Qu'est-ce que vous voulez ? demanda le jeune homme.

Reggie secoua la tête.

— De vous, rien. Je connais bien ce genre de types.

Le jeune homme prit son verre en main et Reggie l'arrêta.

— Vous ont-ils offert ça ? demanda-t-il.

Le jeune homme acquiesça.

— Jetez-le. Ils y ont probablement ajouté quelque chose.

Reggie prit le verre et le plaça sur un plateau des serveurs pour qu'ils s'en débarrassent.

— Leur plan était probablement de vous droguer puis de vous emmener dans un endroit quelconque, faire de vous ce qu'ils voulaient et vous n'auriez rien pu faire pour les arrêter.

Il fit un pas en arrière pour donner un peu d'espace au gamin afin de lui faire savoir qu'un danger n'avait pas été remplacé par un autre.

— Je m'appelle Reggie.

— Willy, dit le jeune homme en déglutissant difficilement. C'était un vrai badge ?

— Oui. Je suis le shérif d'une petite ville à quelques heures d'ici. Je voulais seulement les effrayer.

Reggie tapota doucement la table.

— Je vais aller rejoindre mes amis, mais vous, soyez prudent. C'est la première fois que vous venez dans ce genre d'endroit ?

— Oui.

Ce regard de lapin apeuré était de retour.

— La plupart des gens sont vraiment sympas. Pas comme eux. Parlez aux gens, soyez amical et ils vous parleront, je peux vous le garantir. N'acceptez aucun verre de quelqu'un que vous ne connaissez pas. C'est juste une sécurité. Allez-y doucement et amusez-vous. OK ?

Reggie se sentait désolé que la première expérience du gamin ait été si terrifiante. Il se retourna et rejoignit sa table où une assiette de potato skins [1] avait été déposée à sa place avec une bière fraîche.

— La récompense du héros, dit Bobby avec un grand sourire. C'était vraiment gentil de faire ce que tu as fait.

Parfois, Reggie pensait que son sens du bien et du mal était quelque chose de graver jusqu'à la moelle chez lui. Il détestait les injustices et il en avait vu un paquet empilé sur une montagne de merde.

— Merci.

Il dévora la première potato skin en trois bouchées.

Reggie se retourna lorsqu'il sentit qu'on lui tapotait doucement l'épaule. Willy se tenait juste derrière lui, un verre de bière à la main.

— Est-ce que je peux discuter avec vous ?

Reggie mit quelques secondes à réaliser ce qu'il demandait. Puis il sourit.

— Bien sûr. Prenez un tabouret.

Reggie fit une rapide présentation.

— C'est ma première fois… dans un endroit comme ça… et…

Reggie hocha la tête.

— C'est un bar gay. Si vous ne pouvez pas dire le mot, alors vous ne serez jamais capable de faire face au fait que vous êtes ici et que vous êtes, en fait, gay.

Il rapprocha un peu l'assiette, et Willy prit une potato skin avec hésitation. Il la mangea presque aussi vite que Reggie l'avait fait. Ce qui le fit rire.

---

1 Apéritifs ou hors-d'œuvre américains faits de petits morceaux de pomme de terre, de forme circulaire ou ovale, conservant la peau sur une face et un peu de chair sur l'autre. Le côté chair reçoit divers ingrédients habituellement utilisés avec les pommes de terre au four.

— Doucement, personne ne va vous la prendre.

— J'étais trop nerveux pour manger avant de venir ici, avoua Willy.

— Trop mignon, intervint Vick.

— La ferme. Tu te souviens de la première fois que tu es venu dans ce genre d'endroit ? Tu as vomi partout sur tes propres chaussures et tu t'es presque pissé dessus, tu avais tellement peur.

Reggie arborait un large sourire.

— C'était à cause d'une mauvaise pizza et tu le sais ! protesta Vick.

Cela avait été son excuse de l'année, mais ils avaient tous mangé la même chose et personne d'autre n'avait rendu ses tripes. Reggie laissa tomber.

— Est-ce que vous venez souvent ici ? demanda Willy.

Bobby secoua la tête.

— Non, mon chou. Nous étions ensemble à la fac. Je vis à Berkeley. Casey et Vick sont d'ici à Sacramento, et Reggie est quelque part au fin fond du comté de Sierra. Nous nous retrouvons lorsque nous le pouvons pour boire un verre, bavarder, et se rappeler le bon vieux temps.

— Donc vous n'êtes pas en couple ?

— Non, répondit Reggie. Je suis sorti avec Vick pendant, quoi, trois jours, et Casey pendant une semaine, cependant nous avons réalisé que nous étions mieux comme amis et c'est ainsi depuis. Des frères d'une autre mère.

Il leva son verre et tous l'imitèrent. Ils trinquèrent, puis burent.

— Comment vous… ? Vos parents sont-ils au courant ?

Willy trembla et Reggie comprit que c'était ses tous premiers pas en dehors de la prison que pouvait être le placard.

— Tous nos proches sont au courant. Nous avons rencontré les parents de chacun.

— La sœur de Casey, Lila, est ma meilleure amie, et j'étais son garçon d'honneur à son mariage, expliqua Vick. Nous connaissons tout de la vie des uns des autres. Vous n'avez aucun ami proche ?

Willy acquiesça.

— Mais aucun n'est… vous savez… gay.

— Eh bien, fais-toi quelques amis gays, lui dit Casey.

Reggie était content que Casey ne conduisait pas parce qu'il avait déjà eu assez à boire et devenait bavard. Vick fit passer la nourriture, et Casey en mangea un peu.

— N'écoutez pas l'ivrogne. Vous avez seulement besoin d'y aller doucement et par étape. C'est ce que nous avons tous fait. Mais nous avons été chanceux de nous trouver et de pouvoir compter les uns sur les autres.

Reggie fit un signe vers l'assiette, prit un autre encas et en offrit un à Willy. Maintenant qu'il ne semblait pas si effrayé, il était encore plus mignon qu'auparavant. Ses yeux s'étaient éclaircis pour prendre la couleur d'un sublime bleu ciel, et ses lèvres étaient rouges et pleines. Il avait un petit nez mutin et mignon, avec une petite bosse, probablement à cause d'une fracture.

— Je ne veux pas vous déranger. Tout est si nouveau.

Lorsqu'il sourit, ses dents parfaitement alignées brillèrent et ses yeux pétillèrent. Il était vraiment magnifique et gentil. De la façon dont il lui lançait des petits regards, Reggie se douta qu'il avait quelques étoiles dans les yeux et qu'il avait peut-être un faible pour lui. Cela semblait être une manière bizarre de le phraser dans son esprit, mais il avait l'impression que peut-être Willy craquait pour lui.

Reggie offrit la prochaine tournée de boissons et Willy prit un soda, tout comme Vick. Ils discutèrent pendant un moment, le temps passant rapidement, et il était maintenant minuit. La journée de Reggie le rattrapait durement.

— Je pense… commença-t-il en se levant. Je reviens tout de suite.

Il se dirigea vers les toilettes et fit ce qu'il avait à faire sans porter attention à ce qui se passait dans les cabines. Si cela avait été sa ronde, il les aurait interrompus et leur aurait dit de partir, mais ce n'était ni son problème ni son établissement. Lorsqu'il revint à sa table, ses amis se préparaient à partir, et Willy s'était également levé.

Ce dernier semblait l'avoir attendu et le suivit dehors.

— Euh… Reggie ? dit Willy.

Reggie s'arrêta et se rapprocha de la porte près de laquelle se tenait le jeune homme qui changeait constamment de jambe d'appui sous la nervosité qui semblait le traverser.

— Voudrais-tu aller ailleurs ?

Reggie ferma les yeux une seconde, repensant à l'époque où il était aussi jeune – effrayé, excité et inexpérimenté. Il y avait eu des moments où il avait pensé qu'il allait mourir s'il ne s'envoyait pas en l'air. Lorsqu'il les ouvrit à nouveau, Willy leva les yeux vers lui, son regard rempli de désir et de nervosité. Il était mignon comme un cœur, et ce serait tellement facile de dire à Vick de partir sans lui. Il pourrait emmener Willy dans une chambre d'hôtel et voir ce qui se cachait sous ses vêtements un peu trop grands. Il pouvait facilement imaginer un corps ferme et souple, doux et lisse, beau. Il avait besoin d'arrêter d'y penser ou il allait offrir à Willy exactement ce qu'il demandait, alors que son pantalon devenait de plus en plus serré.

— J'aimerais beaucoup, dit-il et Willy sourit. Mais est-ce vraiment ce que tu veux ? C'est ta première fois, n'est-ce pas ?

9

Willy mordilla sa lèvre inférieure et hocha la tête.

— Je veux dire, j'ai… une fois.

Il fit un geste avec sa main.

— Tu ne veux certainement pas avoir ta première fois avec quelqu'un que tu as rencontré dans un bar à peine quelques heures auparavant, et cela ne devrait certainement pas se produire dans une chambre d'hôtel miteuse.

Reggie aurait aimé que quelqu'un lui dise ce genre de choses lorsqu'il était jeune et stupide.

— Sors, fais-toi quelques amis et rencontre de nouvelles personnes. Aie quelques rencards, apprends à connaitre d'autres hommes, et puis décide qui tu veux que ton premier soit. Quelqu'un qui prendra le temps d'être certain que c'est un moment spécial et sera attentionné autant qu'il est possible de l'être. Tu n'as qu'une première fois, alors ne la gâche pas avec un homme qui a trop bu ou quelqu'un que tu connais à peine.

Il tapota Willy sur l'épaule.

— Je sais que tu dois penser que je suis moralisateur, mais je parle par expériences. Tu as fait un énorme pas hors du placard et vers la découverte de qui tu es. Maintenant, trouve quelqu'un qui peut t'aider à faire le prochain pas de ton voyage… et t'aider à le rendre agréable. Quelqu'un qui sera attentionné et qui prendra soin de toi. OK ?

Reggie n'aurait pas été surpris si Willy lui avait dit d'aller se faire voir. Ouais, il avait probablement eu l'air d'un sacré hypocrite moralisateur, mais sa bouche avait perdu un certain sens de ses capacités d'autocensure.

Willy donna un petit coup de pied au sol, légèrement replié sur lui-même, refusant de lever les yeux.

— OK, je suppose… Mais il n'y a personne…

Il semblait si perdu.

— Ça viendra. Ne fais pas la même erreur que moi en te précipitant. J'ai été blessé assez durement.

Pourquoi Reggie abordait cela avec quelqu'un qu'il connaissait à peine était au-delà de sa compréhension. Ses amis savaient la vérité à propos de ce qui s'était passé, et c'était tout. Même ses parents n'étaient pas au courant des détails.

— Pas que je te blesserais, mais tu ne me connais pas du tout. Tu mérites mieux que ça.

Avec ce qu'il espérait être un sourire encourageant, Reggie se retourna et se dirigea vers la voiture de Vick. Les deux autres étaient sur la banquette arrière, alors il casa sa stature imposante sur le siège passager de la petite voiture, boucla sa ceinture et ferma les yeux.

— Une touche ? le taquina Casey.

— Non. Il voulait. Mais… j'ai refusé.

Casey grogna et Bobby ricana. Vick fut le seul qui ne dit rien. Il fit marche arrière pour sortir de son emplacement et s'engagea sur la route en direction de l'autoroute.

— Pourquoi pas ? Tu aurais été gentil avec lui. N'est-ce pas ?

— Bien sûr que je l'aurais été, grommela Reggie. Mais il était si effrayé et c'était la première fois qu'il s'aventurait où que ce soit. Je lui ai dit d'attendre et de faire de sa première fois quelque chose de spécial avec quelqu'un qu'il apprécie.

Il se tourna vers la banquette arrière où les deux autres étaient assis se regardant l'un l'autre.

— Est-ce que vous vous souvenez de votre première fois ? leur demanda-t-il. C'était spécial ou quelque chose de maladroit et ridicule ?

Il connaissait déjà la réponse parce qu'ils avaient partagé les histoires de leur première fois des années auparavant.

— Mais tu aurais rendu ça spécial pour lui, et maintenant un autre gars va se pointer et probablement être un enfoiré avec lui, et pas qu'un peu, intervint Bobby.

— Tais-toi, dit Vick. Tu es un idiot, Reggie a été gentil et a fait la bonne chose. La moitié des personnes dans ce bar n'ont pas arrêté de regarder ce gamin comme s'il était un morceau de viande.

Vick tapota doucement la jambe de Reggie.

— Je suis fier de toi. Oui, tu aurais pu t'envoyer en l'air, mais tu as été un véritable gentleman. Non seulement tu as aidé ce gamin, mais en plus tu lui as aussi probablement donné de quoi réfléchir. C'était plutôt cool.

— Oui, Reggie a été gentil. Le héros parfait. Donc en récompense, il rentre à la maison avec sa main droite à la place de ce petit corps chaud et serré qui aurait pu être enroulé autour de lui comme un bretzel. Aie ! râla Casey lorsque Bobby le frappa à l'épaule. Pourquoi me frappes-tu ?

— Tu es en train de faire ton crétin, lui dit Bobby. Maintenant, arrête.

Il tapota l'épaule de Reggie.

— Tu as raison. Tu as été gentil avec lui. Cela aurait été sympa d'avoir quelqu'un de plus vieux pour nous aider lorsque nous essayions de comprendre où nous en étions. Parce que nous avons réussi à merder royalement pas mal de fois. C'est un miracle que nous ne soyons pas tous morts d'un cœur brisé et que nous ne nous soyons pas retrouvés avec un rendez-vous permanent chez les hétéros.

Oui, Reggie savait qu'il avait fait la bonne chose, mais tout de même, Casey avait raison, et cela lui tapait sur les nerfs que son esprit continue d'imaginer ce qu'il avait manqué.

II

— JE NE vous ai pas vu à l'église hier, dit Sam Glade alors que Reggie passait devant son bureau pour rejoindre le sien.

— J'étais en dehors de la ville.

De plus, Reggie n'avait pas mis le pied dans une église depuis au moins une dizaine d'années et il n'avait pas l'intention de recommencer maintenant.

— Le Révérend Gabriel a demandé où vous étiez, insista Sam et Reggie retint son souffle.

Sam sentait toujours un peu l'alcool et cela mettait Reggie sur ses gardes. Il ne l'avait jamais vu boire quand il était en fonction et il ne le sentait pas non plus cette fois-ci, mais c'était toujours présent, se tapissant aux abords de la perception de Reggie, comme si cela s'engouffrait dans ses pores.

— Je lui ai dit que vous aviez probablement besoin d'être accueilli par la communauté.

Sam fit rouler sa chaise sur la courte distance menant à la porte ouverte du bureau de Reggie.

— Il a dit qu'il passerait vous voir.

Juste ce dont il avait besoin – un pasteur venant au poste pour essayer de sauver son âme éternelle.

— S'il vous plaît, dites-lui que je n'ai pas besoin qu'il se dérange. Je vais bien et j'ai une tonne de travail qui va me tenir très occupé dans les jours qui viennent.

Reggie passa derrière son bureau et s'assit, croisant le regard de Sam.

— N'avez-vous pas du travail à faire ? demanda-t-il ostensiblement.

— Rien n'est plus important que le travail de Dieu, contra Sam.

Reggie se leva et marcha jusqu'à lui, le regard noir. Le département au complet était relâché et faisait aussi peu que possible. Il devait sévir.

— Les habitants de Sierra Pines nous paient pour les garder en sécurité. C'est un lieu de travail, et le vôtre est celui d'un policier. Point final. Si vous n'avez rien à faire, je vais vous trouver quelque chose.

Il se pencha plus près.

— Et si vous préférez réellement venir en aide à mon âme au lieu de travailler, alors je vous suggère de vous rediriger vers une école religieuse, et je trouverais un adjoint qui est intéressé à faire son travail.

— Shérif... Je...

— Je vous suggère que vous vous y mettiez, maintenant ! grogna-t-il.

Sam retourna à son bureau.

— Et redressez votre uniforme avant que vous partiez.

Reggie venait rapidement à la conclusion qu'un des adjoints allait devoir être viré pour faire passer le message qu'il était sérieux dans son travail, et il avait deux candidats de choix.

— Marie, appela-t-il en faisant signe à travers la pièce à la secrétaire administrative.

Elle se hâta et ils entrèrent dans son bureau.

— J'ai besoin que vous fassiez quelque chose pour moi. Pouvez-vous chercher le code vestimentaire du service, ainsi que les normes vestimentaires de l'état, et faire en sorte que chaque adjoint en reçoive une copie aujourd'hui ? Je vais faire respecter ces normes à partir de demain.

Son service n'allait pas continuer à ressembler à une bande disparate de péquenauds campagnards jouant aux agents de police.

— Oui, shérif, dit-elle avec un début de sourire.

— Et aussi, tous les agents et le personnel du service se soumettront à un dépistage de drogue régulier.

Reggie était resté debout toute la nuit et avait découvert que l'état l'autorisait à agir ainsi.

— Ils se produiront quand je le jugerai bon, et de manière inattendue. Un échec sera le motif d'un renvoi.

Cela devrait insuffler la peur de Dieu chez au moins un de ses hommes.

Marie prit des notes.

— Y a-t-il autre chose ?

— Si vous pouviez rajouter que si quelqu'un à des questions, ils peuvent venir me voir directement.

Il sourit parce qu'il n'était pas en colère contre elle. Marie était une bonne secrétaire administrative, efficace, et elle faisait bien son travail.

— Je vais m'en assurer, et je devrais être capable d'avoir les notes de service pour votre inspection avant le déjeuner.

— Parfait. Merci. Y a-t-il eu des appels ?

Elle secoua la tête.

— Bien, et vous m'enverrez Jasper lorsqu'il arrivera.

13

Bon Dieu, Reggie espérait qu'il pourrait le former correctement et le transformer en un bon adjoint en qui il pourrait avoir confiance. Jasper voulait apprendre. Il n'avait simplement pas eu beaucoup de formation et passait habituellement ses journées d'un côté de la route principale ou hors de la ville, à surveiller les excès de vitesse. Il méritait mieux que cela.

— Compris, dit joyeusement Marie avant de quitter le bureau.

Reggie se rassit, vérifia ses mails et les passa tous en revue pour les trier avant de s'atteler aux autres rapports et à la paperasse qui allait avec le job. Il l'avait récupéré en désordre et avait dû instaurer des procédures et processus de classement appropriés. Marie, heureusement, avait compris. Les choses allaient s'améliorer... il avait simplement besoin de s'assurer qu'elles s'améliorent.

Jasper frappa à la porte de son bureau une heure plus tard, et Reggie lui demanda de s'asseoir. Il y avait eu un appel pour une plainte mineure, et il la passa en revue avec Jasper avant de l'envoyer s'en charger.

— Vous voulez dire que ce n'est pas lié à la circulation ?

— C'est exact. Allez-y et voyez ce qui se passe. Appelez le poste si vous avez besoin d'aide ou de renfort. N'hésitez pas. Il n'y a aucune honte à ça.

Jasper courut pratiquement hors du poste et Reggie retourna au travail jusqu'à ce qu'un autre coup sur la porte le sorte de sa concentration. La porte s'ouvrit et un homme habillé principalement de noir avec un col blanc entra dans le bureau.

— Shérif Barnett ? dit-il.

Reggie se leva.

— Je suis le révérend Gabriel Thomas.

— C'est un plaisir de vous rencontrer.

Reggie lui serra la main et décida de jouer les innocents.

— En quoi puis-je vous aider ? Y a-t-il eu des problèmes à l'église ?

— Non.

Le révérend Gabriel semblait surpris.

— J'ai remarqué que vous n'étiez pas venu à l'église dimanche et...

Reggie décida qu'une approche honnête était la meilleure chose à faire.

— Je ne vais pas à l'église. Je n'y suis pas allé depuis de nombreuses années.

— C'est vraiment dommage. Puis-je demander pourquoi ?

Le révérend s'assit tranquillement sur la chaise en face de son bureau. Il devait avoir entre cinquante et cinquante-cinq ans, si Reggie devait faire une estimation ; ses cheveux noirs grisonnaient au niveau des tempes.

— Je ne pense pas, dit Reggie.

Il ne voulait pas que ses raisons soient connues du grand public, et il ne faisait pas entièrement confiance au révérend.

Ce dernier se raidit sur son siège.

— C'est une communauté très chrétienne et presque tout le monde vient à l'église régulièrement, le maire et les membres du conseil de la ville inclus.

Il se pencha en avant, son expression changeant très légèrement.

— Je pense que c'est toujours mieux si les leaders de notre communauté montrent le bon exemple à tout le monde. Nous devons penser aux enfants et le genre de modèle que nous voulons leur montrer.

Reggie croisa les doigts sur le dessus de son bureau.

— Je pense que vous avez raison. Nous devons penser à l'exemple que nous donnons. Et j'ai toujours pensé que c'est bien si les gens avaient le droit de choisir ce qu'il voulait faire de leur temps. La liberté est une chose merveilleuse.

Il se leva et se tourna vers le drapeau qui était dans le coin de son bureau.

— S'assurer que les lois de notre communauté sont appliquées et que tout le monde est en sécurité montre un excellent exemple, vous ne pensez pas ?

Reggie fit le tour de son bureau et s'y appuya en croisant les bras sur son torse. Il pouvait être très intimidant quand il voulait l'être, et maintenant était l'un de ses moments.

— Comme je le disais, le maire et les membres du conseil de la ville viennent à l'église régulièrement.

Il y avait une menace dans l'attitude du révérend.

— Tant mieux pour eux. Gardez les leaders de la ville dans le droit chemin.

Reggie sourit et se pencha un peu plus alors que le révérend déglutissait difficilement.

— Donc, je peux compter sur vous pour les rejoindre ?

Reggie y réfléchit.

— Comme je le disais, j'ai mes raisons et vais probablement décliner votre offre. Mais je ne vous souhaite que le meilleur, et s'il vous plaît, faites-moi savoir si vous avez des problèmes qui requièrent mon assistance. Mes adjoints et moi répondrons aussi rapidement que nous le pouvons, et bien sûr, je vous consulterai si je rencontre quoi que ce soit d'une nature plus spirituelle.

Reggie ouvrit la porte de son bureau.

— C'était un plaisir de vous rencontrer et j'apprécie que vous soyez venu me voir.

Le révérend Gabriel ne semblait pas vraiment comprendre ce qui s'était passé. Il se leva et sortit du bureau.

— Êtes-vous certain de ne pas vouloir revenir sur votre décision ? Ne serait-il pas plus facile de travailler avec les leaders de la ville si vous les voyez dans un contexte un peu plus informel, sur un terrain commun ?

— Nous verrons. Puisque les anciens policiers de cette ville ont été jugés inadéquats et inefficaces par l'état, tout l'argent budgétaire a été retiré. Ce service ne fait pas de rapport au conseil de la ville ou au maire. J'ai été affecté par le Département de Justice de Californie. Et je vais voir plus qu'assez du maire et de membres du conseil comme une part de ma routine de travail. Ils n'ont pas besoin que je m'immisce dans leur temps libre qu'ils le passent à l'église.

Reggie était assez fier de lui-même. Il avait réussi à passer toute la rencontre sans utiliser une seule fois la phrase « pas question, nom de Dieu ». Il avait plus qu'assez de la religion pour deux vies. Mais cela ne faisait aucun mal d'être poli.

— S'il vous plaît, sentez-vous libre de me faire savoir si je peux vous aider en quoi que ce soit.

Le révérend se tenait droit et rencontra le regard de Reggie.

— Et vous, sentez-vous libre de faire de même. Mon bureau et l'église sont toujours ouverts.

— C'est bon à savoir.

Reggie attendit que le révérend regarde à sa gauche, et un homme qui était assis sur un des bancs le rejoignit.

Willy. C'était le Willy du bar. Reggie ouvrit la bouche pour dire quelque chose lorsque le révérend se retourna vers lui.

— Shérif, je vous présente mon fils, William.

Willy semblait encore plus effrayé qu'il l'avait été lorsqu'il était assis à cette table au bar entre les deux rats. Il était pâle, ses yeux baissés et sa main droite tremblait un peu. Bon Dieu, c'était le fils du révérend Gabriel. Reggie était prêt à parier que le révérend ne faisait pas partie de ces hommes

16

d'Église new age et plus ouverts. Pour une raison quelconque, il ne pensait pas que le révérend Gabriel avait une attitude tolérante envers les gays.

— C'est un plaisir de vous rencontrer.

Reggie tendit sa main et Willy cligna des yeux, semblant réaliser que sa vie n'allait pas se terminer ici.

— Moi aussi, monsieur.

Ils se serrèrent la main.

— Que faites-vous ? demanda Reggie.

Le révérend Gabriel s'éclaircit la gorge.

— William va suivre mes traces. Lui et moi avons eu de longues conversations sur son avenir et nous en sommes venus à une compréhension mutuelle.

William ne protesta pas, mais il n'acquiesça pas non plus.

— Passez une bonne journée, shérif.

Père et fils quittèrent le poste, et Reggie se tourna vers les autres qui étaient tous en train de le regarder avec des yeux écarquillés.

— Quelque chose ne va pas ? leur demanda-t-il et ils retournèrent tous immédiatement à leur travail, donc Reggie rejoignit son bureau.

Un son d'une gorge qui s'éclaircissait nerveusement lui fit lever les yeux de son bureau.

— Oui, Marie ?

— Euh.

Elle avait maintenant ce regard de lapin apeuré.

— J'ai fait les notes de service.

Elle les lui tendit et regarda en dehors de la pièce.

— Vous… Je… Eh bien… vous allez me manquer.

Reggie plissa des yeux.

— Où vais-je ?

— Il… le révérend… eh bien, il décide pratiquement de tout ce qui se passe ici. Les gens l'écoutent, tout comme les leaders de la ville. Ils vont vous renvoyer s'il le demande.

Elle trembla comme une feuille.

— Et vous faisiez du tellement bon travail déjà ici.

— Ne vous inquiétez pas, Marie. Rien de ce genre ne va se passer. Tout d'abord, je suis vraiment bon à ce que je fais et je vais construire un département du shérif bien géré, même si je dois le faire de fond en comble. Ensuite, j'ai une sœur qui est mariée au fils du gouverneur. Je peux transmettre un message à Sacramento qui sera entendu au capitole plus vite

17

que le révérend ne peut distribuer l'hostie de la communion. C'est en partie la raison pour laquelle je suis ici.

Reggie se pencha en arrière contre le dossier de sa chaise.

— Je n'ai jamais utilisé cette connexion à moins d'y être obligé, ce qui est en partie la raison pour laquelle c'est très efficace quand je le fais. Donc, ne vous inquiétez pas.

Il passa en revue les notes de service, les approuva et les lui rendit.

— S'il vous plaît, distribuez-les à tout le monde aujourd'hui. Merci.

Une chose était certaine : personne n'allait s'en sortir impunément pour vouloir le tyranniser.

— Je vais le faire, et il y a eu un appel.

Elle lui tendit une note avec les détails, et il se leva et quitta le poste, se dirigeant vers les lieux d'une apparente course de motos.

LE BRUIT du rugissement des machines atteignit ses oreilles avant qu'il ait atteint le sommet de la colline. Deux motos roulèrent vers lui, utilisant chacune une voie. Il leur fit des appels de phares. Les deux motos s'arrêtèrent en dérapant et firent demi-tour, afin de s'enfuir en sens inverse.

— Jasper, appela-t-il en renfort. Où êtes-vous ?

— En chemin pour le poste. Sur Sierra Drive.

— Deux motos se dirigent vers vous. Bloquez la route. Je viens de la ville. Ils ne doivent pas s'échapper, et ayez votre arme de prête. Ne tirez pas à moins que vous ne soyez en danger, mais soyez préparé.

Reggie appuya sur l'accélérateur, franchissant une autre colline alors que les motards réalisaient que leur porte de sortie avait été coupée. Reggie s'arrêta et sortit de la voiture.

Jasper se tenait derrière sa portière, son arme braquée.

— Descendez de vos véhicules et allongez-vous sur le sol, maintenant !

Reggie était tellement fier de lui.

— Savez-vous qui je suis ? demanda l'un des deux hommes alors qu'il descendait de la moto et s'allongeait sur le bitume. Qui *nous* sommes ?

— Oui, je le sais. Vous êtes les enfoirés qui roulent comme des malades dans les rues et mettent en danger tous ceux que vous croisez. Maintenant, ne bougez plus.

Reggie n'avait aucune idée de leur intention, alors il menotta leurs mains derrière leur dos, puis demanda leur nom.

Jasper s'éclaircit la gorge.

18

— C'est Clay et Jamie Fullerton.

— Comme dans le maire Fullerton ? demanda Reggie avec le début d'un large sourire.

Jasper acquiesça, visiblement ennuyé.

— Vous voyez. Maintenant, vous allez voir, dit l'un des deux gamins.

— Quel âge avez-vous, les garçons ? demanda Reggie, s'accroupissant près du plus costaud des deux.

Ce dernier arrêta de parler, Reggie attrapa les menottes et tira, tendant ses bras. Il n'allait pas le blesser, mais un peu de peur pourrait lui faire du bien.

— J'ai dix-huit ans et il en a dix-sept, répondit Jamie.

— Bon garçon. Maintenant, voilà ce qui va se passer. L'adjoint Jasper va vous lire vos droits et vous allez tous les deux monter dans la voiture de patrouille. Vous serez placé en cellule une fois au poste, puis l'adjoint Jasper prendra vos dépositions et vous inculpera pour mise en danger délibérée de la vie à autrui. Puis demain – oui, vous allez passer la nuit en prison –, vous passerez devant un juge et nous verrons ce qu'il en pense.

— Mais…

— Non. Vous voyez, ce n'est pas un P.V. Non seulement vous dépassiez la limite de vitesse de soixante-cinq kilomètre-heure, mais vous avez résisté à votre arrestation et vous êtes enfuis.

Clay tremblait comme une feuille. Jamie, d'un autre côté, ricana. Le gamin ne savait pas quand s'arrêter.

— Je vais appeler mon père et…

— Il ne peut rien faire. Je ne travaille pas pour lui, et il n'a plus aucune influence sur le département du shérif. Donc votre père attendra que le juge décide quoi faire avec vous, comme tout le monde, puis il paiera la caution.

Jasper leur lut leurs droits et fit rentrer Jamie dans la voiture pendant que Reggie faisait monter Clay. Après qu'une dépanneuse fut arrivée et eut récupéré les motos que Reggie avait fait mettre à la fourrière derrière le poste, ils retournèrent en ville. Reggie ne parla pas au jeune homme à l'arrière, le laissant mijoter pendant le trajet. Une fois qu'ils arrivèrent, les garçons furent mis en cellule juste comme il le leur avait dit.

— Qu'est-ce que vous avez fait ? demanda Shawn alors qu'il fonçait vers Reggie lorsqu'il entra dans le poste de police. Les fils du maire… vraiment ?

Il mit ses mains sur ses hanches.

19

— Vous cherchez vraiment les ennuis.

Il y avait une nuance de plaisir dans sa voix.

— Ils se mettaient en danger ainsi que les autres. Est-ce une chose qu'ils font souvent ? J'imagine que oui, mais ce genre de comportement va cesser. Ils étaient en train de terroriser les habitants. Nous avons reçu des plaintes comme quoi ils essayaient de rouler sur les chiens. Ce genre de choses ne se reproduira plus.

Reggie serra les dents.

— Et je me fous de savoir de qui ils sont les enfants.

Il fit un pas en avant.

— Vous avez besoin de vous mettre ça dans le crâne, et vous feriez mieux de savoir que je vous tiens à l'œil. Vous faites encore une erreur comme vous venez de le faire et vous êtes viré, et je me fous de savoir qui est votre maman. Nous allons faire notre boulot au mieux de nos capacités, et ce traitement différentiel vis-à-vis des dirigeants cesse immédiatement. Maintenant...

Il vérifia l'heure.

— ...vous êtes réaffecté à la circulation pour le reste de votre service. Allez au panneau de bienvenue de la ville et installez-vous en planque.

— Je suis votre adjoint avec le plus d'ancienneté, bouillonna Shawn.

— Jusqu'à ce que vous agissiez en tant que tel, vous n'aurez que des devoirs de nouveau. Maintenant, je vous suggère de vous bouger avant que je fasse un rapport sur votre comportement.

Reggie aurait voulu savoir à quoi jouait Shawn. Reggie était passé devant chez lui, et c'était une sorte de mini manoir en dehors de la ville. Il avait une bonne idée des revenus de la famille, et il était impossible qu'il puisse se permettre une telle maison avec le salaire d'adjoint. Il y a quelque chose de pourri dans le royaume du Danemark, et il allait aller au fond des choses.

Il attendit jusqu'à ce que Shawn soit parti, puis il prit les dépositions des garçons avec Jasper avant de les laisser passer leur coup de téléphone.

Les feux d'artifice arrivèrent plus vite qu'il l'avait pensé.

— Où sont mes fils ? fulmina le maire en faisant irruption dans le poste de police.

Il se dirigea vers Sam, qui secoua la tête et se tourna vers Reggie.

— Où sont-ils ? Je veux les voir, et je vais les ramener à la maison, déclara-t-il, acerbe, le visage rougi, approchant rapidement du pourpre.

— Vous pourrez les voir, mais c'est tout. Ils sont accusés de conduite imprudente criminelle et vont être assignés à comparaitre demain. Nous avons les dépositions d'autres automobilistes sur leur conduite, ainsi que de personnes dans la même zone qui ont presque perdu leur chien.

— C'est ridicule ! beugla le maire.

Reggie croisa les bras sur son torse.

— En fait, c'est la loi.

Un autre homme fit son entrée dans le poste et se présenta lui-même comme étant un journaliste du journal de Sacramento.

— Vous devez attendre à l'extérieur.

— Est-il vrai que vous en voulez au maire ? demanda-t-il en ne se laissant pas décourager.

— En fait, ce sont ses enfants qui en veulent au maire et à sa carrière. Ce sont eux qui se sont mal conduits. Les charges vont être déposées assez tôt, et ensuite vous pourrez relater les faits.

Il se tourna vers le maire, dont les joues étaient enflammées et qui semblait prêt à avoir des palpitations.

— Veuillez conduire Monsieur le Maire à l'arrière afin qu'il puisse voir ses fils, dit Reggie à Jasper. Mais ils restent dans leur cellule. Et vous…

Il se tourna vers le journaliste.

— … vous pouvez vous asseoir dans le hall d'entrée.

Alors qu'il partait, le révérend fondit sur lui, Willy sur ses talons.

— Shérif, je suis certain que nous pouvons faire quelque chose afin d'aider à résoudre cette affaire d'une manière chrétienne sans tout ce tapage.

Quel hypocrite !

Reggie surprit le regard de Willy alors qu'il levait les yeux au ciel dans le dos de son père.

— Je peux vous assurer que les garçons seront pris en charge d'une manière légale adéquate.

Il secoua la tête.

— Je suis désolé, révérend. Les charges ont été déposées par les gens qui vivent le long de la route, et il n'y a rien que je puisse faire à ce sujet. Je sais que ce sont les fils du maire ainsi que vos paroissiens, mais ils ont enfreint la loi et mis des vies en danger. Maintenant, je vous suggère, à vous ainsi qu'au maire, de vous calmer avant d'aller voir les garçons ou de rentrer chez vous. Ils seront en sécurité et aucun mal ne leur sera fait.

Il fit un geste vers son bureau, suivi le révérend et Willy à l'intérieur, puis il ferma la porte derrière lui.

21

— Ces garçons ont des antécédents d'un comportement identique, n'est-ce pas ? demanda Reggie.

Il fut ravi quand le révérend acquiesça. Au moins, il ne mentait pas.

— Ils ont besoin d'apprendre une bonne leçon, et cela risque d'en être une sévère. Je ne m'attends pas à ce que le juge leur colle une peine maximale, mais passer une nuit en prison puis devoir passer devant un tribunal leur fera le plus grand bien. Ils ont besoin de grandir et de réaliser que leurs actions ont des conséquences. Je suis certain que la responsabilité personnelle est une vertu très chrétienne.

— Mais l'avenir de ces jeunes garçons est en jeu. Ils jouent tous les deux au baseball, et Jamie est bien placé pour recevoir une bourse d'études en automne.

Reggie secoua la tête.

— Ils auraient dû y penser avant de mettre leur vie et celle des autres en danger.

Il s'appuya contre son bureau, croisant ses bras sur son torse.

— Et s'ils avaient blessé une des personnes qu'ils ont obligée à sortir de la route ? Et si quelqu'un avait été sérieusement blessé ou tué ? Aurions-nous cette conversation, ou seriez-vous chez quelqu'un que vous connaissez, les aidants à traverser leur deuil ?

Il se pencha en avant.

— Vous et moi sommes du même côté. J'ai des méthodes et des outils différents de vous, mais je veux que ces garçons et le reste de la communauté soient en sécurité et protégé. Et, je suis certain que vous aussi.

Il haussa ses sourcils, attendant une réponse, et ne reçut que de la résignation à la place.

— Pourquoi n'allez-vous pas voir si vous pouvez calmer le maire et faire en sorte qu'il rentre chez lui ? Rien de plus ne se produira ce soir.

Le révérend hocha de la tête et se dirigea vers la porte.

— Êtes-vous certain qu'il n'y a rien que nous puissions faire ?

Reggie acquiesça. Les charges et les plaintes avaient été remplies. Ce n'était plus en son pouvoir maintenant.

—Euh… dit Willy une fois que le révérend fut sorti.

Reggie était un peu surpris qu'il soit encore là, mais reconnaissant. Il voulait lui parler, mais n'avait pas été certain qu'il en aurait l'occasion. Il vérifia que le révérend était toujours dehors et ferma la porte.

— Peu de gens arrivent à contrecarrer mon père, et vous l'avez fait deux fois.

Il n'y avait aucun sourire et Willy continuait de jeter des regards vers la porte.

— Donc, tu es le fils du révérend Gabriel.

Reggie croisa les bras sur son torse.

Willy leva les yeux au ciel.

— Ne fais pas ton attitude intimidante, d'accord ? Tout le monde fait ça. De plus, c'est un peu tard pour essayer ce truc agressif après que tu m'as sauvé l'autre soir. Je sais que tu es un homme gentil.

Reggie baissa les bras.

— Très bien. Je devine que ton père n'est pas au courant ?

Willy secoua la tête.

— Mon père pense qu'il gère tout, et la plupart du temps il a raison. Le maire et le conseil font généralement ce qu'il dit. Tout le monde l'aime et le craint d'une certaine façon.

— Qu'en est-il de toi ? demanda Reggie.

Willy refit cette petite danse, reportant son poids alternativement d'une jambe à l'autre. C'était tellement simple pour Reggie de le lire. Il aimait ça. La plupart des gens essayaient vraiment de cacher des choses quand ils étaient auprès de lui pour différentes raisons. Il intimidait beaucoup de monde, ce qu'il utilisait à son avantage dans son travail chaque fois que c'était possible.

— Mon père est... Il veut que je sois comme lui.

La confiance que Willy avait montrée un peu plus tôt semblait s'être évaporée, et cela apprenait beaucoup à Reggie sur la relation entre le père et le fils.

— Vivre avec lui a toujours été difficile, tu sais ? Tout le monde s'attend à ce que je sois parfait et exactement le fils que mon père mérite. Mais je ne le suis pas. Je suis moi, et je ne veux pas être un clone de mon père.

Il jeta encore un coup d'œil vers la porte, comme s'il s'attendait à ce qu'elle s'ouvre d'une seconde à l'autre.

— Laisse-moi deviner. Il n'acceptera jamais que tu sois... insista Reggie.

— Gay ? murmura Will avant de secouer la tête. Mon père ferait...

Il trembla de la tête aux pieds.

— Je ne sais pas ce qu'il ferait. Il avait l'habitude de dire qu'il était préférable de battre le diable hors des gens que de choyer la faiblesse de la chair.

La bouche de Reggie s'assécha.

— Est-ce qu'il te battait ? Le fait-il encore ?

23

— Je reste hors de son chemin.

Willy se tourna et attrapa la poignée de la porte.

— Je voulais te remercier de ne pas avoir révélé... tu sais, plus tôt aujourd'hui...

— Bien sûr.

Bon Dieu, au moins Reggie savait qu'il avait fait le bon choix.

— Mais tu sais que tu devras lui faire face et lui tenir tête à un moment où un autre.

— Oui, eh bien, soupira Willy. Tu es bon pour le contrecarrer... peut-être que tu pourrais m'apprendre quelques trucs.

Il jeta un œil à la porte et puis se précipita vers lui, prenant Reggie par surprise. Il le serra dans ses bras, ce qui était une brèche à son attitude professionnelle. Reggie le serra en retour, mais seulement pendant quelques secondes, et puis Willy le relâcha et sortit.

Reggie le suivit quelques secondes plus tard alors que Willy rejoignait le révérend, aidant le maire qui lui jeta un regard noir.

— Vous...

— Ne me blâmez pas pour ce qu'on fait vos enfants, dit calmement Reggie.

— Ils sont effrayés... dit le maire d'une petite voix.

Il était clair qu'il était tout aussi effrayé qu'eux. Peut-être qu'une dose saine de peur était ce dont tout le monde avait besoin.

— Rien ne leur arrivera ce soir. Ils seront en sécurité... Je peux vous le promettre. Maintenant, rentrez chez vous, et dans leur intérêt, ainsi que le vôtre, trouvez-leur un avocat. Ils vont avoir besoin de personnes à leur côté, vous en particulier.

Reggie ouvrit la porte et la maintint alors que le petit groupe sortait.

Il croisa le regard de Willy, et qu'il soit maudis s'il ne sentit pas une vague de chaleur le traverser, ce qui était la pire chose possible, pour lui-même aussi bien que pour Willy. Il était si jeune et, à première vue, inexpérimenté des choses de la vie en général. Willy avait probablement passé toute sa vie ici à Sierra Pines, et même si c'était une ville agréable, c'était définitivement un environnement protégé, et en particulier pour le fils du révérend.

Alors que Willy franchissait la porte, il jeta un dernier coup d'œil en arrière, le regard de chiot déchirant le cœur de Reggie. Il y avait peu de choses qu'il pouvait faire pour aider Will, et beaucoup qui pourraient le blesser, ce qui était la toute dernière chose que Reggie voulait.

24

III

WILLY SE dirigea directement vers sa chambre et ferma la porte. Sa mère était dans la cuisine, il était reconnaissant qu'elle ait été occupée et ne l'avait pas entendue rentrer. Son père était également occupé, donc Willy avait fait le chemin du retour à la maison seul, pensant au shérif pendant tout le trajet à pied. L'homme faisait battre son cœur plus vite en étant simplement à ses côtés, et ses mains étaient devenues tellement moites qu'il avait dû les essuyer sur son pantalon plusieurs fois. Le shérif de leur ville était gay. Willy sourit à la pensée de la réaction qu'aurait son père en l'apprenant. En particulier puisqu'il semblait que le shérif Barnett ne devait rendre de comptes ni à lui ni au pouvoir qui était en ville. Cela rendrait son père continuellement furieux.

— Chéri, dit sa mère en passant la tête dans la chambre une demi-heure plus tard. Où est ton père ?

— Il apporte son aide au maire. Clay et Jamie ont été arrêtés et sont en prison.

Elle eut un petit cri de surprise, une main volant à sa bouche.

— C'est horrible. Les pauvres garçons.

— Ils étaient en train de faire une course de motos et ont forcé une personne à sortir de la route. Ils auraient pu blesser quelqu'un.

Willy et Jamie ne pouvaient pas se voir. Clay était un garçon assez gentil quand il n'était pas avec son frère. Mais Jamie était un tyran de premier ordre ; et il pouvait tout aussi bien convaincre que menacer son frère de faire n'importe quelle frasque. Ils étaient tous les deux des terreurs au volant.

— Ils n'ont obtenu que ce qu'ils méritaient.

Son frère, Ezekiel, courut dans la pièce en contournant leur mère, sauta et rebondit sur le lit.

— J'ai perdu une dent, dit-il en montrant à Willy son sourire édenté et exhibant sa dent. Qu'est-ce que j'en fais ?

— Je vais la prendre, mon cœur, dit sa mère.

Ezekiel la lui donna.

— Je n'ai pas pleuré du tout, Willy, reprit-il en rebondissant à nouveau sur le lit, puis s'affalant à ses côtés.

Willy tendit le bras, attrapa son frère et l'attira sur ses genoux avant de le chatouiller jusqu'à ce qu'il se tortille dans tous les sens en gloussant.

— Le dîner est bientôt prêt, dit leur mère avant de partir.

— Est-ce que tu as faim ? demanda Willy en soulevant Ezekiel dans les airs, provoquant plus de cris. C'est l'heure de manger. Tu dois aller te laver les mains.

Ezekiel se précipita dans la salle de bain aussitôt que Willy le reposa à terre. Il marchait rarement. Ezekiel n'avait qu'une seule vitesse, courir, et il était toujours heureux et plein d'entrain. Willy souhaitait pouvoir être un peu plus comme lui.

— Ruthie, geignit Ezekiel à la porte de la salle de bain. J'étais là en premier !

Il se tourna vers Willy qui le souleva de nouveau.

— Ce n'est pas juste.

— Non, en effet.

Ruthie avait treize ans et avait décidé qu'elle était en quelque sorte une princesse et que tout le monde devait passer après elle. Willy avait entendu son père en parler, et il ne pensait pas que son comportement allait durer encore longtemps. Son père n'était pas d'accord avec ce genre d'attitude.

La porte de la salle de bain s'ouvrit, et sa sœur essaya d'afficher un air innocent.

— Tu dois être plus gentille, lui dit Willy, et Ezekiel lui tira la langue. Ce n'était pas vraiment gentil ça, dit Willy en grondant gentiment Ezekiel.

— Mais elle est méchante avec moi.

Il croisa les bras sur sa poitrine de la même façon dont Willy avait vu Reggie le faire plus d'une fois.

— Elle est seulement un peu égoïste.

Willy reposa Ezekiel par terre et celui-ci courut dans la salle de bain pour se laver les mains. Willy fit la même chose et après qu'ils se furent séché les mains, il les conduisit vers la table.

Leur père entra par la porte arrière. Il salua silencieusement leur mère puis s'assit. Les trois enfants prirent leur place, et aussitôt qu'ils furent assis, son père joignit ses mains pour une prière. Ensuite, et seulement ensuite, ils se passèrent la nourriture, avec chaque plat commençant par leur père. C'était un vieux rituel, et Willy n'en avait jamais rien pensé avant qu'il aille à l'école et voit comment les autres enfants se comportaient.

— Tout va bien ? demanda sa mère.

Les trois enfants mangeaient et restaient silencieux à moins qu'on leur adresse directement la parole à table, y compris Ezekiel, même si c'était un peu difficile pour lui parfois.

— Ça ira.

Son père leva les yeux de son assiette.

— Le nouveau shérif est un petit dilemme. Je pense qu'au fond, c'est un homme bon, mais il a perdu son chemin vers le Seigneur. Il a dit qu'il n'était pas intéressé de venir à l'église, et cela m'inquiète. Cette communauté dans son ensemble a besoin de quelqu'un qui donne le bon exemple.

Willy se mordit la lèvre et prit une bouchée de purée. Il savait que son père voulait dire par là qu'il avait besoin de quelqu'un qu'il pourrait pousser dans la direction qu'il souhaitait, tout comme il le faisait avec tout le monde.

— Il semble savoir ce qu'il fait, et tu as toujours dit que tu étais inquiet de la façon dont les précédents shérifs étaient négligents, dit Willy.

Son père acquiesça.

— Je pense que nous avons besoin d'essayer plus fort.

— Ou simplement de réaliser que tout le monde ne pense pas forcément de la même façon que toi sur tous les sujets.

Willy savait qu'il provoquait le mécontentement de son père, ce qui se manifestait par des lèvres pincées et un regard noir. Willy redirigea son regard vers son assiette, et pensa une fois de plus à obtenir un travail et un endroit où vivre par lui-même. Il avait vingt-deux ans. Il était temps qu'il arrête de vivre chez ses parents et fasse son propre chemin dans la vie. Plus d'une fois, il avait pensé tout simplement monter dans un bus et partir pour San Francisco.

Il finit de manger et demanda la permission de quitter la table, puis débarrassa son assiette aussitôt que son père donna son accord. Willy sortit s'asseoir sur les marches à l'entrée de la maison. L'air de la montagne était un peu frais, donc il rentra, prit un sweat-shirt et dit à sa mère qu'il sortait marcher un peu. Il avait besoin de s'éloigner de la maison et avoir le temps de réfléchir un peu. Il partit avant que son père devienne trop curieux et se dirigea vers la ville aussitôt qu'il atteignit le trottoir.

Les mains dans les poches, il ne se souciait pas vraiment de l'endroit où il allait du moment que c'était loin de sa maison. Il garda la tête baissée alors qu'il essayait de savoir quoi faire. Willy savait qu'il ne serait jamais capable d'être à la hauteur des attentes que son père avait pour lui.

Juste avant qu'il atteigne la rue principale, un véhicule s'arrêta près de lui et la vitre s'abaissa.

— Hé. Tu vas bien ? demanda le shérif Barnett depuis l'intérieur du SUV blanc.

— Oui. Je suppose, répondit Willy avec un haussement d'épaules exagéré. Je réfléchissais.

Une légère brume recouvrit tout et Willy mit la capuche de son sweat-shirt afin d'essayer de se garder au chaud.

— Je suis seulement sorti prendre un peu l'air.

— Il y a une véritable tempête qui approche. Tu devrais rentrer chez toi. On s'attend à quelques centimètres de pluie ce soir. Veux-tu que je te raccompagne ?

Le verrou cliqua, et Willy monta dans la voiture, ferma la portière et remonta la vitre.

— Merci.

La pluie tomba soudainement dru. Il resta assis, immobile, regardant les gouttes d'eau éclabousser le pare-brise puis les essuie-glaces les écarter, seulement pour que tout recommence.

— Tu veux en parler ? demanda Reggie en se replaçant sur la route.

— Il n'y a rien à en dire. Je suis coincé pour le moment, jusqu'à ce que je puisse partir d'ici. J'ai besoin de trouver un travail et peut-être mon propre chez moi.

Willy soupira.

— Cette ville...

— C'est un bon endroit, dit Reggie en lui lançant un coup d'œil.

— Non. C'est une prison et mon père en est le directeur.

C'était la première fois qu'il parlait des affaires de sa famille avec quelqu'un. Sa mère et son père, lui, Ruthie, Ezekiel... tous, ils revêtaient cette parfaite image pour le reste du monde. Ses parents étaient particulièrement bons à ça.

— Il décide de tout ce qui se passe à la maison, et maintenant il veut décider de mon avenir à ma place. Il m'a inscrit dans une école religieuse afin que je puisse l'aider à apporter son aide à sa congrégation.

Willy tira un coup sec sur sa ceinture de sécurité alors que la voiture semblait tout d'un coup trop confinée. Il devait sortir... maintenant.

Aussitôt que la voiture s'arrêta, Willy tituba sur le côté de la route, ignorant la pluie alors qu'il rendait son dîner, son estomac se rebellant contre lui. Il se redressa, s'essuya les lèvres d'un revers de la main et cracha pour essayer d'enlever le goût dans sa bouche.

Reggie tapota son dos et l'aida à remonter dans la voiture.

— Veux-tu que je te ramène...

— N'importe où sauf chez moi. Je ne peux pas y retourner, soupira Willy alors que Reggie fermait la portière.

Il boucla à nouveau sa ceinture de sécurité, Reggie remonta dans la voiture et démarra. Sans rien dire de plus, il conduisit. Willy ne savait pas où il se dirigeait, mais cela importait vraiment peu du moment qu'il ne retournait pas dans cette maison.

— Où sommes-nous ? demanda-t-il dix minutes plus tard tandis qu'ils s'engageaient dans l'allée d'une maison en rondins de bois entouré par des pins.

— C'est ma maison, dit Reggie. Elle était à mon oncle Harry. Il est mort il y a quelques années et il me l'a laissée. J'avais l'habitude de venir à Sierra Pines quand j'étais gamin pour lui rendre visite une semaine pendant les vacances ou en été. Je venais ici en vacances même après son décès, donc quand on m'a proposé un travail en ville, je l'ai pris et ai déménagé ici de façon permanente.

Il s'arrêta et Willy sortit. La pluie s'était arrêtée, du moins pour le moment, et Willy regarda le porche, qui remplissait l'espace entre les deux ailes de la maison.

— C'est beau.

Il continua de l'observer alors que Reggie ouvrait la porte et allumait.

— Entre, dit Reggie alors que la pluie recommençait à tomber.

Willy se dépêcha d'atteindre le porche puis de rentrer dans la maison. L'intérieur était encore plus spectaculaire, avec des murs en rondin partout, un plafond en pin, et un énorme foyer de cheminée partant du sol jusqu'au plafond vouté. De lourds meubles masculins en cuir avec quelques couvertures remplissaient la pièce, et une grande peinture des montagnes était accrochée au-dessus de manteau de la cheminée. Willy ne savait pas où regarder en premier.

— Oncle Harry l'a construite lui-même. Cela lui a pris presque cinq ans pour tout faire, mais tout est de lui, et cela se voit dans chaque petit détail.

Reggie enleva son manteau et proposa de pendre celui de Willy dans la buanderie pour le faire sécher.

— Merci.

— Tu ferais mieux d'appeler ta mère et ton père pour leur faire savoir où tu es. Ils vont être inquiets, et vont probablement te chercher.

Willy savait que c'était vrai. Que Dieu lui pardonne d'avoir besoin quelques heures loin d'eux, loin de l'emprise de son père ! L'autre jour, lorsqu'il était allé à Sacramento, il avait dû dire qu'il rendait visite à des amis de l'école qui y habitaient, et même là, son père avait rechigné à lui donner la permission d'y aller. Il avait vingt-deux ans, et son père devait encore approuver tout ce qu'il faisait.

Ça craignait. Mais il sortit son téléphone et envoya un message à son père en lui disant qu'il était chez un ami et allait bien. Il finit par recevoir une réponse lorsque son père l'appela, et après avoir esquivé ses questions sur l'endroit où il se trouvait, il raccrocha. Il se sentait bien d'avoir un peu de liberté.

— Est-ce que ton estomac va mieux ?

Reggie lui apporta un verre de soda et lui indiqua le canapé.

Willy s'y assit.

— Ça ira. Je n'ai pas faim ou quoi que ce soit.

Ses joues chauffèrent derrière le verre alors qu'il prenait une gorgée. Reggie l'avait vu vomir parce qu'il ne voulait pas être chez lui. À quel point cela pouvait-il être plus embarrassant encore ?

— Je vais t'apporter quelques crackers. Cela aidera à faire partir le goût.

Reggie s'affaira dans la cuisine et apporta une assiette de crackers beurrés qu'il déposa sur la table basse avant de s'asseoir dans l'énorme fauteuil en cuir le plus proche.

Willy en grignota un et prit une autre gorgée de soda. Ils se regardèrent et Willy ne savait pas ce qu'il devrait dire.

— Je suis désolé, dit-il alors que Reggie ouvrait la bouche pour parler.

— Il n'y a rien dont tu doives t'excuser.

— Si. Je t'ai balancé tout un tas de problèmes familiaux, et mon père se mettrait en colère s'il le savait. Il est totalement fixé sur le fait que nous montrions l'exemple, nous sommes censés être sa famille modèle. À l'église, maman joue de l'orgue et tient les cours de catéchisme. Maintenant, je le fais aussi. Chaque fois que papa veut parler de vertu, il nous fait tenir à ses côtés.

Willy posa son verre. Il l'avait agrippé tellement fort qu'il avait peur de le briser.

— Est-ce qu'il hurle ?

— Papa ? Jamais. Je ne l'ai jamais entendu ne serait-ce qu'élever la voix.

Willy se leva et tourna le dos à Reggie, relevant sa chemise.

— Papa préfère utiliser la ceinture. « Qui aime bien châtie bien ».

Reggie inspira bruyamment, surpris, et Willy sut qu'il avait vu les cicatrices.

— Mais c'est quoi ce bordel ? demanda Reggie alors que Willy se tournait à nouveau vers lui.

— Il y a un an, Ezekiel était en train de jouer avec le fils des voisins. Apparemment, ils ont eu un désaccord à propos de quelque chose et Ezekiel a dit un gros mot au gamin. Il a couru chez lui et l'a raconté à sa mère, qui a appelé mon père. Papa avait sorti la ceinture pour punir Ezekiel. J'ai dit non à mon père, que s'il frappait Ezekiel, j'allais appeler le numéro d'urgence pour les enfants battus. Les yeux de papa sont devenus noirs et il s'est tourné vers moi. Je suis resté endolori pendant des jours. J'ai été chanceux qu'il n'y ait pas eu trop de saignements, mais bouger faisait mal.

— Qu'en est-il de ta mère ?

— Elle fait ce qu'il dit.

Willy ferma les yeux et fit de son mieux pour calmer son estomac.

— Il n'a jamais frappé Ezekiel et Ruthie. Je lui ai dit qu'il pouvait me battre, mais que si jamais il frappait l'un des enfants, je ferais en sorte qu'il en paie le prix. C'est à ce moment qu'il est devenu encore plus vigilant. La pire chose sur terre est quelqu'un qui ne peut pas penser par lui-même.

— Est-ce qu'il t'a frappé depuis ?

— Non. Il avait le dernier shérif dans la poche, mais j'ai pensé appeler la police d'État et le signaler. Au moins, quelqu'un d'autre que cet idiot serait au courant. Il ne m'a jamais refrappé. Comme tout tyran, il ne supporte pas que les gens lui tiennent tête.

Pas qu'il puisse faire quoi que ce soit à propos de ce qui s'était passé maintenant. La seule chose qui le rendait heureux était que son frère et sa sœur ne seraient pas frappés de la manière dont il l'avait été. Au moins, il avait réussi à faire cela.

— Je suis désolé. J'aurais aimé avoir été là...

— Ce n'est pas grave. Personne ne peut tenir tête à mon père. Tout le monde en ville pense qu'il est parfait, et ils viennent tous le voir pour être conseiller et guider. Si j'avais dit à qui que ce soit ce qui se passait, personne ne m'aurait cru.

— Je te crois, dit Reggie. Et dis-moi s'il te frappe ou qui que ce soit d'autre. Je prendrais des mesures.

Il posa son verre sur la table.

— Personne n'est au-dessus de la loi. Pas le maire et ses enfants. Je sais qu'ils ont effrayé pratiquement toute la ville, mais ça s'arrête ici. Et de ce que j'ai entendu, il semblerait que le maire ne sera pas réélu.

— C'est bien, dit Willy. Il a besoin de partir. Peut-être que la prochaine fois, ils voteront pour quelqu'un qui n'est pas lié à mon père.

— Tu le détestes vraiment, remarqua Reggie.

Ce n'était même pas une question.

— Je ne l'ai pas toujours détesté. C'était un homme bon et attentionné. Il prêchait les bonnes choses de la Bible – aime ton prochain. Et puis mon frère Isaac, qui était un an plus jeune que moi, a été tué par un conducteur ivre. Papa lui avait prêté la voiture, et le gars l'a fait sortir de la route en descendant de la montagne. Après ça, je pense que papa a dû se dire qu'il devait avoir fait quelque chose de mal pour mériter ce genre de punition.

Willy essuya les larmes de ses yeux.

— Maman et papa étaient heureux avant. Je me souviens d'eux riant et nous faisions des sorties en famille, comme tout le monde. Mais depuis, je ne peux pas me souvenir d'un moment où j'ai vu ma famille réellement sourire.

31

Willy ferma les yeux et essaya de faire le vide.

— Ce genre de choses peut changer une personne. J'ai connu des gens qui buvaient et se tournaient vers la drogue... n'importe quoi pour atténuer la douleur. On dirait que ton père s'est tourné vers la Bible et a réussi à rediriger la douleur à l'intérieur et contre lui-même.

Reggie attrapa son verre et le vida.

— Je suis vraiment désolé pour ton frère.

— Plus personne ne parle de lui à la maison.

Willy découvrit subitement qu'il avait besoin de le faire.

— Papa a emballé la plupart de ses affaires, et personne ne parle de lui. Ruthie pose des questions à son sujet parfois, mais seulement lorsque maman et papa ne sont pas là. Ezekiel est tellement jeune qu'il se souvient à peine de lui.

Reggie se leva et vint s'asseoir à côté de lui sur le canapé.

— Je vois beaucoup de tragédie dans mon travail. Du moins, j'en avais l'habitude. Je suis venu ici pour essayer de les empêcher le plus possible.

Reggie glissa ses doigts entre ceux de Willy, envoyant un choc le traverser que Willy ne comprit pas complètement.

— Comment était Isaac ?

Willy eut un petit rire, il ramena un souvenir de son frère dans son esprit.

— C'était l'enfant le plus sauvage de nous tous, cependant pas aussi sauvage que Clay et Jamie. Il aimait s'amuser et n'écoutait pas notre père. Il avait l'habitude de se faufiler hors de sa chambre la nuit et se rendre jusqu'au *diner* à quelques rues de la maison. Il ne faisait pas de mauvaises choses... Je pense qu'il voulait seulement sa liberté.

Willy pouvait certainement le comprendre.

— Isaac adorait les voitures et travaillait tout le temps dessus. Il a réussi à faire tenir la vieille voiture de la famille toute une année avant que finalement, elle rende l'âme. Il avait un don pour ça, soupira Willy. Il me manque beaucoup.

Il ferma les yeux et souhaita être de nouveau dans sa chambre, seul, afin de pouvoir enfouir son visage dans son oreiller et pleurer. Il pensait de moins en moins à Isaac avec le temps, et la culpabilité montra son horrible visage. Avec ses parents qui ne parlaient jamais d'Isaac, c'était à lui d'essayer de garder le souvenir de son frère vivant.

Reggie passa un bras autour de ses épaules et l'attira vers lui.

— Tout va bien.

Willy secoua la tête et se dégagea.

Reggie le prit dans ses bras.

— Il n'y a rien de mal à être blessé par la perte de quelqu'un, et ce n'est pas une faiblesse d'être réconforté.

Willy se pencha plus près et enroula ses bras autour de la taille de Reggie. Il ne savait pas ce qu'il ressentirait à tenir un autre homme, mais alors qu'il resserrait son étreinte et que le bras de Reggie entourait ses épaules, il se détendit et ferma une fois de plus les yeux, cachant son visage dans la chemise de son compagnon. Il était déterminé à ne pas pleurer, mais il ne bougea pas d'un poil au cas où Reggie changerait d'avis. Il essaya de se souvenir de la dernière fois où il avait été tenu ainsi, réconforté et chaleureux... et ne pouvait pas. Il câlinait Ruthie et Ezekiel autant qu'il le pouvait, voulant qu'ils connaissent tous les deux l'intimité familiale et la douceur à la place de la froideur distante transmise par leurs parents.

Il leva les yeux. Le profond regard assombri de Reggie rencontra le sien. Des doigts chauds touchèrent son menton, le maintenant immobile tandis que des vagues de chaleur le traversaient. Pendant une seconde, il pensa avoir de la fièvre. Puis Reggie se rapprocha lentement.

Le premier contact des lèvres d'un autre homme lui donna l'impression d'avoir trouvé son foyer. Willy ne savait pas comment cela serait, mais c'était une sensation merveilleuse. Les lèvres de Reggie étaient chaudes, et plus douces et lisses qu'il s'y attendait.

Le baiser ne dura pas longtemps. Willy cligna des yeux, ravi que Reggie reste proche et continue à le tenir. C'était ce qu'il avait espéré cette nuit-là à Sacramento. Il en voulait plus, mais ne savait pas comment le demander. Mince, il n'était même pas certain de ce qu'il voulait.

— C'était sympa, dit Willy, simplement parce qu'il pensait qu'il devait dire quelque chose.

C'était la vérité, mais ces mots semblaient tellement inadéquats. Depuis le moment où il avait compris qu'il était différent de la plupart des autres personnes, il avait rêvé de ce à quoi ressemblerait un baiser avec un autre homme. Willy avait davantage réfléchi sur le plan physique, et les baisers dans son imagination avaient été plus proches des baisers de sa tante, parce que c'était tout ce qu'il avait comme comparaison. Ce n'était en rien identique. Cela lui envoyait des frissons et des vagues de chaleur en même temps.

Reggie l'embrassa encore, et la même chose se produisit, seulement cette fois le baiser fut plus profond. Willy le ressentit dans tout son corps, ses jambes se tendant et son dos devenant rigide, l'excitation courant en lui. Il enroula ses bras autour de la nuque de Reggie, le maintenant près de lui parce qu'il ne voulait pas que cela finisse.

La chaleur qui voyageait entre eux mit le monde de Willy en feu, brûlant sur son passage la personne qu'il pensait être. C'était quelqu'un de différent, quelqu'un qui avait embrassé un autre homme et savait qu'il voulait le faire encore et encore pour le reste de sa vie. Lorsqu'ils se séparèrent, Reggie le relâcha et Willy se réinstalla contre le canapé, respirant profondément, clignant des yeux, et se demandant comment il allait gérer le changement de la réalité de sa vie.

C'était juste un baiser. Et peut-être que c'était vrai. Mais pour Willy, c'était plus que cela. C'était l'assurance que ce qu'il pensait était réel et pas une quelconque fantaisie. Il avait eu un avant-goût de ce qu'il voulait vraiment.

— Tu vas bien ? Tu sembles un peu hébété, demanda Reggie et Willy hocha la tête d'un air absent.

Son père avait dit tellement de choses au sujet des personnes gays qui étaient complètement fausses. Il pouvait s'en rendre compte maintenant. Comme par exemple qu'ils étaient des déviants et des violeurs, ce qui n'était qu'un ramassis d'idioties pour effrayer les gens et leur faire croire les mêmes choses étroites d'esprit que lui.

— Oui, sourit Willy. Je vais bien, plus que bien même. Je pense que je ne me suis pas senti aussi bien… depuis très longtemps.

Il avait l'impression que le soleil venait de sortir de l'ombre des nuages après une pluie torrentielle.

Peut-être que tout irait bien après tout.

Un coup de tonnerre fendit l'air. Ce genre d'orage était plutôt rare ici, et Willy sursauta, mais le tonnerre n'arrivait pas souvent, cela signifiait que l'orage s'intensifiait. Willy se rassit alors que la pluie bombardait la fenêtre.

— Cet endroit est aussi solide que n'importe quelle habitation.

Reggie l'attira à lui une nouvelle fois.

— Tu n'as pas à t'inquiéter.

Willy n'était pas inquiet, vraiment. Reggie était fort et protecteur.

Après un moment, l'orage se calma. Reggie se leva, fit un encas et l'apporta.

— Je n'ai pas grand-chose à la maison pour le moment.

Il avait pris un peu de viande et de fromage pour aller avec les crackers. L'appétit de Willy était de retour, il mangea prudemment puis bâilla.

— Je devrais rentrer.

Cependant, la perspective était loin d'être quelque chose qu'il attendait avec impatience. Mais quelques heures de liberté devraient le faire tenir pour l'instant.

Juste à ce moment-là, le vent fit claquer les fenêtres et Reggie vérifia son téléphone.

— Si nous avons une coupure de courant, je devrais aller voir ce qui se passe et ce que je peux faire pour protéger les équipes de réparation.

— Tu vas devoir sortir par ce temps ?

Les orages de montagnes pouvaient arriver rapidement et le vent pouvait traverser les canyons avec la force d'un ouragan.

— J'espère ne pas avoir à le faire.

Reggie se leva et Willy fit de même.

— Laisse-moi te montrer la chambre d'ami. Personne ne devrait être dehors par ce temps s'il n'en a pas réellement besoin.

Reggie le conduisit le long d'un couloir et ouvrit la porte d'une chambre avec les mêmes murs en rondins et des meubles avec des cadres faits de branches.

— Mon oncle a aussi fait la plupart des meubles lui-même. Il aimait utiliser des matériaux qu'il ramassait lui-même.

Reggie lui indiqua la salle de bain puis laissa Willy seul, fermant la porte derrière lui.

Willy s'assit au bord du lit, écoutant Reggie retourner dans le salon. Il entrouvrit la porte et le cliquetis de la vaisselle se fit entendre. Puis Reggie approcha, éteignant les lumières.

Willy alla dans la salle de bain pour se rafraîchir. Il se prépara à se coucher et se cala sous les couvertures alors que Reggie se déplaçait dans les autres pièces de la maison. Willy se demanda comment ce serait d'avoir Reggie au lit avec lui, l'homme fort et massif allongé à côté de lui, le maintenant proche de lui. Il essaya de ne pas imaginer comment pouvait être le sexe avec lui. Il avait tellement peu d'expérience que ses fantasmes étaient ordinaires et répétitifs. Il avait besoin de se diversifier un peu et d'avoir peut-être un peu de nouvelles expériences.

Un léger coup sur la porte le tira de ses pensées.

— Willy ?

— Oui ? répondit-il doucement, son corps se tendant instantanément, l'excitation le traversant de part en part alors qu'il se demandait ce que Reggie voulait.

Que ferait-il si Reggie rentrait dans la chambre ? Bon Dieu, il était effrayé par sa propre satanée ombre. Reggie était un homme bon. Il avait refusé au bar et s'était assuré que Willy soit prudent.

— Si tu as besoin de quoi que ce soit, ma chambre est au fond du couloir.

— OK, répondit-il, puis Reggie partit et il se retrouva seul et pourtant tellement proche de ce qu'il pensait vouloir.

La chose était qu'il n'avait aucune idée de comment faire pour l'obtenir. Peut-être que s'il demandait… ? Non, Reggie l'avait déjà repoussé une fois.

IV

REGGIE BÂILLA à son bureau le lendemain matin. Il n'avait pas beaucoup dormi la nuit précédente, pleinement conscient qu'il avait Willy sous son toit. Lorsqu'il s'était levé à son heure habituelle, il avait trouvé Willy déjà réveillé, assis sur le canapé, fixant le mur et mordillant sa lèvre inférieure. Il l'avait ramené en ville et déposé devant chez lui avant de se diriger vers le poste de police. Maintenant, il ne pouvait pas se concentrer, espérant que Willy n'allait avoir aucun problème.

— Quand devons-nous emmener Clay et Jamie voir le juge ?

Reggie vérifia l'heure.

— Allez les chercher et nous allons y aller. Comment s'est passée leur nuit ?

— Très tranquille. Le plus vieux, Jamie, est apparemment resté éveillé, et Clay a passé la majorité de la nuit sur son lit. Le garde pense qu'il a entendu des pleurs de temps en temps durant la nuit, mais il n'est pas certain.

Jasper s'agita alors qu'il faisait un autre pas vers lui.

— Que pensez-vous qu'il va leur arriver ?

— Sincèrement, je pense qu'ils vont être libérés sous caution avec une période de probation et une amende, en particulier Clay, qui est mineur. La pire part de leur calvaire est probablement finie, mais j'espère qu'ils s'en souviendront.

Reggie se leva et traversa le poste avec Jasper.

— Où est Sam ?

— Il fait la circulation.

Jasper fit un grand sourire. C'était visiblement une source de ravissement pour lui.

— Shawn est sorti pour répondre à un appel de tapage domestique chez les Wilson. Ils se criaient encore dessus et les voisins ont appelés.

Il disait cela comme si c'était une chose commune.

— Shawn dit qu'ils ne se frappent jamais, ils crient simplement l'un sur l'autre le plus fort possible comme des banshees. J'y suis allé une fois, je leur ai parlé. Ils sont restés tranquilles pendant un temps, puis ils ont recommencé.

Ils sortirent les deux garçons de leurs cellules, les firent monter en voiture, puis les conduisirent jusqu'au palais de justice, où ils rencontrèrent leurs parents et un avocat. Reggie les escorta jusque dans une pièce sécurisée où ils pourraient discuter et laissa Jasper les surveiller. Il se dirigea à l'étage vers la salle d'audience et croisa le révérend Gabriel.

— Bonjour. Comment va le maire ?

— Aussi bien qu'on puisse s'y attendre. Je lui ai donné des conseils pour ses garçons, et nous avons prié ensemble. Puis je l'ai laissé seul.

Le révérend Gabriel avait les mains jointes, sa voix était aussi calme que d'habitude. Reggie se demanda ce qui se passait réellement derrière ces yeux.

— Il est avec ses fils et son avocat maintenant.

Reggie fit de son mieux pour ne pas regarder autour de lui dans l'espoir que Willy soit avec son père, puis la porte des toilettes des hommes s'ouvrit et Willy en sortit, habillé de vêtements sombres ressemblant beaucoup à ceux de son père.

— Bonjour, shérif, dit le jeune homme avec son léger sourire qui dura quelques secondes, avant de se tenir à côté de son père, mais un pas en arrière, le regard virevoltant autour de la pièce, la tension entre père et fils montant à chaque seconde.

— J'ai cru comprendre que vous avez ramené mon fils à la maison ce matin.

Le révérend Gabriel se tourna vers Willy puis à nouveau vers lui. Reggie se demanda ce que Willy lui avait dit et suspectait que c'était une façon de corroborer son histoire. Il hocha la tête, et heureusement, Jasper arriva avec les garçons, donc ils entrèrent dans la salle d'audience sans qu'il ait à répondre.

TOUT SE passa comme attendu : caution et une date d'audience mise en place, l'affaire passa à un avocat du comté, ce qui signifiait qu'à moins que cela passe vraiment en jugement, Reggie et Jasper en avait fini.

— Où est ton père ? demanda Reggie à Willy alors qu'il l'approchait en dehors de la salle d'audience.

— Il devait se rendre à l'église, et j'ai réussi à le supplier de ne pas l'accompagner. Je peux seulement le supporter un certain temps. J'espérais avoir l'occasion de parler avec Clay.

Willy jeta un œil vers les portes.

— Il est à la croisée des chemins. Tu sais ?

Il regarda au-delà de Reggie et fit un signe de main. Clay se tenait avec son frère et son père, semblant encore un peu effrayé.

37

Willy s'éloigna et lui fit signe de venir. Clay s'approcha lentement, prudent. Il était clair qu'il ne souhaitait pas passer plus de temps près du shérif qui l'avait arrêté.

— Allez-vous m'arrêter une nouvelle fois ?

— Clay, dit doucement Willy, le shérif faisait son travail, et ce que toi et Jamie faisiez était mal. Qui a eu l'idée de faire une course ?

Clay lança un regard noir à Jamie et regarda à nouveau Willy.

— Je vois. Tu sais, tu es assez vieux pour penser par toi-même, et tu as besoin de commencer à le faire.

— Mais Jamie…

— Est ton frère, mais il s'est attiré des ennuis et t'a entraîné avec lui.

Willy était incroyable. Il était gentil et attentionné.

— Tu vaux mieux que ça. Jamie est un adulte et il va faire face aux conséquences de ses actes cette fois, plus gravement que toi, puisque tu as encore dix-sept ans.

Willy serra doucement Clay dans ses bras, et Reggie ne pouvait plus entendre ce qu'ils se disaient.

Une fois qu'ils se séparèrent, Willy regarda alors que Clay retournait vers son père et son frère. Le groupe s'éloigna et Reggie se tourna vers Jasper.

— Retournez au poste, vérifiez qu'il n'y a eu aucun appel, et allez à la circulation, mais gardez votre radio allumée. Je veux que vous obteniez plus d'expérience, et cela veut dire prendre plus d'appels.

Reggie sourit alors que Jasper partait précipitamment. Il était même possible qu'il ait fait un léger bond avant d'atteindre les escaliers.

— Où vas-tu maintenant ? demanda Willy.

— Je vais patrouiller pendant un moment. Je veux que le département soit visible aux yeux du public. Leur faire savoir que nous sommes sur le terrain et pas seulement assis au poste. Et toi ?

Reggie découvrit qu'il était difficile de le quitter des yeux, mais il le devait. Avoir Willy chez lui avait été suffisamment difficile. Chaque bruit l'avait fait s'asseoir dans son lit, se demandant si le jeune homme allait bien. Il s'était tourné et retourné pendant des heures, débattant s'il aurait dû lui proposer de rester avec lui, voir si Willy voulait venir dans son lit. Il savait qu'il avait fait la bonne chose, mais quand même…

— Je ne sais pas. Je pensais que je pourrais commencer à chercher du travail.

Willy releva les yeux, toute la confiance de plus tôt évanouie.

— J'ai besoin d'être plus indépendant.

— Ce n'est pas une mauvaise idée.

— Jusqu'à quelle heure travailles-tu ce soir ? demanda Willy. Je cuisine vraiment bien. Donc peut-être…

Reggie était à deux doigts de dire oui. Cela serait sympa d'avoir un dîner avec Willy, mais ce serait jouer avec le feu. Il n'avait jamais eu de rendez-vous ou entamé une relation avec un homme à l'endroit où il travaillait, jamais. C'était une mauvaise idée à tous les niveaux, et pourtant il le voulait, et que les conséquences aillent au diable.

— Tu n'es pas obligé… murmura Willy en regardant autour d'eux.

— Je le sais. Mais quels genres de risques cela te fera-t-il prendre ? *Cela nous ferait-il prendre ?*

— Tu sais ce qui se passera si ton père le découvre.

Willy acquiesça.

— Je sais. Mais j'ai besoin d'avoir un peu de liberté rien qu'à moi, une chance d'être moi-même avec quelqu'un, ou je vais devenir fou. Je ne peux pas rester assis à la maison en hochant de la tête, faisant croire que je suis d'accord et vouloir ce que mon père veut.

Willy se rapprocha d'un seul pas.

— Je ne suis pas aussi fort que toi. Je ne peux pas encore lui tenir tête comme ça.

— Tu l'as déjà fait, dit Reggie, souhaitant qu'il ait gardé sa bouche fermée.

— Et regarde ce que j'ai récolté. Des souvenirs permanents de jusqu'où il est prêt à aller pour essayer de protéger ce qu'il voit comme sa mission dans la vie.

Willy soupira et lui tourna le dos, marchant lentement vers les escaliers.

— Dix-huit, dit Reggie. Je finis à dix-huit heures, s'il n'y a pas d'urgence.

Sa radio lui retransmit un appel du poste à l'oreille et il se hâta vers la sortie pour y répondre. Il n'avait pas le temps d'être plus précis que ça, et peut-être que ça allait. Maintenant, c'était à Willy de voir ce qu'il voulait faire de l'information.

REGGIE PASSA la journée à répondre aux différents appels au poste. Lorsqu'il eut quelques minutes de patrouille, il se fit un point d'honneur à s'arrêter à la station-service de l'autoroute afin de vérifier les toilettes. C'était un point de rencontre connu pour les hommes. Pas qu'il ait quelque chose contre, exactement, mais c'était aussi un lieu où d'autres sortes de transactions pouvaient être effectuées. Puisqu'il voulait étouffer cela dans l'œuf, il avait ajouté la zone aux patrouilles régulières. Mais autre qu'une famille de quatre personnes qui retournaient à leur voiture lorsqu'il arriva, l'endroit était vide comme il devait l'être. Il conduisit à travers le parking, s'assurant d'être bien visible pour tous ceux qui passaient, puis retourna en ville alors qu'il recevait un nouvel appel.

Après son dernier appel, Reggie retourna au poste et se mit au travail. Il avait des rapports à remplir, et devait passer en revue ceux de ses adjoints. Sam avait dit qu'il avait vu un certain nombre de voitures dans la zone de la station-service, mais lorsqu'il s'était arrêté, le parking s'était vidé en quelques minutes. Alors que Reggie lisait attentivement le rapport, les choses ne semblaient pas vraiment collées, en particulier certains timings. Cela pourrait être dû à un rapport bâclé de la part de Sam… ou autre chose. Il avait besoin de garder un œil sur lui.

Soupirant doucement, il mit le rapport de côté et en resta là pour aujourd'hui, s'assurant d'abord que toutes les informations des appels entrants étaient correctes. Sam était de service ce soir, donc Reggie espérait que la nuit serait calme. Il alla le voir et trouva Sam presque joyeux, ce qui était inhabituel.

— Je m'occupe de tout. Passez une bonne soirée.

Reggie le remercia et quitta le poste, se dirigeant chez lui pour quelques heures de paix. Il s'arrêta devant sa maison et la trouva silencieuse. Il vérifia l'heure – un peu après dix-huit heures. Il gara la voiture dans le garage, puis se dirigea vers sa maison et entra dans la demeure presque silencieuse. Reggie devait admettre qu'il était un peu déçu. En vérité, il avait été impatient à l'idée que Willy vienne. Il était aussi bien conscient qu'entretenir une relation avec Willy était une très mauvaise idée. Mais merde, dès qu'il fermait les yeux, il pouvait le voir, et s'il se concentrait, il pouvait le sentir dans ses bras, un paquet de chaleur et d'énergie.

Il alla dans sa chambre afin de changer son uniforme pour une tenue plus décontracter et déposer en sécurité sa ceinture et son arme avant de retourner dans la cuisine.

Une voiture s'avançant dans l'allée attira son attention, et Reggie se hâta vers la fenêtre, bougeant plus vite qu'il l'aurait dû. Willy sortit d'une vieille Toyota qui semblait tenir avec du gros scotch et des prières. Peut-être que c'était exagéré, mais elle avait un besoin sérieux d'être révisée. Reggie se dirigea directement vers la porte et l'ouvrit de sorte que Willy n'ait pas besoin de déposer les sacs plastiques qu'il transportait.

— Qu'est-ce que c'est que tout ça ? demanda-t-il alors que Willy déposait les sacs sur le comptoir.

— J'ai dit que j'étais un bon cuisinier, et je ne savais pas ce que tu avais.

Il commença à déballer les sacs, sortant quelques tomates et concombres qui semblaient incroyables. Il y avait des feuilles de salade, des pâtes et du basilic, les odeurs remplissant la cuisine.

— La plupart viennent de mon jardin. J'ai un potager sur le terrain de la communauté au sud de la ville, et j'y ai fait pousser quelques légumes, principalement pour ma mère.

— Mon oncle avait un jardin à l'arrière. Il a abattu quelques arbres pour le faire. Je n'ai pas eu l'occasion d'en faire quoi que ce soit. Mais cet automne, je vais essayer et planter au printemps. Pas que j'en sache beaucoup sur le jardinage et la façon de faire pousser des légumes, mais je pensais quand même essayer au moins une fois.

Reggie avait la place et pensait que cela lui ferait un nouveau loisir.

— J'ai fait pousser des légumes toute ma vie. J'aime ça. Tu dois être prudent cependant, en particulier dans le coin. Prends seulement des plants qui viennent de producteurs locaux ou des semis qui sont achetés dans le coin. Ce sont des variétés plus robustes qui peuvent fructifier à notre altitude. Et la Californie à une tonne de lois qui protéger le reste de l'état des variétés invasives.

Willy rougit. C'était adorable et mignon comme tout.

— Tu le sais probablement déjà.

Reggie lui sortit une casserole pour les pâtes ainsi qu'un saladier avant de montrer à Willy où tout se trouvait. Puis s'éloigna pour ne pas le gêner.

— Où as-tu appris à cuisiner ?

— Maman pensait que c'était une bonne idée que nous sachions tous faire les bases, répondit Willy en commençant à hacher le basilic, l'odeur emplissant la pièce. Je peux faire du pain à l'ail si tu veux…

Reggie sortit le pain, et Willy sortit quelques gousses d'ail fraîches du sac. Reggie commençait à se demander quoi d'autre exactement il avait là-dedans.

— Maman m'a appris et j'ai aimé ça. Mais je n'ai jamais eu beaucoup l'occasion de cuisiner. Papa est plutôt vieux jeu sur ce genre de chose. Parfois, je pense qu'il est né trop tard.

Willy termina avec le basilic et remplit la casserole pour commencer les pâtes.

— Je n'avais pas l'argent pour acheter de la viande, mais…

Willy ouvrit le réfrigérateur pour y chercher du beurre.

41

— Oui. J'ai tenté ma chance. Je vais faire des pâtes au pesto avec une salade et du pain à l'ail. Ça te va ?

L'estomac de Reggie gronda à la mention de nourriture.

— Largement. J'en ai tellement assez de ma propre cuisine.

— Que te fais-tu ?

Reggie ricana.

— Habituellement, je prends des choses que je peux réchauffer au micro-ondes. Je peux faire griller un steak délicieux et faire un bon poulet et de la purée. Des choses basiques. Mais je suis d'habitude tellement occupé que je n'ai pas beaucoup de temps pour ce genre de chose.

Il tira un des tabourets du salon sur l'un des côtés de l'îlot de la cuisine, s'assit et observa Willy alors qu'il mettait l'eau pour les pâtes à chauffer et découpait tout ce dont il avait besoin.

— C'est une superbe cuisine. Celle de ma mère est vraiment petite. Elle a juste assez de place pour faire ce dont elle a besoin, mais si quelqu'un d'autre est dedans avec elle, cela devient vite bondé. C'est tellement ouvert et confortable.

— Je suis content que tu l'aimes. Je peux te demander quelque chose ? Pourquoi fais-tu ça ?

Le couteau de Willy s'arrêta en milieu de découpe, la lame à mi-chemin dans un concombre.

— Pas que je n'apprécie pas, parce que c'est vraiment le cas. Mais pourquoi faire ça ? Pourquoi provoquer la possible colère de ton père ?

Willy leva les yeux au ciel.

— Nous ne faisons rien d'autre que cuisiner.

Il essaya d'avoir un air innocent, mais échoua.

— OK…

Il posa le couteau.

Je suis fatigué que mon père gère ma vie à ma place, et je t'aime bien. Je sais que tu ne m'apprécies peut-être pas ou que tu penses que je suis trop jeune ou autre chose.

Willy se balança légèrement d'avant en arrière, ce qui disait à Reggie qu'il était nerveux.

— Tu as été gentil avec moi, et tu m'as réellement vu, moi. Sais-tu ce que cela signifie pour moi ?

Reggie ne savait pas quoi dire.

— Non ?

— Je suis Willy, le fils du révérend. La plupart du temps, quand je suis avec lui, les gens ne me voient même pas. Ils s'en remettent à lui et font attention à lui. J'ai traversé les années de lycée avec très peu d'amis, parce que j'étais presque invisible. Mais tu m'as vu au bar, et même ici. Il y a des gens en ville qui pensent à moi comme le fils du révérend Gabriel – c'est tout. Je ne suis pas Willy. Je n'ai pas ma propre identité. Ils connaissent peut-être mon prénom, mais ils ne pensent même pas à moi comme étant ma propre personne.

Willy baissa les yeux et reprit sa découpe.

— Peut-être que je suis idiot de penser que quelqu'un comme toi voudrait…

Il posa son couteau.

— Je suis idiot, n'est-ce pas ?

Il s'éloigna du comptoir.

— Je suis stupide. Je pensais que je pouvais venir ici, te faire à dîner et puis que nous pourrions peut-être… je ne sais pas.

Il se tourna et quitta la cuisine, marchant à grands pas vers la porte d'entrée.

— Où vas-tu ? demanda Reggie, sautant de son tabouret, désespéré de soulager le stress et l'anxiété de Willy.

— Je devrais te laisser seul et ne plus t'embêter. Je suis seulement un gamin qui n'a aucune idée de comment les choses fonctionnent et…

Reggie attrapa le bras de Willy alors qu'il atteignait la porte. Il ne l'empoigna pas trop fort – il ne le blesserait jamais –, mais il ne voulait pas qu'il parte.

— Hé, je te vois.

Quand Willy se retourna, le cœur de Reggie manqua un battement devant la solitude dans ces yeux bleus comme le cristal qui semblait changer de couleur avec la lumière et avec son humeur. Ils étaient fascinants, et il se demanda s'il serait un jour capable de voir toutes les couleurs qu'ils pouvaient prendre.

— Et tu n'as pas besoin de partir.

Il tira Willy plus près de lui, l'enveloppant dans ses bras, s'émerveillant sous la sensation de justesse de l'avoir juste là.

— Je n'aurais pas dû venir. Tu avais raison à propos du fait que mon père le découvre. Moi, espérant et souhaitant des choses… toi, faisant ça… tu… C'est jouer avec le feu.

Reggie le tint serré, les battements de son cœur s'accélérant, un désir ardent presque accablant s'élevant à la base de sa colonne vertébrale, fleurissant comme une fleur au printemps, se répandant et grandissant à chaque seconde. Il se pencha, refermant ses lèvres sur celle de Willy, goûtant sa douceur, en voulant plus dès qu'il eut un second aperçu. Il resserra sa prise, intensifiant son étreinte, alors qu'un besoin de protéger et prendre soin de Willy grandissait en lui. Reggie était dans le pétrin, il pouvait déjà le sentir. S'il avait été intelligent, il aurait laissé Willy partir. C'était rejeter toutes ses règles par la fenêtre, et même s'il aimait ça, l'idée le stupéfiait. Il se recula, tenant toujours Willy, le regarda dans les yeux, et essaya de penser clairement.

La lucidité était une cause perdue. Quelques battements de cils de ces yeux bleus et un aperçu de la langue rose de Willy alors qu'elle sortait humidifier ses lèvres furent suffisant pour contrer tout ce qu'il savait qu'il devait faire.

— Allons dîner. D'accord ? demanda-t-il dans un murmure, ne voulant pas effrayer le jeune homme.

Willy acquiesça, et Reggie le raccompagna dans la cuisine. Alors que Willy reprenait le couteau, Reggie se dirigea dans le salon et mit un peu de musique – rien de trop fort, mais quelque chose pour remplir le vide et créer une bonne ambiance.

— Je me sens stupide, dit Willy sans lever les yeux de ce qu'il faisait.

— Tu ne peux pas présumer les choses. Si tu veux savoir quelque chose sur n'importe quoi, tout ce que tu as à faire, c'est de demander. C'est aussi simple que ça.

La musique changea et le rythme s'accéléra. Reggie frappa la mesure du pied puis tournoya en rythme. Willy eut un petit rire, et Reggie fit rapidement le tour de l'îlot central et déposa le couteau que tenait Willy sur le comptoir avant de le prendre rapidement dans ses bras et de le faire sortir de la cuisine en dansant jusque dans le salon.

— Je dois finir ça si nous voulons manger, dit Willy en trébuchant presque.

Reggie le retint de tomber et ils bougèrent plus facilement ensemble une fois que Willy se détendit.

— Voilà. Je suppose que tu n'es jamais allé danser, dit Reggie en le tenant proche de lui et laissant la musique le traverser. Est-ce quelque chose que ton père interdit ?

— Non. Lui et maman avaient l'habitude de sortir danser de temps en temps. Il y a une tonne de danse dans la Bible, donc il n'est pas contre. Mais je n'ai jamais appris. Je manque en quelque sorte de coordination. Maman a essayé de m'apprendre une fois, mais j'ai fini par tomber et casser une lampe. Il n'y a plus eu de leçons de danse après ça. Maman ne voulait pas à avoir à remplacer tous les meubles de la maison.

Willy rit et Reggie eut un petit rire contre son cou, inspirant profondément son odeur musquée et la laissant le remplir alors que la chanson touchait à sa fin. Il laissa Willy partir, content de reprendre son souffle et peut-être aussi de mettre un peu de distance. S'asseoir sur ce tabouret allait être difficile pendant quelques minutes. Reggie espérait seulement que son excitation n'était pas trop évidente.

— Est-ce qu'il y a quoi que ce soit que je peux faire pour aider ?

— Regarde ce que tu as pour assaisonner la salade.

Willy mit les pâtes dans l'eau bouillante et commença à faire le pesto, dont l'odeur lui mettait l'eau à la bouche de plus en plus chaque seconde qui passait. Reggie avait un peu de moutarde au miel et une bouteille de sauce ranch qu'il déposa sur le comptoir. Puis il aida à beurrer le pain que Willy mit au four.

Reggie aurait dû s'assurer qu'il avait un encas autre que des crackers et du fromage comme il lui avait servi la nuit dernière. Toutefois, cela n'allait plus être très long avant que le dîner soit prêt, même si l'odeur allait le rendre fou.

Willy égoutta les pâtes et les mélangea à la sauce, puis plaça la salade ainsi que les pâtes sur l'îlot avant de sortir le pain du four et de le mettre sur une assiette. Reggie sortit deux bières du réfrigérateur pour compléter leur festin, et ils s'assirent côte à côte sur les tabourets.

— Waouh, c'est délicieux, dit Reggie avec sa première bouchée de linguine. L'odeur ne laissait en rien supposé de la riche onctuosité de la sauce pesto.

— J'ai lu la recette dans un magazine et l'ai fait pour quelques amis quand j'étais à la fac. Mais je ne l'ai jamais fait pour ma famille.

Willy haussa les épaules.

— Où es-tu allé à la fac ?

— J'ai été accepté à l'UC Davis et j'y suis allé pendant deux ans. J'étais bien là-bas et j'y ai apprécié mon temps. J'étais Willy pendant un moment, mais les coupes budgétaires ont fait que l'argent de ma bourse d'études s'est amenuisé, et papa n'allait pas m'aider à payer. Il aime penser qu'il dirige la ville, mais une chose que je sais, c'est que mon père est honnête en ce qui concerne l'argent. Il ne prend rien de personne et ne retire que son salaire de l'église. Donc il n'y a pas grand-chose à la base. Après ça, je suis revenu ici. Et toi ?

— Je suis un ancien de Davis aussi. Mais j'ai probablement fini mes études avant que tu y sois. Je suis diplômé en justice criminelle.

Reggie prit une autre bouchée de ses pâtes.

— J'ai commencé en tant qu'adjoint du shérif dans la ville de Fresno, où je m'en suis bien sorti et j'ai aidé sur des cas très médiatisés. J'ai démantelé un énorme réseau de distribution de drogue, et cela m'a valu un peu de reconnaissance. On m'a demandé de rependre un département qui avait dû mal à s'en sortir, et quand j'ai accepté, ils m'ont envoyé ici.

— Donc, c'est ta première fois en tant que shérif ? C'est vrai que tu sembles assez jeune.

Willy mordit dans une tranche de pain à l'ail et Reggie s'en servit une tranche aussi.

— J'ai joué le rôle du shérif là-bas après que mon patron s'est révélé être impliqué dans le réseau de distribution de drogue que j'ai démantelé.

Reggie soupira.

— C'était la chose la plus difficile que j'ai eu à faire. Il m'a appris tout ce que je sais et m'a donné ma première chance, mais il était corrompu. Ça m'a vraiment secoué.

Les décisions qu'il avait dû prendre avaient presque mis en pièce son âme. À la fin, il avait fait ce qui était juste, mais cela l'avait émotionnellement démoli.

— Je voyais cet homme comme un second père.

— Je suis désolé.

Willy plaça sa main sur celle de Reggie, leurs doigts s'entrelacèrent.

— Qu'en est-il de ta famille ?

Reggie mordit dans son pain, juste assez aillé et moelleux afin que ce soit totalement décadent.

— Maman et papa habitent à Sacramento. Ils sont fiers de moi, et mon père était là pour moi lorsque tout est parti en vrille. Ma sœur, Janine, était prête à rassembler du monde et les avoir prêt à me remonter le moral. Mais j'ai besoin de travailler là-dessus par moi-même.

C'était en partie la raison pour laquelle il était prudent avec ses relations. Il en avait construit une de très proche avec le shérif Andy, et regardez ce qui s'était passé. C'était mieux de garder les relations professionnelles et personnelles aussi loin l'une de l'autre que possible. Et il avait fait ça… jusqu'à ce qu'un certain jeune homme avec les plus éblouissants yeux bleus mette un pied dans son poste de police.

— Tu sais, je suis fatigué de parler de famille. La mienne est merdique.

— Alors de quoi voudrais-tu parler ?

Reggie était plus que d'accord pour changer de sujet.

— Oh !

Les yeux de Willy s'éclairèrent et il se pencha plus près de lui.

— Je pense que j'ai trouvé un travail. John Webster du drugstore cherche quelqu'un pour l'aider avec ses comptes. La personne qui le faisait a démissionné, il a essayé de le faire lui-même, mais ça le rend fou. J'ai suivi des cours de comptabilité à la fac, donc je peux l'aider à le faire. Il est content et dit que tenir les comptes est un travail à mi-temps, mais qu'il peut me faire surveiller le magasin et d'autres choses quand il est absent afin de me donner un plein-temps. Je ne vais pas devenir riche ou autre, mais je vais être capable d'avoir mon propre argent.

— Qu'a dit ton père ?

— Je ne lui ai pas encore dit. J'ai parlé à monsieur Webster juste avant de venir ici, mais il veut que je commence lundi. Donc c'est vraiment bien.

Willy sautait presque sur son tabouret.

— Ce qui est vraiment sympa c'est que monsieur Webster est catholique, donc il n'est pas l'une des personnes redevables envers mon père. Il me veut pour moi et ce que je peux faire.

— C'est génial, dit Reggie en souriant.

Willy mordilla sa lèvre inférieure.

— Le seul problème, c'est que monsieur Webster est ouvert les dimanches. Il doit être le seul magasin qui l'est, mais il dit que les gens ont besoin de choses et qu'ils viennent tout le temps. Il n'ouvre pas avant midi, mais ça veut dire que certains jours, je vais devoir quitter l'église plus tôt. Mais le magasin est juste en bas de la rue, donc je peux y être en cinq minutes. Ça ne devrait pas poser trop de problèmes.

— Tu mérites d'avoir ta propre vie.

Reggie prit sa bière et trinqua avec celle de Willy. Ils s'échangèrent un sourire et prirent une gorgée.

— Les pères pensent qu'ils savent ce qui est le mieux pour leurs enfants. Peut-être qu'ils le savent parfois, mais nous devons le découvrir par nous-mêmes.

— Peut-être qu'une fois que je me serais habitué à ce travail, je pourrais trouver un endroit où vivre tout à moi. Ce serait mieux. Alors je serais loin de lui. Mais je suppose que j'ai besoin d'y aller par étape.

Willy était toujours aussi excité, et Reggie était incroyablement heureux pour lui. Faire les premiers pas par soi-même était toute une histoire, cependant cela soulignait d'autant plus l'écart d'âge et d'expérience qu'il y avait entre eux.

— Comment était ta journée après le tribunal ?

— Occupée, mais relativement sans incident, Dieu merci. J'ai pris quelques appels, principalement des choses du type service à la communauté, et j'ai fait quelques patrouilles.

Reggie n'expliqua pas à propos de la station-service et l'augmentation des patrouilles qu'il avait ordonnée à cet endroit. Il soupçonnait qu'il s'y passait quelque chose de plus que juste une rapide petite satisfaction.

Ils mangèrent dans un silence amical. Reggie ne pouvait pas s'empêcher de lancer des coups d'œil à Willy toutes les quelques minutes pour vérifier qu'il allait bien. Il aurait aimé s'être assis de l'autre côté du comptoir afin de mieux garder un œil sur lui. En y réfléchissant, Reggie faisait déjà de son mieux pour garder sa serviette de table complètement dépliée sur ses genoux afin de cacher son érection. Le simple fait d'être si proche de Willy avait cet effet sur lui. Pas qu'il eut l'intention d'agir en conséquence, même si son instinct le poussait à prendre Willy et lui montrer à quel point les choses pouvaient être merveilleuses entre deux personnes.

Il réprima un soupir une fois qu'il eut fini de manger. Il avait besoin de mettre un peu de distance entre eux. Il transpirait déjà, et pas à cause de la chaleur. Chaque fois qu'il inspirait, il sentait Willy. Peut-être que c'était son eau de Cologne, mais Reggie ne le pensait pas. Il était presque certain qu'il sentait l'odeur naturelle de Willy, et cela le rendait complètement fou.

Il déposa son assiette et ses couverts dans l'évier et commença à rassembler ce qui restait du pain et des pâtes pour les emballer et les ranger. À eux deux, ils avaient mangé toute la salade, et il déposa aussi le saladier dans l'évier.

— J'ai apprécié que tu viennes me faire à dîner. Tu n'avais pas à le faire, mais c'était un vrai cadeau.

Reggie sourit et puis finit de tout nettoyer.

— Je vois… dit doucement Willy. Je devrais vraiment y aller.

Reggie n'avait pas l'intention de le faire se sentir mal, mais il était une énorme source de tentation. Reggie se retourna, sortant ses mains de sous l'eau chaude.

— Je ne sais pas ce que tu attends de moi, admit-il. Ou peut-être que je le sais.

Bon sang, il détestait être nerveux. Dans son travail, c'était les actions, la prudence et la confiance en soi qui vous gardaient alerte et en vie. L'inaction pouvait être aussi fatale que de faire un mauvais pas.

— Je me sens stupide, murmura Willy. Peut-être que je suis trop… naïf, faute d'un meilleur mot.

Il leva les yeux au ciel et semblait à deux de doigts de se gifler lui-même.

— J'ai pensé qu'en venant ici, en te faisant à dîner et en parlant ensemble, cela te ferait réaliser que je suis un garçon gentil, peut-être même un peu mignon…

Son demi-sourire l'était certainement – Reggie ne pouvait pas nier l'évidence.

— Je pensais que peut-être tu m'apprécierais et que…

Il soupira.

— Ruthie déteste cuisiner, et maman lui dit toujours qu'il n'y a qu'un chemin vers le cœur d'un homme : son estomac. Du moins, c'est ainsi qu'elle affirme avoir capturé le cœur de mon père…

— Est-ce ce que tu veux… capturer mon cœur ?

Reggie était flatté et un peu stupéfié par la simple approche un peu vieux jeu. Il marcha jusqu'où se tenait Willy et le prit doucement dans ses bras.

— Tu es un incroyable jeune homme. Ne laisse personne te dire autre chose, jamais.

Il resserra son étreinte et Willy enroula ses bras autour de sa taille.

— Parfois, j'aimerais être comme tout le monde. Alors je n'aurais pas à me cacher et je pourrais être moi-même.

Willy le serra.

— Je veux seulement ce que tout le monde a.

Il leva les yeux, et Reggie hocha la tête. Il comprenait très bien ce sentiment.

— Je me cache aussi, admit Reggie. Quand je veux m'amuser, je vais à Sacramento. Je ne fréquente jamais personne où je travaille. C'est où nous nous sommes rencontrés, pendant l'une de ses nuits. Mes amis vivent une vie très ouverte, mais je garde la mienne privée. Les gens qui m'ont nommé à ce poste savent que je suis gay.

Reggie déglutit avec grande difficulté.

— J'aime mon travail et j'aime ce que je fais. Même si j'aimerais dire que le fait que je suis gay ne fait pas de différence, je sais que ce n'est pas réellement véridique. Cela fait une différence. Et qui sait comment les gens d'ici le prendront ?

— Donc, tu restes loin de moi à cause d'eux ? demanda Willy.

Reggie eut un petit rire, et nicha son nez dans les doux cheveux de Willy. Sans réfléchir, il inspira et dut réprimer un gémissement.

— Non. Je reste loin de toi parce que j'ai peur que tu deviennes addictif et que le fait d'être ensemble soit trop dangereux. Tu as une assez bonne idée de la réaction de ton père. Imagine ce qui se passerait s'il apprenait que toi et moi étions ensemble.

Reggie ferma les yeux et le tint un peu plus fort parce que ce qu'il disait lui faisait mal à la gorge et la fermait comme si elle voulait arrêter ce qu'il disait.

— Je suppose que je le sais, dit Will en levant ses incroyables yeux bleus et lorsque Reggie les croisa, ils l'attirèrent comme un aimant, une force qu'il ne pouvait pas contrôler, jusqu'à ce qu'il doive s'arrêter.

Le souffle chaud de Willy touchait ses lèvres, les survolant furtivement. Reggie se figea, muselant le désir ardant de prendre ce qu'il voulait. C'était un moment décisif, et cela devait être celui de Willy. Il devait faire le dernier pas.

Leurs lèvres se touchèrent, Willy fermant la distance entre eux. Un frisson électrisant courut entre eux. Reggie essaya de garder le baiser doux, mais Willy se pressa plus près de lui, donc il suivit le mouvement. Sa jambe droite trembla légèrement d'excitation, et Reggie glissa une main le long du dos de Willy, retraçant ses courbes, puis descendit sur le haut de son fessier. Chaque pas en avant était semé d'embûches alors que Reggie avançait doucement vers un abysse d'où il n'y aurait pas de retour.

D'une certaine façon, il réussit à rompre leur baiser.

— Nous devons prendre les choses lentement, OK ?

Le cœur de Reggie martelait dans sa poitrine et les battements résonnaient dans ses oreilles. Il prit une profonde inspiration et la maintint, espérant donner à sa tête un peu de temps pour retrouver un brin de lucidité du nuage de pur désir dans lequel il était tombé. Il relâcha le souffle qu'il retenait.

— Oui, lentement, accepta Willy et il l'embrassa à nouveau, plus durement.

Willy tremblait dans les bras de Reggie. Quelque part, il savait qu'il venait de lui mentir, mais Reggie était bien trop parti pour s'en soucier. Willy était pratiquement suspendu à lui, faisant de doux bruits du fond de sa gorge, caressant le désir de Reggie à chaque instant. Reggie le tint plus proche, grognant lui-même lorsque l'érection du jeune homme se pressa contre la sienne. Bon Dieu, il détestait les couches de vêtements entre eux, et pourtant ils étaient la seule chose le retenant de jeter Willy sur son épaule, de le porter jusque dans sa chambre et de le jeter sur le lit. Son imagination s'emballa avec des images de Willy nu sur son lit, lui souriant, sa peau pâle contre le rouge bourgogne de son couvre-lit.

Reggie se figea puis se recula, ses bras glissant de leurs positions autour de Willy.

— OK…

Mince, il avait besoin d'une seconde parce que, bordel ! qu'est-ce que c'était ? Willy était plus efficace qu'une dose de viagra, et Reggie avait besoin d'être capable de réfléchir. Ses règles. Reggie devait se souvenir de ses règles. Elles étaient là pour sa sécurité et son avenir. Il n'était pas censé faire ça.

— OK. Je suppose que c'est la partie « y aller lentement » ? dit Willy, son souffle légèrement saccadé.

Reggie acquiesça d'un hochement de tête.

— Est-ce que tu veux regarder un film ou faire autre chose ?

Il ne voulait pas que Willy parte.

— J'en ai quelques-uns si tu veux rester. Tu peux en choisir un et je reviens tout de suite.

Il avait besoin d'un peu de distance. Et d'une satanée bière.

Il prit sa bière et rapporta le soda que Willy lui avait demandé, puis il s'assit à côté de lui sur le canapé. Reggie avait pensé prendre l'un des fauteuils, mais cela semblait être ridicule et enverrait le mauvais message à Willy. Il ne voulait pas que le jeune homme pense qu'il ne le désirait pas. Le problème étant qu'il était trop mignon.

— Qu'as-tu choisi ?

Willy appuya sur le bouton lecture, et Reggie éclata de rire. *Albert à l'ouest* ? Une comédie burlesque.

— Je ne m'attendais pas à ça.

— Mon père piquerait une crise s'il savait.

Ravi, Willy se frotta les mains.

Reggie prit une gorgée de sa Corona et s'adossa à nouveau au canapé. Alors que le film défilait, ils rirent et râlèrent ensemble à certaines des blagues. À peu près à la moitié du film, Willy se cala contre lui et Reggie passa son bras autour de ses épaules. C'était tellement agréable, calme et serein, gentil… presque domestique.

— J'aime ça, murmura Willy alors que les crédits de fin défilaient sur l'écran. C'est agréable d'être ici avec toi.

Il s'étira sur le canapé, rappelant à Reggie un chat qui venait juste de se réveiller d'une sieste.

Quand Willy leva ses bras au-dessus de sa tête, sa chemise se souleva, accordant à Reggie la superbe vue de cette glorieuse bande de peau pâle juste au-dessus de sa ceinture. Reggie déglutit pour s'empêcher de baver. Willy bougea pour se rapprocher.

— Je dois vraiment y aller. Il y a quelques choses que je dois faire à l'église pour mon père, et je suppose que je devrais lui annoncer la nouvelle pour mon travail.

Les quelques heures de détente pour Willy semblaient être finies, et alors que sa nervosité revenait, c'était palpable.

— Écoute, tu peux encore utiliser la chambre d'ami si tu veux.

Reggie savait qu'il faisait la bonne chose en essayant de l'aider. Il tira Willy dans une autre étreinte.

— Je ne veux pas que tu te sentes comme ça.

Willy secoua la tête.

— Je n'ai pas d'excuses cette fois, j'ai besoin de rentrer à la maison et faire face à mon père. Il n'y a pas d'autre moyen. C'est un travail après tout. Ce n'est pas comme si je m'enfuyais pour devenir un Moonie [2] ou autre.

— Oui, je parie que ton père ferait une syncope si tu faisais ça.

Le petit rire de Willy se transforma en un rire tonitruant.

— Cette veine dans son cou palpiterait puis sa tête exploserait.

Il frotta ses mains ensemble.

— À quelle vitesse penses-tu que je peux les trouver ?

Il plaisantait, bien sûr, mais cela rajoutait un petit moment de légèreté. Willy se leva et Reggie fit de même, prenant soin de ramasser les bouteilles et cannettes. Il les jeta dans la poubelle à recycler.

— Alors tu devrais y aller. Mais j'espère te revoir bientôt.

Reggie devra s'en assurer. Il raccompagna Willy jusqu'à la porte et lui dit bonne nuit avant de lui donner un léger baiser d'adieu. D'accord, ce qui commença comme un léger baiser d'adieu tourna rapidement en Reggie pressant Willy contre la porte dans une session complète de pelotage intensif. Il se recula seulement lorsqu'il manqua d'air. Reggie tâtonna quelque instant pour ouvrir la porte et se tint sur le porche alors que Willy montait dans la vieille voiture et reculait dans l'allée, puis s'éloignait.

Reggie ne referma pas sa porte avant que les feux arrière soient hors de vue. Puis il s'adossa à la porte fermée, respirant toujours lourdement, mais il ne pouvait pas s'empêcher de sourire. Willy l'appréciait visiblement, mais il jouait à un jeu plutôt dangereux, peu importe la manière dont il abordait le sujet. Eh bien, il n'était pas encore trop tard. Il pouvait toujours faire marche arrière et ne plus jamais revoir Willy. Mais il savait que c'était une notion stupide. Son cœur était déjà impliqué, à un certain degré, et il n'était pas le genre d'hommes qui reculait devant une bagarre ou ce qu'il voulait. Il n'avait pas annoncé qu'il était gay, mais il n'allait pas non plus le nier. C'était juste que si les choses progressaient avec Willy, ils allaient arriver à un carrefour, et ils allaient tous les deux devoir prendre des décisions difficiles.

Reggie vérifia son téléphone, reconnaissant qu'il n'y ait aucun message ou appel. Il appela aussi le standard pour s'assurer qu'ils savaient comme le joindre si c'était nécessaire, puis il éteignit les lumières, se déshabilla, et se mit au lit.

Il s'endormit rapidement et commençait juste un merveilleux rêve avec Willy comme acteur principal dans un état très dénudé lorsqu'un bip persistant l'en tira. Il saisit son téléphone portable sur la table de chevet et grogna avant de répondre tout en s'habillant une nouvelle fois.

---

2 Surnom donné au membre de l'église de l'Unification créée du nom de leur dirigeant Sun Myung Moon.

V

WILLY ALLA travailler le lundi matin. Il était nerveux, mais excité. Monsieur Webster semblait ravi de l'avoir et quand il lui montra les comptes ainsi que ce qui avait besoin d'être fait, Willy s'y adapta comme un poisson dans l'eau. Ce qui l'avait choqué plus que tout était que son père l'avait en fait rejoint ce matin et avait bu un thé avec lui avant que Willy aille travailler. Il n'avait pas été en colère à propos du travail et semblait en quelque sorte fier de lui, ce qui était presque difficile à gérer pour Willy, parce que son père n'avait jamais semblé très fier de lui pour quoi que ce soit.

— Il va y avoir beaucoup de choses que tu vas devoir apprendre, dit gentiment monsieur Webster, puis il lui montra toutes les procédures.

— Ce n'est pas un problème, dit Willy.

Il passa en revue le registre des reçus de la semaine précédente, vérifiant tout avec les dépôts en banque et s'assurant que tout était comme il le devait. Puis il travailla sur le reste de la comptabilité.

— Bien, alors, dit monsieur Webster, cet après-midi-là une fois que Willy eut rentré toutes les données pour la journée.

Il indiqua l'équivalent d'une semaine de rentrées qu'il n'avait pas eu le temps de faire. L'informatique du magasin était très bonne et n'était pas difficile à comprendre, seulement prenante. Cela prit à Willy deux jours de plus pour mettre tout à jour. Monsieur Webster était heureux et Willy ravi. Il n'avait pas vu Reggie depuis vendredi, cependant, et il lui manquait. Pas qu'il ait de réels droits de ressentir cela, mais c'était le cas.

Au moment où Willy quitta le travail le mercredi soir, il était vraiment fatigué. Il avait son jeudi de libre parce qu'il allait travailler dimanche avec monsieur Webster. Il était impatient de retourner dans sa chambre et de passer quelques heures seul et au calme.

Il entra dans la maison et son père leva les yeux vers lui depuis sa chaise, avec le maire Fullerton assis en face de lui. Il était clair que quelque chose de dévastateur s'était produit, mais Willy ne demanda pas. Son père n'apprécierait pas sa curiosité.

— Qu'est-ce que je vais faire ? demanda le maire Fullerton en suppliant presque. J'ai réussi à garder cela sous silence pour l'instant, mais ça ne va pas rester ainsi. Vous savez à quel point les gens aiment colporter.

— Ils sont déjà en train de le faire, dit son père, et Willy traversa le salon jusqu'à la cuisine. J'ai bien peur que toute l'église soit au courant et qu'ils aient répandu cela dans toute la ville d'ici ce soir.

— Ce shérif. Je jure qu'il a une dent contre moi.

Son père fit un petit claquement de langue en signe de désapprobation.

— Ce n'est pas juste de blâmer quelqu'un pour le travail qu'il fait, en particulier lorsqu'il n'est pas en faute.

Willy aperçut le regard accusateur de son père contre le maire Fullerton. Quoi qui se soit passé pour avoir mis le maire tellement en colère, son père pensait visiblement que c'était la propre faute du maire.

— Vous avez laissé vos garçons faire ce qu'ils voulaient sans aucune supervision. Qui sait quel genre d'influence ils ont autorisé à rentrer dans leur vie ? Manifestement, vous et Shirley n'avez pas souligné à Jamie l'importance sur le besoin de rester sur le chemin de Dieu.

Willy s'assit à la table de la cuisine tandis que sa mère mettait silencieusement la touche finale au dîner.

— Qu'est-ce qui s'est passé ? murmura-t-il.

Elle secoua de la tête et rougit. Il durcit son regard, et finalement sa mère s'assit à ses côtés, jetant un regard vers le salon.

— Jamie a été arrêté par la police il y a quelques jours pour avoir fait des choses qu'il ne devrait pas à la station-service.

Elle lui tapota la main.

— Tu n'as pas besoin de t'inquiéter de ça… Ton père gère les choses.

— Maman, chuchota-t-il. Tu as besoin de te faire ta propre opinion des choses.

Il tapota sa main en retour.

— Je sais que tu es intelligente et mérites d'être écoutée.

Il détestait la manière dont elle était retournée dans l'ombre depuis la mort de son frère.

— Il faisait des choses sexuelles avec d'autres hommes, murmura-t-elle dans son oreille. Le pauvre chéri. Il devait se cacher et ne pouvait pas être lui-même. Ton père pense que c'est quelque chose de mauvais. Mais…

Elle se leva et retourna à son occupation alors qu'elle pensait en avoir trop dit. C'était la chose la plus proche d'une opinion qui différait de celle de son père dont il pouvait se souvenir venant d'elle.

Willy se leva et vint se placer derrière sa mère devant la cuisinière. Il enroula ses bras autour d'elle et lui murmura qu'il l'aimait avant de quitter la pièce.

Il traversa le salon aussi silencieusement et rapidement que possible et monta. Il trouva Ruthie dans la chambre d'Ezekiel, lui lisant une histoire. Elle leva un regard inquiet, s'arrêta quelques secondes avant de continuer l'histoire. Willy leur sourit, alla dans sa chambre et ferma la porte. Il appela Reggie.

— Est-ce le bon moment ? demanda-t-il, parlant doucement. Le maire est ici avec mon père et je...

Reggie soupira.

— Je ne peux pas parler maintenant. Mais je te rejoindrais à la maison ce soir.

Il parlait comme un automate.

— Es-tu seul ? demanda Willy.

— Non. Tout va bien. Je te vois plus tard.

Reggie raccrocha et Willy réfléchit pendant une seconde à ce qu'on venait de lui dire.

Sa mère l'appela pour dîner et Willy s'occupa des autres et les fit descendre. Le maire était parti, et ils s'assirent tous les cinq à la table. Son père dit les grâces comme d'habitude puis commença à passer la nourriture.

Willy garda ses yeux sur son assiette, jetant des coups d'œil à son père pour voir s'il avait une déclaration à faire. À la place, son père demanda à chacun d'entre eux comment s'était passée leur journée. Willy lui parla de son travail et combien il l'aimait. Ezekiel expliqua qu'il avait trouvé une souris dans le jardin et comment il l'avait libéré. Ruthie bavarda de tout le monde qu'elle avait vu et avec qui elle avait parlé jusqu'à ce que son père rencontre son regard sévèrement et elle devint immédiatement silencieuse. De là, le repas continua comme d'habitude. Willy débarrassa la vaisselle et aida sa mère à tout nettoyer avant de se retirer. Il lui dit qu'il allait voir un ami et se hâta de sortir de la maison avant que son père veuille qu'il l'aide avec quelque chose.

Willy alla jusqu'à sa vieille voiture. Il l'avait eu lorsqu'il était parti à la fac. Peut-être que s'il travaillait bien au drugstore, il pourrait finalement s'acheter quelque chose de mieux. Mais Gerty était suffisante pour le moment, elle l'emmenait où il avait besoin d'aller.

La portière du conducteur grinça alors qu'il la fermait, et il allait partir lorsqu'un coup retentit sur la vitre du côté passager et l'arrêta. Il se tendit, espérant que ce n'était pas son père, puis baissa la vitre.

— Tony, dit-il en souriant. Que fais-tu ici ?

Il ouvrit sa portière, sortit, et se dépêcha de faire le tour de la voiture pour prendre fermement son ami dans ses bras.

— Je pensais que tu étais à L.A. ?

— Je le suis... eh bien, je l'étais. Je pensais prendre quelques jours et revenir à la maison pour voir mes parents. Et pendant que je suis là, je devais passer voir comment tu allais.

55

Tony sourit de son sourire de vainqueur qui l'avait sorti des ennuis un nombre incalculable de fois à l'école.

— Que fais-tu maintenant ? demanda Willy. Ta mère a dit il y a un moment que tu faisais une publicité ou un truc de ce genre ? Je l'ai cherché.

— C'est tombé à l'eau. C'était censé être un petit spot publicitaire, mais la directrice de casting voulait que je réchauffe son lit. Bien sûr, je n'étais pas pressé de refuser ce genre de chose…

Tony se pencha plus près, comme s'il partageait un secret.

— Mais quand j'ai découvert la véritable affaire. Apparemment, il y avait la possibilité pour une grosse publicité, et elle avait essayé quelques pistes ce dernier mois. Je n'allais pas me retrouver au milieu d'un tel merdier.

Il soupira.

— J'essuie toujours les tables dans un restaurant vraiment cool de Melrose, et je vais bien, je garde mon âme et mon corps ensemble. Le propriétaire est merveilleux, et aussi longtemps que je le préviens, il me laisse me présenter à mes auditions.

Les mots ruisselaient de la bouche de Tony.

— C'est plutôt bonne vie. Je suis jeune, beau…

Il posa un peu.

— … et les gens commencent à me remarquer. J'ai fait quelques apparitions dans des feuilletons et quelques séries. Donc peut-être que ça va me mener à quelque chose. J'ai seulement besoin de continuer sur cette voie.

Il avait tellement d'énergie, cela irradiait de lui comme des ondulations dans un étang.

— Comment vas-tu ? demanda Tony en le serrant une nouvelle fois dans ses bras. Tu m'as manqué.

— Je vais bien. J'ai un travail chez les Webster. J'ai commencé cette semaine. J'ai dû laisser tomber la fac, et mon père veut que je suive ses traces à l'église.

C'était à lui de partager un secret.

— Mais je ne veux pas. Je fais la comptabilité, et je pense que si je peux réunir de l'argent et certaines choses, je vais m'inscrire à une école en ligne pour finir ma licence en comptabilité. Je sais que ce n'est pas aussi glamour que ce que tu fais…

Tony renifla.

— Ça a l'air amusant et glamour, mais c'est beaucoup de travail et de refus. Mais quand même, je dois essayer. Je pense que je suis plutôt bon, et tout ce qu'il faut, c'est que la bonne personne me voie.

— Combien de temps restes-tu en ville ? demanda Willy, essayant de ne pas vérifier l'heure sur sa montre.

Il voulait passer un peu de temps avec Tony, absolument, mais Reggie l'attendait.

— Jusqu'à samedi. J'ai passé pas mal de temps dans la voiture, donc je pensais me dégourdir un peu les jambes avant le dîner. J'ai besoin de rentrer à la maison, mais essayons de dîner ensemble ou faire autre chose. Tu fais quelque chose demain soir ? Nous pourrions sortir et nous amuser un peu.

Tony baissa d'un ton.

— Ton père est-il toujours le même que lorsque je suis parti ?

— Pratiquement.

Willy aurait voulu que les choses soient différentes pour toute sa famille.

— J'ai ma journée de libre demain.

— Alors je passerai et nous pourrons déjeuner chez moi. Maman m'a demandé de tes nouvelles, et elle adorerait te voir. Je passerai te chercher à midi environ. OK ?

— Ce serait génial.

Tony le prit dans ses bras encore une fois et Willy refit le tour de sa voiture, monta dedans et démarra.

Tony grimaça.

— Elle fait un bruit horrible. Au lieu que je vienne te chercher, prends ta voiture quand tu viendras déjeuner et j'y jetterai un coup d'œil pour voir ce que je peux faire.

Il sourit, s'éloigna de la voiture, et se dirigea vers chez ses parents à environ un demi-kilomètre d'ici. Willy avait fait ce chemin un millier de fois lorsque Tony et lui étaient à l'école ensemble. Ils avaient été proches, très proches, jusqu'à ce que Tony termine le lycée et quitte la ville dès qu'il l'avait pu. Mais quand même, ce serait sympa de revoir son ami.

Willy mit la voiture en marche. Gerty fonctionnait encore bien, même si elle montrait son âge à l'extérieur. Il fit tourner la voiture et dirigea Gerty hors de la ville.

Les arbres surplombaient la route alors qu'il passait. Willy aimait cette route, laissant la ville derrière lui et se dirigeant dans la forêt de pins d'après lesquels la ville avait été nommée. La plupart étaient grands et robustes, avec quelques taches brunes qui venaient des années de sécheresse qui avait durement affecté la zone. Heureusement, un hiver très humide avait saturé le sol et les arbres avaient été capables de boire à leur convenance. Willy baissa la vitre, laissant l'odeur pure des pins et de la terre de la forêt emplir l'habitacle.

Il dirigea la voiture dans l'allée bien éclairée de chez Reggie et se gara au fond, à côté du garage. Il ne voulait pas que les gens se demandent pourquoi il était ici. Il se hâta de rejoindre la porte et frappa, incapable de réprimer le sourire se formant sur ses lèvres lorsque Reggie répondit à la porte en jogging et tee-shirt.

— Entre, dit ce dernier. Tu as mangé ?

— Oui. C'était très tendu.

— Je n'en doute pas.

Reggie recula et passa nerveusement une main dans ses cheveux. Il ferma la porte et conduisit Willy dans le salon. Les huit bouteilles de bière vides sur la table basse suffirent à expliquer à Willy à quel point les choses allaient mal.

Willy se tint à côté du canapé, puis commença à rassembler les bouteilles vides et les jeta dans la poubelle de recyclage. Il prit aussi les vieilles boîtes à pizza et les jeta.

— Tu veux m'en parler ?

Willy s'assit à côté de Reggie, puis se leva à nouveau, ouvrit le réfrigérateur et en sortit deux cannettes de coca. Lorsqu'il revint, il en ouvrit une et glissa l'autre à Reggie.

— OK.

Reggie posa la bouteille de bière et Willy l'éloigna de lui. Reggie se tourna vers lui, le regard dur, et Willy le lui rendit.

— Tu n'as pas besoin d'être ivre pour me parler.

Willy buvait de la bière, mais il était toujours conscient que son frère avait été tué par un chauffeur ivre, et l'alcool tendait à le rendre nerveux parfois, donc il était prudent avec la quantité. Être autour de personnes qui buvaient… eh bien, l'incident dans le bar avait seulement confirmé sa peur.

— Tu as raison.

Reggie lui serra la main et se leva.

— Je reviens tout de suite.

Il quitta la pièce, Willy entendit l'eau couler et peut-être le son de Reggie se brossant les dents.

— Est-ce que tu t'es débarbouillé ? demanda Willy quand il revint.

— J'ai pris une aspirine et bu de l'eau.

Reggie se rassit et Willy se rapprocha, le reniflant.

— De l'eau mentholée, le taquina-t-il.

Reggie l'attrapa, l'attira sur lui et le chatouilla. Willy couina et se tortilla, essayant de s'échapper.

— Ce n'est pas juste.

Reggie s'arrêta et Willy s'installa contre lui.

— J'avais besoin d'entendre ton rire, murmura Reggie. Cela a été deux jours difficiles.

— As-tu été blessé ou en danger ?

Reggie secoua la tête lui indiquant que non.

— Après que tu est parti la dernière fois, je suis allé me coucher et j'ai presque immédiatement reçu un appel après m'être endormi. Il y avait eu un certain nombre de rapports à propos d'activités suspicieuses à la station-service de l'autoroute, donc je me suis habillé et je suis monté en voiture, y allant directement. Quand je me suis arrêté, il y avait peut-être une demi-douzaine de véhicules dans le parking. Quelques personnes sont montées dans leur voiture ou parties alors que je le traversais. Le rapport parlait d'activités dans les bois. J'ai donc fait un tour à pied en passant la lumière de ma lampe entre les arbres, mais je n'ai rien vu. Au moment où je suis revenu sur le parking, le nombre de voitures avait diminué à seulement trois, et je suis passé devant un groupe de femmes sortant des toilettes. Je les ai entendus monter en voiture alors que j'atteignais la porte des toilettes pour hommes. Je suis allé à l'intérieur pour vérifier que tout allait bien.

— Oh mon Dieu, dit doucement Willy. Je sais ce qui se passe là-dedans. Je n'ai jamais rien fait, mais j'ai entendu des rumeurs au lycée.

Il mit sa main devant sa bouche.

— Non… murmura-t-il.

— Si. Jamie Fullerton. Il est sorti des toilettes en pleurant, remontant son pantalon, et m'est presque rentré dedans. L'homme qui le suivait hors des mêmes toilettes était un peu plus habillé, mais il était assez évident de savoir ce que ces deux-là étaient en train de faire. Jamie tremblait et n'a rien dit, essayant de se calmer.

Reggie prit son soda et en but la quasi-totalité, puis rota quand il eut fini.

— Je n'avais pas l'intention de lui attirer plus d'ennuis et je pensais le ramener à ma voiture afin que nous puissions discuter. Je savais à quel point cela ferait vite le tour de la ville, et j'espérais l'aider. Techniquement, ce qu'ils faisaient était illégal, mais j'ai rapidement pensé que je comprenais Jamie, au moins à un certain degré.

— Que s'est-il passé ?

— Shawn a débarqué. Je ne l'avais pas appelé en renfort, mais il a déboulé dans les toilettes, a jeté un œil et souri avec mépris. Il a mis l'autre homme en garde à vue, donc il était impossible que je puisse laisser partir Jamie. Je l'ai fait monter dans la voiture et l'ai de nouveau ramené au poste.

Reggie souffla.

— J'ai appelé le maire et je lui ai demandé de passer au poste. Le pauvre homme semblait abattu. Finalement, je n'ai porté aucune accusation. L'autre homme venait du Nevada et nous l'avons laissé partir avec un avertissement. J'ai donné le même à Jamie, mais les dommages étaient déjà faits. Shawn colporte les ragots comme un groupe d'adolescentes.

— Mince.

Willy s'appuya contre Reggie.

— La ville va s'effondrer. Je suis surpris de ne pas avoir encore entendu les détails juteux.

— Tu vas les entendre. J'ai passé un savon à Shawn à propos des affaires de police restant des affaires de police, et que nos sentiments personnels ne devaient pas intervenir avec le travail que nous faisons. Je lui ai dit qu'il ne devait parler à personne de ce qui se passait au poste et de garder son nez hors des affaires des autres. J'avais espéré que je m'étais fait comprendre. Je l'ai même menacé, lui demandant pourquoi il était à la station-service, lançant quelques calomnies pour le garder silencieux.

— Pauvre Jamie.

Willy enfouit son visage dans le tee-shirt de Reggie.

— Je comprends ce qu'il ressent. Je veux dire, il sait qu'il est gay, et nous avons tous entendu parler de la station-service et des dernières toilettes à côté de la fenêtre. La rumeur courait au lycée. Donc il y est allé pour voir si…

Willy grogna.

— Peux-tu imaginer être tellement blesser et tourmenter pour en venir à faire quelque chose comme ça ?

— Oui. Sans mentionner le fait qu'il prenait un risque avec sa vie et sa santé. Je voulais honnêtement avoir une chance de parler avec lui et essayer de l'aider. Mais Shawn a définitivement envoyé valser ma chance de le faire.

— Mon père et le maire étaient à la maison. Ma mère m'a dit ce qui s'est passé, à sa manière. Mais je pense qu'elle a entendu ce que les hommes racontaient.

— Comment ton père l'a-t-il pris ? demanda Reggie.

— Du peu que j'ai entendu, il semblait aggraver les choses. Prends quelque chose de mal, ajoute une pilule de culpabilité, et rend tout et tout le monde misérable. Il a dit que c'était la faute du maire pour ne pas avoir bien élevé ses fils.

— Fils de pute ! jura Reggie en se penchant en avant. Ce ne sont plus les années cinquante, pour l'amour de Dieu. Nous avons besoin d'être compréhensif et d'aider Jamie, pas de le calomnier, lui et toute sa famille. Ce n'est pas quelque chose que ses parents ont fait.

— Je sais. Je suis gay. Je peux le dire maintenant. Mais je pense que le dire à mes parents m'effraie à mort. Mon père ferait…

Willy frissonna.

— Je ne sais pas ce qu'il ferait.

Reggie se rapprocha encore plus de lui.

— Tu ne sais pas ce qu'il va faire quand tu vas lui dire ?

Willy acquiesça.

— Je sais que je vais devoir le faire finalement. Ce n'est pas quelque chose que je peux garder caché éternellement. Mais je ne peux pas lui dire maintenant. Je suis trop dépendant pour tellement de choses. Et puis qui sait ce qu'il dirait à Ezekiel et Ruthie ? Je peux vivre sans que mon père me parle, mais je ne veux pas perdre toute ma famille.

Willy leva les yeux vers Reggie, les larmes roulant sur ses joues, ne faisant aucun effort pour les cacher.

Reggie soupira.

— Tu sais que je comprends. Et tu es celui qui a le plus à perdre. Je suis le shérif, et qu'ils l'aiment ou non, ils ne peuvent pas me virer parce que je suis gay. Ils peuvent rendre ma vie difficile et les gens peuvent se détourner de moi. Mes adjoints et les gens avec qui je travaille peuvent faire en sorte de rendre compliqué pour moi de faire mon travail, et puis je devrais partir.

Même si Reggie énonçait calmement les choses, la noirceur dans ses yeux disait à Willy qu'il était presque aussi effrayé qu'il l'était.

Willy l'assimila et grogna. Il ne voulait pas que Reggie traverse tout cela, pas plus qu'il voulait courir annoncer à son père qu'il était gay.

— Mais je suis un grand garçon… Je peux prendre mes propres décisions et je vivrais avec elles. Si les gens me malmènent, je peux rendre la pareille. Mais tu as beaucoup plus à perdre. Tu sais comment ton père se sent et tu peux deviner comment il va réagir.

Willy n'était pas certain que tout cela soit vrai. Reggie pouvait dire ce qu'il voulait, mais Willy connaissait la peur, et elle était définitivement présente. Reggie pouvait prendre soin de lui, mais cela ne voulait pas dire qu'il voulait le faire, être seul tout le temps et devoir recommencer à cause de qui il était.

Il ferma les yeux.

— Cela veut-il dire que je ne mérite pas une vie ou la chance d'être heureux ?

Bon sang, ça craignait vraiment.

— Non. Cela signifie que tu dois savoir quel peut en être le prix. Jamie est en train de traverser l'enfer en ce moment, et si ça venait à se savoir sur toi, alors tu serais dans le même bateau.

Willy ne bougea pas.

— Ça ressemble au marteau et à l'enclume.

61

Il était damné s'il le faisait, et seul toujours à surveiller ses arrières, s'il ne le faisait pas.

— Qu'est-ce que tu veux ?

— Moi ? demanda Reggie. Je viens de dire…

Willy savait ce qu'il voulait. Il l'avait su depuis ce jour au bar quand l'incroyable homme qui le tenait l'avait sauvé de Dieu seul savait quoi.

— Je sais ce que je veux. Ça n'a pas changé.

Willy fit glisser sa main sur le torse de Reggie.

— Je sais que tu penses que je suis un gamin ignorant qui n'a aucune idée de comment fonctionne le monde. Et peut-être que je le suis à un certain niveau, mais je me connais.

Il fit une pause, leva les yeux et pressa ses lèvres contre celle de Reggie, déversant tout ce qu'il avait dans ce baiser. Willy ne voulait pas avoir à dire à Reggie ce qu'il voulait. Il avait l'intention de le lui montrer.

Sans cesser leur baiser, Willy bougea pour se mettre à califourchon sur les jambes et les hanches de Reggie. Ce dernier enroula ses bras autour de lui, empoignant ses fesses dans ses grandes et fortes mains, envoyant Willy dans les affres de l'extase. Personne ne l'avait touché ainsi auparavant, et mince, c'était plus excitant qu'il l'avait imaginé.

— Willy, murmura Reggie contre ses lèvres en faisant courir ses mains le long de son dos. Tu dois t'arrêter une minute.

— Pourquoi ? demanda Willy avec un sourire. Je peux dire que tu es à fond dedans.

C'était plutôt évident.

— Ce n'est pas ça. Bien sûr que j'aime ce qui se passe. Tu es un jeune homme excitant, et je devrais être stupide ou mort pour ne pas être excité par toi. Mais il y a plus que ça, là.

Reggie déglutit et posa ses mains chaudes sur les joues de Willy.

— Est-ce juste du sexe pour toi ? Je sais que c'est ce que tu voulais quand nous nous sommes rencontrés.

Willy eut un petit cri surpris et frappa légèrement Reggie sur l'épaule.

— Non. Enfin, je veux dire, tu es super excitant et sexy.

Il se rapprocha un peu plus.

— Est-ce tout ce que tu veux ? Je peux être d'accord avec ça. Mais je ne pense pas que c'est vraiment ce que je veux de toi.

Willy tressaillit.

— Je veux dire que si c'est seulement du sexe, je peux creuser ça, mais je pense que je veux plus. Peut-être que tu penses que je ne sais pas ce que je veux ou que je suis trop jeune pour vouloir être dans une relation ou savoir ce qu'est l'amour…

Mince, il divaguait, quelque chose comme un million de kilomètres à l'heure, et Reggie le regardait comme s'il venait de tomber de la dernière pluie et s'était cogné la tête.

— Hé, chéri. Tu n'as pas besoin d'être aussi nerveux. Je te demandais simplement ce que tu pensais que c'était pour toi. Je n'ai pas eu de relation depuis un certain temps, et la dernière s'est finie plutôt salement. Il était un ou deux ans plus vieux que toi et brusquement, il a décidé qu'il n'était pas prêt pour une relation. Il s'est simplement envolé pour aller sauter la moitié de la région de la Baie de San Francisco et j'ai fini avec un cœur brisé.

Reggie fit courir son pouce sur la lèvre supérieure de Willy, lui envoyant un frisson de désir à travers le corps. Willy devenait si excité qu'il pouvait à peine voir et Reggie voulait parler de conneries passées.

— Je ne te demande pas de me donner un « pour toujours », mais fais-moi savoir ce que tu penses qui se passe.

Willy prit les joues barbues de Reggie dans ses mains.

— Je pense que tu es l'homme le plus sexy et gentil que j'ai rencontré de toute ma vie. Tu es canon et génial, et tu penses à moi et t'inquiètes de ce que je pense et ressens. Tu aurais simplement pu me sauter une demi-douzaine de fois, mais tu as continué à te retenir parce que tu étais inquiet pour moi.

Willy se mordit la lèvre inférieure.

— Tu tiens vraiment à moi, n'est-ce pas ?

Reggie le tint plus près de lui.

— Bien sûr que je tiens à toi. Mais être dans une relation peut avoir des répercussions pour toi… pour nous deux. Si c'est seulement sexuel… Penses-tu que cela vaille le coup ? Jamie penserait-il que cela vaut le coup ?

Willy embrassa Reggie une fois de plus.

— Je ne sais pas ce qui va se passer. Mais je sais que tu en vaux la peine.

Il souleva le tee-shirt de Reggie et caressa son torse et son ventre.

— Mon Dieu, cela vaut tellement le coup. J'aime les hommes avec des poils sur la poitrine.

Willy se tortilla alors que son érection durcissait encore plus, son pantalon devenant sacrément serré. Il espérait que *cette* situation ne durerait pas beaucoup plus longtemps.

Reggie grogna et s'adossa aux coussins du canapé, ses yeux papillonnant et se fermant lentement, et Willy utilisa ce temps pour l'explorer. Dire que Reggie était une œuvre d'art serait un euphémisme, cependant ce n'était pas comme si Willy avait vu beaucoup d'art dans sa vie. D'accord, peut-être que Reggie était plus proche d'un rêve devenu réalité. Lorsqu'il fermait les yeux et imaginait son homme parfait de fantasme, sa vision ne s'approchait même pas de la splendeur et la chaleur qu'était Reggie.

Willy caressa doucement le torse de Reggie puis descendit retracer les contours de ses abdominaux avant de retourner vers les larges tétons bruns. Il eut une envie irrépressible de voir quel goût avait Reggie et il se pencha en avant pour titiller de sa langue l'un des tétons durcis avant de le sucer doucement. La saveur chaude et salée avec un soupçon de musc de Reggie explosa sur ses papilles et emplit son nez, envoyant des tremblements le parcourir de la tête aux pieds. Il était en train de toucher un autre homme, découvrait quel goût il avait. Willy laissa ses mains vagabonder plus bas vers la ceinture de Reggie. Maintenant, tout ce dont il avait besoin était de…

De lourds pas retentirent sur le porche à l'extérieur. Willy se figea alors qu'ils se faisaient de nouveau entendre. Reggie se tendit, Willy se rassit puis se leva, vérifiant ses vêtements. Reggie fit de même, tirant son tee-shirt vers le bas pour se couvrir alors qu'il traversait la pièce et jetait un œil à travers les rideaux.

— Le maire, dit doucement Reggie pour le prévenir.

Willy se demanda s'il devait essayer de se cacher ou autre chose, cependant il y avait de fortes chances que le maire ait déjà vu sa voiture, même s'il l'avait garé derrière le garage. Merde, que devait-il faire ? Des vagues de panique s'élevèrent en lui, mais il prit une profonde inspiration et s'écarta. La télécommande de la télévision était sur la table basse, il la prit, alluma la télé et commença à zapper de chaîne en chaîne tout en tenant son soda.

Un coup retentit et Reggie s'essuya le front avant d'ouvrir la porte d'entrée.

Le cœur de Willy battait à tout rompre alors que Reggie accueillait le maire Fullerton et reculait pour le laisser entrer. Ses pensées prenaient un million de directions différentes, mais il se calma en pensant que Reggie et lui avaient le droit d'être amis, et si on leur posait la question, c'était ce qu'ils diraient. Vive les explications simples.

— Shérif Barnett, je voulais…

Willy sut l'instant où il fut remarqué.

— Je suis désolé. Je n'aurais pas dû vous déranger.

— Tout va bien. Willy et moi étions simplement en train de regarder la télévision en discutant. Je vous en prie, entrez. Y a-t-il quelque chose que je puisse faire pour vous ?

Reggie fit un signe au maire de s'asseoir en lui indiquant un fauteuil.

— Je ne voulais pas interrompre votre soirée, mais…

Il semblait tellement nerveux, regardant partout autour de lui comme si quelqu'un allait bondir d'un recoin sombre.

— S'il vous plaît, asseyez-vous et dites-moi ce qui vous tracasse. Je sais que vous avez traversé des moments difficiles récemment, et si je peux vous aider, je le ferai.

Reggie lui jeta un regard, et Willy se leva pour quitter la pièce. Mince, il devrait partir.

— Non. S'il vous plaît. Je ne veux pas être une gêne.

Le maire Fullerton se tourna vers la porte.

— Tout va bien, dit Willy.

Le maire Fullerton haussa des épaules.

— Oui, je suppose. Tout aura fait le tour de la ville en quelques secondes. J'ai besoin d'y faire face et…

— Asseyez-vous, dit Reggie.

Le maire Fullerton s'assit sur le bord d'un des fauteuils.

Willy, ayant besoin de se rendre utile, lui apporta un verre d'eau.

Reggie s'assit dans l'autre fauteuil en face de lui tandis que Willy retournait dans la cuisine. Il regarda dans les placards et trouva un paquet d'Oreos. Ce n'était probablement pas une visite de courtoisie, mais il n'y avait rien qui disait que Reggie ne pouvait pas être gentil avec quelqu'un de blessé. Il attrapa une assiette et y plaça quelques gâteaux avant de les déposer sur la table basse.

— Je voulais vous remercier. Jamie a dit que quand vous… l'avez trouvé, vous étiez gentil et…

— M. le Maire…

— S'il vous plaît, appelez-moi Cal.

Reggie prit la télécommande et éteignit la télévision.

— Cal… Ce qui s'est passé là-bas était un appel au secours et peut-être pour obtenir un peu d'attention. Du peu que je sais sur Jamie, et ce n'est pas beaucoup, les courses et sa mauvaise conduite… C'est probablement parce qu'il n'est pas heureux. Je vois ça tout le temps.

Il se pencha en avant, Willy tira un des tabourets près du comptoir et s'y assit, restant hors du chemin.

— Vous devez être là pour Jamie et écouter ce qu'il a à dire. Essayez de voir les choses de son point de vue.

— Comment puis-je faire cela ? Il est… C'est à l'encontre de Dieu.

La voix de Cal semblait si vide, c'en était effrayant.

Willy voulait intervenir et pester contre les conneries que son père répandait tout le temps. Mais il se retint, trop effrayer d'exprimer sa propre opinion de peur de les trahir, lui et Reggie.

— Cal, dit ce dernier en attirant à nouveau l'attention sur lui. Rappelez-vous. Vous souvenez-vous quand vous avez vu Jamie pour la première fois à l'hôpital lorsqu'il est né ? Il était parfait, n'est-ce pas ? Magnifique même, et vous l'avez aimé instantanément.

Cal acquiesça d'un hochement de tête.

— Vous l'aimez toujours de la même manière, n'est-ce pas ? Il est toujours votre bébé, votre petit garçon.

— Bien sûr.

La voix de Cal montrait un peu de courage.

— Alors c'est tout ce qu'il y a. Vous l'aimez et vous ferez de votre mieux pour lui. Cela ne devrait pas importer qu'il soit gay ou qu'il ait les yeux marron ou trois oreilles. Votre travail est de l'aimer… point barre. Et souvenez-vous de lui ainsi, parce que quelque part dans ce jeune homme à la mauvaise conduite que vous avez à gérer se trouve le petit garçon que vous avez ramené à la maison pour la première fois.

Cal se tourna, regardant directement Willy.

— Votre père n'est pas d'accord avec ça.

Willy chercha une réponse.

— Le révérend à son opinion. Mais ce n'est pas le seul, intervint Reggie. Je ne la partage pas, et je vais être direct. Si Jamie est gay, alors c'est une part de qui il est. Je ne crois pas que cela ait quelque chose à voir avec l'éducation que vous ou sa mère lui avez fournie.

Reggie s'adossa à son siège.

— Je suis désolé de m'être emporté, mais je pense que Jamie a besoin de votre soutien et de votre compréhension dans l'immédiat.

Cal soupira.

— Je suis complètement perdu pour l'instant, et ma femme, elle se contente de rester assise dans la cuisine et de pleurer.

Il se leva.

— Je suis simplement venu vous remercier d'avoir essayé d'aider Jamie. Il a dit que vous étiez compréhensif et…

Sa voix vacilla.

— S'il vous plaît, rentrez chez vous et prenez le temps dont vous avez besoin avec votre famille. Réconfortez votre femme. Que Jamie soit gay n'est pas la fin du monde, ou du sien.

— Comment savez-vous tout cela ? demanda Cal en s'arrêtant à la porte, son regard presque accusateur.

— Parce que j'ai passé beaucoup de temps dans le monde extérieur. J'ai vu beaucoup de gamins qui avaient besoin de l'aide et du soutien dont Jamie a besoin maintenant. J'espère vraiment que vous allez le lui donner.

Reggie se leva et marcha jusqu'à la porte, l'ouvrit, et laissa sortir le maire Fullerton.

— Je dois dire que je suis surpris que vous soyez venu ici. Ce n'est pas une chose à laquelle je me serai attendu.

Cal s'arrêta et sembla chanceler pendant quelques secondes.

— Parfois, cette ville peut être… étriquée. Beaucoup d'entre nous ont passé la majorité de leur vie ici. Nous sommes nés et avons été élevés ici. Les jeunes partent souvent pour trouver de meilleures opportunités, mais…

Il grogna et fit passer ses doigts dans ses cheveux courts qui commençaient à grisonner.

— Je pense que je voulais l'opinion et le point de vue de quelqu'un de différent.

— C'est compréhensible, et j'espère que j'ai pu être d'une quelconque aide.

Reggie tendit la main et Cal la lui serra.

— S'il vous plaît, essayez d'être compréhensif et gentil avec lui. Et je dois vous dire ceci : vous n'avez pas fait devenir votre fils gay, peu importe ce que les autres pensent.

— Mais…

Reggie claqua gentiment l'épaule de Cal.

— Souvenez vous de ce petit bébé. Il était parfait. Eh bien, je suis certain que le révérend vous dira que Dieu ne fait pas d'erreur. Donc, laissez votre fils être qui il est. Et quoi que vous décidiez de faire, assurez-vous que ce soit votre décision, pas celle d'un autre.

Cal hocha la tête, et quelques-unes des rides autour de ses yeux s'adoucirent.

— Merci.

Il partit et Reggie ferma la porte puis s'y adossa.

— Tu as été incroyable, dit Willy alors qu'il glissait du tabouret. Tu l'as aidé, je pense. Beaucoup plus que mon père a pu le faire.

— Je l'espère.

Reggie resta où il était.

Willy s'approcha de lui.

— Je devrais y aller. Bien que je veuille rester…

Reggie acquiesça, la tristesse emplissant ses yeux.

— Je sais.

Il se tourna pour regarder à travers la fenêtre de la porte.

— Il sait que tu es ici, et à un moment donné, il le dira à ton père. Si tu restes ici trop tard, ton père va se poser des questions.

Reggie marcha jusqu'à lui et l'attira dans une étreinte.

— Tu vas me manquer.

— Je reviendrais, dit doucement Willy.

Il leva la tête et embrassa Reggie.

— Il semblerait que les choses conspirent contre nous.

— C'est certainement l'impression que ça donne. Si je croyais en de telles choses, je dirais que le destin essaie de nous dire quelque chose.

Reggie le serra plus fort.

— Soit ça, soit toi et moi sommes de parfaits idiots s'accrochant à quelque chose que nous devrions probablement laisser partir.

Willy recula.

— Est-ce ce que tu veux ? Je sais que nous ne pouvons pas marcher en ville ensemble ou être vus sortant tous les deux, et ça craint. Je veux passer du temps avec toi, mais peut-être que tu as raison. Peut-être que j'essaie trop durement de forcer quelque chose qui…

Il reposa sa tête contre le torse de Reggie jusqu'à ce que ce dernier lui prenne le menton. Willy releva la tête pour le regarder et Reggie se pencha pour l'embrasser durement, prenant possession de lui.

Willy trembla de la tête au pied, incapable de penser, s'accrochant à Reggie parce que tout son corps s'animait avec seulement un baiser. Reggie le maintint encore plus fermement, ses bras forts le pressant contre son corps solide, sa chaleur l'entourant, l'enveloppant dans un cocon de chaleur et de sécurité. Willy savait que la sécurité était une illusion, mais il ne s'en souciait pas. Dans les bras de Reggie, c'était comme si rien ne pouvait l'atteindre, et il voulait cela plus que tout.

Reggie recula, le regardant dans les yeux. Willy ressentit son regard comme une caresse, des doigts touchant son cœur.

— Je ne travaille pas dimanche… murmura-t-il. Mon père doit aller à une réunion ministérielle dimanche après-midi à Tahoe. Ils font cela plusieurs fois par an. Donc je vais essayer de venir te voir si je peux.

— J'ai ma journée aussi, murmura Reggie en le tenant toujours, ne bougeant pas.

— Alors je vais dire à ma mère que je vais déjeuner avec un ami. Papa est toujours très occupé après l'église…

Un frisson d'excitation le traversa.

— Si je ne peux pas venir, je t'appellerai.

Willy se figea, ne voulant pas bouger et quitter les bras de Reggie.

— Je ne veux pas que tu sois blessé, lui dit Reggie. Je veux te voir, mais tu as beaucoup à perdre. S'il te plaît, réfléchis à ce que tu veux, et si tu ne peux pas venir dimanche ou que tu changes d'avis à propos…

La voix de Reggie se brisa et il déglutit difficilement.

— Je promets que je comprendrais.

L'étreinte de Reggie devint plus douce, puis il fit un pas en arrière.

68

— Chéri, c'est ta vie, et je ne veux pas la rendre plus difficile qu'elle ne l'est déjà.

Willy retint un grognement. Sa réaction initiale était de dire à Reggie qu'il était parfaitement capable de prendre ses propres décisions, puis la signification de ses paroles lui tomba dessus. Reggie tenait suffisamment à lui pour être inquiet pour lui.

— Je comprends. Mais je veux une vie bien remplie. Je ne veux pas mentir à moi-même et ceux que j'aime simplement à cause de ce que les autres pourraient penser.

Reggie ouvrit la porte et Willy l'embrassa rapidement avant de retourner à sa vie, une vie qui semblait ne pas lui convenir la plupart du temps. Il se tourna et fit un signe de la main avant de rejoindre sa voiture et de rentrer chez lui.

— OÙ ÉTAIS-TU ? lui demanda son père depuis son fauteuil dans le salon aussitôt que Willy franchit la porte.

— J'étais avec un ami. Nous avons regardé la télévision. Rien de révolutionnaire.

Il leva les yeux au ciel. Si tu dois absolument le savoir, j'étais chez Reggie, le shérif. C'est vraiment un homme gentil.

Willy n'en fit sciemment pas toute une histoire. Après tout, le maire avait été là une partie du temps, mais Willy garda cela pour lui. Ce qui avait été discuté n'était l'affaire de personne.

— Je monte.

Il traversa la pièce, prit sa mère dans ses bras pour un câlin en lui souhaitant une bonne nuit puis monta l'escalier. Il alla jusqu'à sa chambre où il s'écroula sur son lit, fixant le plafond tout en pensant à Reggie.

Le lit bougea et il attrapa Ezekiel alors qu'il lançait son petit gabarit en l'air.

— Peux-tu me lire une histoire ?

Ezekiel était dans son pyjama avec des imprimés d'animaux et s'allongea sur le lit à côté de lui.

— Et si nous cherchions plutôt un livre et tu me le lis ? proposa Willy.

— OK !

Ezekiel sortit précipitamment puis revint avec un livre d'histoires de la Bible. Il regrimpa sur le lit et s'allongea près de Willy, ouvrant le livre à l'histoire de l'Arche de Noé. Il lut lentement et prudemment, ayant l'aide de Willy de temps en temps avec quelques mots.

— Tu t'en sors très bien, l'encouragea Willy et Ezekiel continua jusqu'à la fin en souriant.

— Maintenant, c'est à ton tour de lire, dit-il en lui tendant le livre.

Willy chercha l'histoire d'Elijah et la lui lut.

— OK. Va dire bonne nuit à tout le monde et je vais te border si tu veux.

— Maman va le faire.

Ezekiel sauta du lit, courut pour aller ranger son livre puis se précipita au rez-de-chaussée.

Willy se leva aussi et alla jusqu'à l'escalier, restant à l'étage. Il entendit son père dire bonne nuit à Ezekiel. Puis leur mère le conduisit jusqu'à l'escalier puis emmena Ezekiel dans sa chambre. Willy les laissa tranquilles. Cela n'allait plus être très long avant qu'Ezekiel ne devienne trop âgé pour lui lire une histoire. Cela allait manquer à Willy.

— Comment vas-tu ? demanda sa mère un peu plus tard.

Willy était en train de fixer le plafond, pensant à toutes les choses qui allaient changer.

— Je vais bien, maman.

Elle s'assit sur le bord de son lit.

— Je sais que tu es trop âgé pour être materné, mais je m'inquiète quand même à ton sujet. Ton père a dit que tu avais passé du temps avec le shérif.

Elle tapota sa main.

— C'est un homme gentil et il est nouveau en ville, dit-il en se redressant et en s'asseyant. Qu'y a-t-il de mal à ça ?

— Rien, mon ange.

Elle serra sa main.

— Tu as besoin d'avoir plus d'amis, et avec le shérif, je n'ai pas à m'inquiéter que tu t'attires des ennuis.

Elle gloussa.

— Comment l'as-tu rencontré ?

— Avec papa. J'étais au poste de police avec lui et au tribunal lorsqu'il est arrivé avec Cory et Jamie.

Il soupira. Toute cette situation était si difficile.

— J'aimerais savoir ce que je peux faire pour les aider. Qu'en penses-tu maman ?

Il la regarda dans les yeux, espérant quelque chose sans savoir exactement quoi.

— Je pense que le fait que tu veuilles les aider est une bonne chose. En revanche, je ne sais pas comment tu peux le faire.

— Moi non plus.

Willy soupira de nouveau, et sa mère se pencha pour l'embrasser sur le front.

— Je te vois demain matin.

Elle se leva et marcha jusqu'à la porte.

— Ne reste pas debout trop tard.

Elle quitta sa chambre en fermant la porte derrière elle.

Willy prit le livre sur la table de chevet, mais il continua à lire la même page encore et encore sans se souvenir de quoi que ce soit. Son téléphone émit un son de clochette et il posa le livre pour prendre son portable sur la table de chevet. Il le déverrouilla et vérifia le message. C'était de Reggie.

Je suis désolé que tu aies dû partir.

Moi aussi, envoya Willy. *Mais je te verrai dimanche,* ajouta-t-il avec un sourire. Puis il effaça le message et reposa son téléphone.

Reggie lui envoya un smiley. Willy aimait qu'il ait quelqu'un à qui envoyer des messages et avec qui parler. C'était comme le soleil se montrant après un orage.

Son téléphone sonna encore une fois et il l'attrapa vivement. Pas beaucoup de gens lui envoyaient des messages.

Tout va bien chez toi ?

Oui. J'ai dit à mon père que j'étais chez toi. Qui sait comme il l'a vraiment pris ! Ma mère n'en a pas pensé grand-chose. Je suis fatigué de m'inquiéter de savoir comment il se sent sur quoi que ce soit tout le temps.

Peut-être que tu devrais lui parler ? envoya Reggie.

Willy soupira. Son père et lui ne parlaient pas. Eh bien, son père parlait et il s'attendait à être écouté.

Je vais y réfléchir. Lui parler, c'est comme communiquer avec un mur de brique parfois. Il veut seulement entendre qu'il a raison ou que ses propres pensées lui soient renvoyées. N'importe qui avec une opinion différente de la sienne a tort.

Willy envoya le message puis en ajouta un autre :

Il n'a pas toujours été comme ça, et j'aimerais retrouver celui dont je me souviens. Il avait l'habitude de sourire et rire.

Je te le souhaite aussi, chéri, répondit Reggie.

Willy sourit. Il aimait quand Reggie l'appelait ainsi, et il se demanda quel genre de surnom il pourrait lui trouver.

Willy souhaita une bonne nuit à Reggie et attendit le message de réponse avant d'effacer toute leur conversation et de fermer son téléphone. Puis il se leva pour se préparer à aller se coucher.

71

VI

REGGIE ÉTAIT plus que prêt pour un jour de congé.

Une infirmière était venue jeudi pour prendre des échantillons de sang de tout le monde pour un dépistage de drogue. Les plaintes avaient été très vocales, mais Reggie n'y avait payé aucune attention. Il expliqua simplement que c'était ce que faisaient tous les départements de police partout dans l'état et qu'il mettait en œuvre de meilleures procédures, une chose qui aurait dû être faite depuis le début. Finalement, il leur dit de s'y habituer parce que ça se produisait. Il y eut quelques regards noirs et dernières protestations. Ce qui surprit Reggie était qu'aucun de ses adjoints n'était parmi les protestataires. C'était l'équipe de soutien.

Le samedi, Reggie en avait assez d'être au bureau. Sa paperasse était rattrapée, alors il monta dans une voiture et décida de bouger ses fesses. Il conduisit à travers la ville puis en dehors, vers la station-service.

— Marie, demanda Reggie une fois son appel connecté. Y a-t-il eu des rapports sur la station-service de l'autoroute ?

— Non ? Cela a été plutôt calme depuis que vous avez attrapé Jamie Fullerton. La ville est toujours en effervescence avec cette histoire. Le pauvre chéri. Je veux dire, je sais que c'est plutôt sordide, mais avoir vos préférences dans la chambre jetées en pâture pour les ragots est plutôt horrible.

— Je suis d'accord. Faites en sorte que personne ne répande ce genre de chose au poste. Ce n'est pas professionnel.

— Eh bien… dit-elle, évasive. Shawn…

— Oui, j'en ai entendu parler et j'en ai discuté avec lui.

Il n'aurait pas dû avoir à le faire, mais pour la seconde fois, Reggie avait expliqué comment traiter les affaires de la police, puis avait fait une note dans le dossier de Shawn.

— Où Shawn patrouille-t-il ?

— Du côté sud de la ville, répondit Marie.

— Merci.

Reggie termina l'appel et continua son chemin vers la zone de la station-service. Il entra dans le parking alors qu'une unique voiture s'en allait. Une autre entra, une très familière. Reggie ouvrit sa portière pour sortir.

— Que fais-tu ici ?

— Je t'ai vu passer et venir ici, alors j'ai pensé que je pouvais venir te saluer.

Willy sourit alors qu'il fermait la portière de sa voiture. Reggie se frotta la nuque.

— Quelque chose se passe-t-il ici ?

— Je ne sais pas.

Reggie soupira. Il voulait vraiment que Willy parte d'ici pour sa propre sécurité.

— Je vais jeter un œil dans le coin.

— Je viens avec toi, proposa Willy.

Reggie n'était pas certain que ce soit une bonne idée, mais il semblait que personne d'autre n'était là, et cela serait agréable d'avoir un peu de compagnies. Il se pouvait qu'il soit trop suspicieux, mais ce sentiment tenace à propos de Shawn ne semblait jamais le quitter complètement.

Il marcha le long des trottoirs et des chemins, vérifia le bâtiment de la station-service puis se dirigea vers l'arrière.

— Des préservatifs et d'autres trucs.

Reggie hocha de la tête. Il s'y attendait avec la réputation de l'endroit. Il secoua la tête, gardant un œil alerte.

— Sais-tu ce que tu cherches ? demanda Willy en restant proche derrière lui.

— Quelque chose qui ne colle pas ici… répondit Reggie.

Le sol près du bâtiment avait été bien tassé avec des arbres poussant relativement près. Lorsque la nuit tomberait, cette zone serait à l'abri des regards des passants, et les voitures dans le parking sembleraient avoir leur place ici.

— Si quelqu'un veut faire quelque chose de mal, pourquoi le ferait-il ici ? fit remarquer Willy. Pourquoi ne pas aller dans la forêt ou ailleurs ? Il y a plein de place là-bas.

Reggie haussa des épaules.

— Parce que c'est probablement une sorte de transaction. J'ai pensé que cela pourrait être un trafic de drogue, mais c'est un bon endroit pour ce genre de choses. C'est hors du chemin, et la route est seulement une autoroute à deux voies. Ce n'est pas comme si Sierra Pines était un véritable carrefour. Donc c'est toujours possible…

Sa voix diminua alors qu'il remarquait le début d'une trace se dirigeant vers les arbres.

— Reste là, dit-il.

Il fit lentement son chemin le long des légères traces, mais il n'alla pas plus loin que quarante ou cinquante mètres et s'arrêta. Probablement une autre route pour aller plus loin entre les arbres pour le sexe. Des emballages de préservatifs et des déchets jonchaient le sol et il grogna. Il aurait dû savoir que c'était une impasse, mais il avait été curieux et voulait vérifier l'endroit.

— Tu as quelque chose ? demanda Willy.

— Non. Retourne à ta voiture. J'arrive dans une minute.

Reggie finit de faire le tour de l'endroit et ne trouva rien d'autre qu'un sol parsemé de pommes de pin dans divers états de décomposition ainsi que des aiguilles de pin, et suffisamment de débris sexuels pour ouvrir et garder à flot un bordel pendant un bon mois. Il retourna à l'avant du bâtiment. Willy lui tournait le dos, et Reggie ne put s'empêcher de regarder ses petites fesses fermes recouvertes d'un jean presque neuf.

— Ne dois-tu pas travailler ?

Willy ne se retourna pas.

— J'ai commencé plus tôt et j'ai ouvert le magasin afin que monsieur Webster puisse passer du temps avec sa fille, son fils et ses petits-enfants. J'ai eu le droit de le quitter plus tôt, et je t'ai vu venir ici.

— Que regardes-tu ?

Reggie suivit son regard. Il n'y avait rien d'autre que des voitures passant en direction de Sierra Pines.

— Je ne sais pas.

— Qu'y a-t-il ? insista Reggie.

— Je venais du côté du bâtiment quand ce vieux van est entré sur le parking. C'est le genre avec des fenêtres tout autour, sauf qu'elles sont recouvertes de l'intérieur. Je ne l'aurais probablement pas remarqué, mais il est entré, a ralenti comme s'il allait se garer et puis est rapidement reparti dans la direction d'où il venait.

— Il aurait pu simplement faire demi-tour, dit Reggie avec un haussement d'épaules.

— Sauf qu'il a tourné le volant aussitôt qu'il a vu ta voiture et il a filé. Je pouvais voir le conducteur à travers le pare-brise, et il semblait très pressé de partir d'ici. Le véhicule était blanc avec de la rouille, mais je n'ai pas vu ses plaques. Je ne savais pas que je voyais quelque chose de particulier jusqu'à ce que ce soit fini.

Willy se retourna.

— Peut-être que ce n'était rien, mais cela semblait sortir de l'ordinaire.

Reggie ne pouvait pas nier ce fait et pensa partir à sa poursuite, mais il n'avait aucune raison pour le faire. Il ne pouvait pas l'arrêter pour avoir fait demi-tour. Il avait besoin de quelque chose de plus concret, et avec la frontière à moins de dix kilomètres, il serait hors de sa juridiction avant qu'il puisse le rattraper.

— Est-ce une caméra ? demanda Willy en indiquant du doigt un coin du bâtiment, proche du toit.

— Oui. Si elle fonctionne.

Reggie sortit son calepin et fit une note pour voir s'il pouvait obtenir les enregistrements de la caméra du département des transports. Cela devrait être assez facile. Certaines d'entre elles étaient en ligne maintenant. Ce n'était pas ouvert au public, mais cela pouvait être accessible à travers un site sécurisé.

— Allons-y.

Il doutait qu'ils allaient voir quoi que ce soit d'autre aujourd'hui.

Willy se tourna vers lui.

— J'ai dit à mon père que j'allais passer un peu de temps avec des amis de la fac et que j'allais y aller ce soir. J'ai un sac de rechange dans la voiture et… Désolé, c'était une idée stupide.

— Non. Je ne travaille pas demain, mais il me reste quelques heures à faire sur mon service, et je veux m'assurer que tout le monde est conscient de ce dont j'ai besoin qu'il fasse pendant que je ne suis pas là.

Reggie plongea sa main dans sa poche, en sortit ses clés et donna celle de sa maison à Willy.

— Si tu veux un peu de temps tranquille, va chez moi. Cela devrait ouvrir le garage aussi. Mets ta voiture sur la seconde place. Elle est vide. Il parait qu'il va pleuvoir alors…

Il savait qu'il se mentait à lui-même en disant que c'était pour protéger la voiture du temps. Ni l'un ni l'autre ne voulait qu'elle soit vue, particulièrement pendant la nuit.

— Je te vois dans quelques heures alors.

Willy jeta un coup d'œil à la caméra et retourna à sa voiture.

Reggie retourna à la sienne et conduisit jusqu'au poste, à la fois excité et nerveux au sujet de la soirée à venir.

REGGIE SAVAIT qu'il avait le droit d'avoir une vie privée et que ce n'était les affaires de personne avec qui il passait son temps. Il se le répéta sans cesse alors qu'il essayait de se concentrer sur son travail. Il détestait que Willy mente simplement pour être avec lui. Ce n'était pas juste. Reggie voulait être capable de se tenir à la vue de tous et dire qu'il appréciait Willy.

Il quitta le poste et marcha sur la rue principale de Sierra Pines, passa le *diner* avec son habituel cadre de visages buvant un café, le drugstore, et la boutique de vêtements. Il sourit alors qu'il s'arrêtait devant la mercerie, où un cours semblait commencer. Il retourna les signes de salutation de quelques personnes en chemin.

Deux adolescents marchaient face à lui, se tenant la main, et il les dépassa avec un signe de tête. Il voulait être capable de faire cela avec Willy. De voir sa voiture s'arrêter à la station-service lui avait donné l'impression que les nuages s'étaient dispersés de son ciel. Le stress de la journée s'était éloigné parce que Willy était là. Son cœur palpita et la pression qui était toujours présente à cause de son travail et sa vie se relâcha un peu. Il avait eu quelques petits amis et un peu plus de rendez-vous, mais aucun d'eux ne lui avait fait désirer qu'ils reviennent aussitôt qu'ils étaient partis. Avec Willy, il n'arrivait pas à se rassasier.

— Bon après-midi, shérif, appela un homme que Reggie ne connaissait pas alors qu'il passait. J'ai entendu dire qu'il allait pleuvoir.

— C'est ce que j'ai cru comprendre. Restez en sécurité.

Il lui rendit son sourire et ils continuèrent tous les deux leur chemin.

Reggie se retrouva devant le drugstore sans savoir comment et s'arrêta, faisant une rapide vérification mentale des provisions qu'il avait chez lui. Il n'avait pas l'intention d'acheter « certaines choses » en ville, et certainement pas quand il était encore en uniforme, mais cela lui fit y penser. Il entra, souriant à la femme à la caisse avant de se tourner. Il finit dans le rayon des confiseries parce que… eh bien, c'était des bonbons, et parfois, il était un grand enfant au fond de lui. Il prit un paquet d'oursons et déambula dans la boutique, choisissant plusieurs autres choses.

— Jamie n'a pas été vu hors de sa maison depuis des jours, d'après ce que j'ai entendu. Trop honteux pour se montrer, dit une voix de femme depuis le comptoir. C'est affreux. Je sais que je ne vais pas voter pour son père aux prochaines élections. Personnellement, je pense qu'il devrait démissionner. Pense à l'exemple que cela donne à nos enfants.

Reggie leva les yeux au ciel, attrapant une bouteille de mousse à raser dont il avait besoin.

— Je sais. Mon fils m'a dit que tous les enfants à l'école en parlent, et il est en CE2, dit une seconde femme.

— Cela me rend malade, fit écho une voix plus profonde d'une autre allée.

— Eh bien, ça le devrait. Vous êtes un homme, dit la première femme.

Reggie prit ses courses jusqu'où deux personnes en jeans et tee-shirts se tenaient dans l'allée. L'un portait des pantoufles et l'autre des tongs.

— Bon après-midi, les salua Reggie alors qu'il s'approchait, distribuant au groupe des regards acerbes.

Il sourit et ils arrêtèrent de parler, ayant tous les trois la grâce de rougir. Une des femmes s'excusa et se dépêcha de partir, tandis que les deux autres attendaient qu'il passe pour reprendre leurs murmures.

Reggie s'approcha du comptoir pour y trouver un homme au début de la quarantaine derrière la caisse.

— Shérif.

— Vous devez être M. Webster, dit Reggie d'un ton amical.

Il lui tendit la main et ils se la serrèrent.

— J'ai rencontré un de vos employés, Willy. Je suis ravi de vous rencontrer.

Il plaça ses achats sur le comptoir.

— Aucun problème ?

M. Webster secoua la tête.

— Seulement les commères qui semblent ne pas savoir garder leur nez hors des affaires des autres.

Il parla plus fort que nécessaire et Reggie l'apprécia immédiatement.

— Les gens ont besoin de laisser les autres vivent leur vie sans tous ces bavardages.

— Je suis d'accord. Les gens passent déjà un moment assez difficile sans rajouter ce genre de jugement.

Reggie sortit son portefeuille pendant que M. Webster passait ses articles. Il lui donna un billet de vingt et reçut sa monnaie.

— Merci.

— Non. Merci à vous.

M. Webster empaqueta ses courses et les lui tendit.

— Repassez quand vous voulez.

— Je le ferai.

Reggie sourit et hocha la tête tout en quittant la boutique. Le ciel s'était obscurci et les nuages flottaient autour de la montagne au loin, piégés jusqu'à ce qu'ils relâchent leur fardeau et puissent s'alléger suffisamment pour la dépasser. Il accéléra le pas et atteignit le poste alors que la pluie commençait à tomber de façon continue.

— Je pensais que vous étiez parti, dit Marie.

— J'ai juste marché un peu en ville, dit Reggie avec un bref sourire. Je veux que les gens me voient et peut-être apprennent à me connaitre.

Il se tint à ses côtés au standard.

— Cela signifie qu'ils nous appelleront probablement plus souvent s'ils voient quelque chose de suspect, et cela construit une bonne relation avec la communauté.

— Nous en avons déjà une, dit Shawn avec un air renfrogné alors qu'il passait.

Reggie commençait déjà à personnellement détester cet homme suffisant.

— On ne s'en douterait pas, rétorqua-t-il. Vous ne comprenez pas. C'est une petite ville…

— Je sais ça. Je suis né ici.

Shawn grimaça et Reggie lui indiqua son bureau, le regard noir. Shawn y entra d'un pas lourd et Reggie ferma la porte derrière lui.

— Je sais que vous pensez que vous auriez dû avoir ma place, dit Reggie se tournant rapidement vers lui. Mais vous n'êtes pas qualifié.

Il croisa ses bras sur son torse avec un demi-sourire.

— Vous êtes plus intéressé par votre position et votre physique que par le travail que vous faites. Les gens de cette ville et le comté ont besoin de nous faire confiance, mais ils n'ont pas confiance en vous.

Reggie abaissa ses bras.

— Vous avez la carrure d'un bon agent de police, mais vous êtes mesquin et suffisant.

— Et vous savez tout ça en étant ici depuis quoi… deux semaines ? dit Shawn avec mépris. Vous avez mis en place quelques communiqués et vous pensez que vous faites une différence ?

Reggie se pencha en avant.

— En fait, cette information était dans le rapport qui m'a été transmis par le département de justice quand j'ai accepté de prendre ce poste. Ils n'allaient pas vous autoriser à être shérif. Ils essayaient de régler le problème ici, pas en rajouter.

Reggie garda le même ton.

— Le fait est que vous n'avez rien fait si ce n'est confirmer leur rapport.

Il durcit son regard.

— Je me demande, pouvez-vous sentir la glace sous vos pieds devenir de plus en plus fine ?

Reggie pencha la tête en direction de la porte, et Shawn tendit la main pour l'ouvrir. Reggie attendit jusqu'à ce qu'il l'ait ouverte.

— Je vous suggère de reconsidérer le genre d'adjoint que vous voulez être et si vous voulez garder votre travail ou non.

Reggie rencontra son regard qui était brûlant de haine. Il attendit que Shawn se retourne avant de s'asseoir pour régler quelques détails et finir sa journée.

REGGIE REVINT chez lui plus tard qu'il l'avait prévu. Les lumières étaient allumées, et à la place de l'habituelle noirceur froide, cela semblait chaleureux, comme un foyer. Il gara sa voiture à l'extérieur de l'emplacement qu'il avait indiqué à Willy pour garer la sienne et entra, esquivant les gouttes de pluie.

Son estomac gronda et il grogna alors que tous ces sens étaient en effervescence.

— Qu'est-ce que tu prépares ? demanda-t-il.

L'odeur était incroyable.

— Pas grand-chose. J'ai des steaks à griller et j'ai fait une salade Caesar.

Willy lui fit un large sourire et poussa un livre de cuisine à travers le comptoir.

— J'ai fait ma propre sauce. J'ai aussi des petits pains au four et des carottes glacées.

Reggie se précipita vers là où se tenait Willy avec une large serviette autour de la taille comme tablier. Il le prit dans ses bras, le souleva de terre et tourna avec lui dans la pièce.

— Tu me gâtes.

— N'est-ce pas ce que je suis supposé faire ? gloussa Willy.

Reggie le remit sur ses pieds et l'embrassa profondément, le goût de la sauce toujours sur ses lèvres de quand il l'avait goûté. Willy lissa ses cheveux vers l'arrière, tenant tendrement son crâne alors qu'il l'embrassait, sa langue explorant la bouche de Reggie. Ce dernier en adorait le ressenti et le goût.

— Tu es la tentation personnifiée, chuchota-t-il.

— Moi ? demanda Willy en riant. Je suis la tentation ? Tu es celui avec tous ces muscles et l'attitude canon. Je suis seulement un gamin maigre de Sierra Pines.

— Tu es beaucoup plus que ça.

Reggie tint Willy fermement, ébahi de la manière dont ils s'accordaient ensemble et à quelle vitesse il en venait à chérir leurs moments volés. Il ne se faisait aucune illusion que ce temps, leur temps, était volé… et il ne savait pas jusqu'à quand ils seraient capables de continuer.

— Dis-moi, murmura Willy.

— Chéri, tu es adorablement mignon, et tu as le plus grand cœur de tous ceux que j'ai pu rencontrer.

Ils auraient pu commander une pizza ou réchauffer quelque chose, mais Willy lui faisait un dîner digne d'un roi, et Reggie se *sentait* comme un roi.

— La dernière personne qui a cuisiné pour moi était ma mère.

— Je ne suis pas surpris. La plupart des poêles, casseroles et autres ustensiles sont encore neufs.

Willy se faufila hors de son étreinte et son contact lui manqua immédiatement. Le vent et la pluie battaient les fenêtres, et Reggie jeta un œil dehors alors que Willy retournait cuisiner.

— Va te rafraîchir, et ensuite peut-être que tu pourrais faire un feu de cheminée. Il est censé faire froid et humide ce soir. Le dîner sera prêt lorsque tu auras fini.

Reggie ne voulait pas quitter la pièce. Une minute loin de Willy était une minute de trop. Il vola un autre baiser à ces lèvres pleines et douces puis se hâta de rejoindre sa chambre.

Il prit soin de son uniforme et de son arme avant d'aller dans la salle de bain et d'allumer la douche. Il se mit sous le jet et se savonna, ses mains se promenant sur son corps. En quelques secondes, il avait une érection dure et lancinante. Tout ce qu'il avait fallu était la simple pensée de Willy étant là avec lui, les mains de Reggie glissant sur cette peau lisse et douce. Il grogna et agrippa son érection, glissant sa main savonneuse dessus.

— Merde, murmura-t-il.

Même s'il voulait jouir, Willy était dans la pièce d'à côté et il restait ici cette nuit. Maintenant, cela ne voulait pas nécessairement dire que quelque chose allait se produire, mais il était plus clair que Willy tenait à lui et...

Reggie avait besoin de penser à quelqu'un d'autre que Willy afin de pouvoir terminer sa douche sans éjaculer partout sur le carrelage. Il tourna la poignée vers le froid pour réduire la température et rinça le savon en frissonnant. Il réussit à garder son corps sous contrôle et éteignit la douche. En sortant, il attrapa une serviette pour se réchauffer et s'essuya rapidement pour enlever l'eau froide de sa peau.

Dans la chambre, il mit des vêtements confortables et glissa ses pieds dans ses chaussons avant de rejoindre Willy dans la pièce principale, où il trouva un feu craquant dans la cheminée.

— Je pensais que tu voulais que je le fasse ?

Willy lui fit un grand sourire.

— J'avais quelques minutes et j'ai trouvé du bois à l'extérieur à côté de la porte de derrière.

Willy fit signe à Reggie de s'asseoir et apporta le saladier avec la salade sur la table basse, puis retourna chercher deux verres d'eau froide.

— Je n'ai pas trouvé de vin et je n'avais pas envie d'une bière.

— C'est très bien.

Reggie s'assit avec Willy juste à côté de lui, s'appuyant à moitié contre lui alors qu'ils mangeaient. Mince, c'est acidulé. Il sourit largement.

— Les anchois. Il ne faut pas en mettre beaucoup parce qu'on ne veut pas que la sauce ait le goût de poisson, mais ça lui donne ce picotement qui danse sur la langue.

Willy prit une bouchée puis avala avant de se pencher pour l'embrasser.

— Tu vois, ça picote.

Reggie le poussa de l'épaule.

— Peut-être que nous devrions essayer une nouvelle fois.

Il prit une bouchée et recommença, embrassant Willy. Mince, si ses lèvres ne vibraient pas juste un peu... Reggie l'attribua plutôt à l'homme qu'il embrassait qu'à la sauce salade.

Ils finirent leur plat et Reggie prit soin des bols tandis que Willy servait le prochain plat.

— Où as-tu eu tout ça ?

Willy leva les yeux au ciel.

— Au magasin. Où d'autres ?

81

— Je m'en doute, mais cela a dû te coûter cher, et je ne veux pas que tu te serves de ton argent durement gagné pour me nourrir.

Reggie savait que c'était délicat, mais Willy venait juste de commencer son travail et la nourriture avait pu facilement lui coûter une bonne partie d'un jour de paye à en juger par les steaks qu'il déposa dans l'assiette.

— Je ne fais pas ça pour être remboursé. Mais...

Reggie mit son bras autour de lui quand il se rassit.

— Je sais. C'est simplement que je ne veux pas que tu sois en difficulté ou que cela te rende triste. Donc je vais faire un marché avec toi... tu as cuisiné, alors je vais payer.

Il frotta son nez dans son cou.

— S'il te plaît.

La dernière chose qu'il voulait était que Willy se sente mal.

— Personne n'a jamais pensé à comment je me sentais.

Willy rapporta vers eux leurs assiettes, et ils s'assirent de nouveau après que Willy eut rajouté une bûche dans le feu.

— Je suis désolé, dit Reggie.

— J'avais des amis à la fac qui m'écoutait. Ils étaient plutôt cool. Quand j'ai dû arrêter, j'ai perdu ce genre de support et de contact. J'avais ma propre vie là-bas, et quand je suis revenu ici, ma famille s'attendait à ce que je sois le même que lorsque j'étais parti, mais je ne l'étais pas. Mon père semblait vouloir prendre toutes les décisions à ma place, exactement comme lorsque j'étais enfant.

Willy cligna des yeux.

— Mais il semble plus heureux pour moi maintenant.

— Peut-être que c'est parce que tu n'étais pas assez indépendant ? proposa Reggie. Je veux dire que ton père est un homme d'un genre vraiment différent. Je ne pense pas avoir rencontré un jour quelqu'un comme lui.

— Espérons que non, répondit Willy, sarcastique.

— Laisse-moi te demander quelque chose. Que veut ton père ?

Reggie mangea lentement, laissant l'appétissante saveur de la viande s'attarder sur sa langue, puis la fit suivre avec la douceur des carottes. C'était une sublime combinaison et il fredonna de contentement dans sa barbe tout en fermant les yeux. *Parfait*.

Willy mangea aussi.

— Je sais qu'il pense qu'il m'aime et veut ce qu'il y a de mieux pour moi. Ou ce qu'il pense est le mieux pour moi. Je dois remettre en question la manière dont il s'y prend.

Reggie ne pouvait pas le contredire.

— Pourtant, il me soutient. Je ne veux pas dire qu'il est fier de moi, mais il est encourageant depuis que j'ai eu ce travail. Il agit toujours comme il le faisait.

Willy posa sa fourchette.

— Au moins, il est prévisible la plupart du temps.

Willy reprit une autre bouchée.

— Comment est ton père ?

Reggie eut un petit rire.

— Mon père était pour le travail dur et chercher des opportunités. Il n'était à première vue pas vraiment ravi quand j'ai voulu être agent de police. Il espérait que je sois avocat ou médecin. C'était son rêve. Nous avons tous les deux discuté, et à la fin, il a accepté que c'était ma vie. Je pense qu'il s'inquiète toujours beaucoup pour moi. Je sais que c'est le cas pour ma mère, mais ils sont fiers de moi aussi.

— Les as-tu vus quand tu étais en ville ?

Willy sourit alors qu'il mâchait une bouchée de carottes.

— Oh oui. Nous sommes sortis dîner et nous avons passé un peu de temps ensemble. Maman et papa ont maintenant un emploi du temps social très occupé. Papa a passé pas mal d'années comme facteur la journée et ses soirées à forger des couteaux et d'autres choses dans le même genre. Il adorait ça et le fait encore. Certains de ces couteaux valent dans les mille dollars. C'est un homme très terre à terre, mais nous n'avons jamais douté une seconde qu'il nous aimait. Il était occupé, mais il était toujours là pour nous mettre au lit quand nous étions enfants.

Reggie fredonna doucement alors qu'il pensait au passé.

— J'aimerais que tu les rencontres.

Et juste comme ça, il pensait plus loin, espérant pour plus avec Willy. C'était dangereux, mais son cœur battit un peu plus vite à cette pensée.

— Qu'en est-il de ta mère ? demanda Willy en souriant. Tu avais ce regard quand tu as parlé d'elle.

Reggie eut un petit rire.

— Ma mère est une comique. C'est l'une de ces mères qui pensent que le temps est précieux. Papa devait beaucoup travailler et ne pouvait pas toujours avoir son week-end libre, ce genre de chose. Mais maman est intense. Elle nous a emmenés camper à Yosemite plus d'une fois. Elle adorait cet endroit avec les dômes de pierres. Je parie qu'elle aurait été une grimpeuse si elle avait pu. Yosemite Falls était un de ses endroits préférés aussi. Nous visitions puis nous faisions des randonnées partout. Elle nous

83

a emmenés voir les séquoias et lorsque nous y allions, elle organisait des journées de randonnée sur les parcours et à travers les bois. Rien ne semblait jamais l'arrêter. Elle voulait que Janine et moi appréciions être à l'extérieur et voir autant que possible le monde.

Reggie adorait sa mère.

— Elle est, en quelque sorte, mon héros.

— Ça s'entend, dit doucement Willy. Ma mère est devenue si silencieuse. C'est comme si elle était une personne différente depuis que mon frère est mort.

— Peut-être qu'elle l'est. Ce genre de deuil ne s'en va tout simplement pas comme ça. Cela s'attarde et change les gens. Tu as dit que cela avait changé ton père.

Willy acquiesça.

— S'il te plaît, continue... je ne voulais pas t'interrompre.

Il coupa un bout de steak et mâcha pendant que Reggie rassemblait ses pensées.

— En voici une bonne. Ma mère est retournée travailler quand j'avais quatorze ans. Elle en avait assez de rester à la maison et voulait sortir. Elle a pris un travail de bureau dans une manufacture. Ils faisaient des petites pièces spécifiques pour les avions. Elle répondait au téléphone, classait, et en gros, gérait le bureau parce que son patron était terriblement désorganisé, et elle l'a gardé productif. En tout cas, maman mettait de côté l'argent qu'elle gagnait. Elle et papa vivaient sur la paye de papa, et elle épargnait ce qu'elle gagnait. Donc, quand Janine a eu l'occasion d'aller en France avec son club de langues étrangères, maman l'y a envoyé. Et quand j'ai eu l'occasion d'aller en Europe avec mon groupe, elle a payé pour ça. Maman nous a aussi aidés avec la fac et s'est assurée que nous aurions une bonne éducation.

Reggie s'essuya les yeux.

— Je dois beaucoup à ma mère.

Il finit son dîner et reposa sa fourchette, s'adossant au canapé. Il ferma les yeux et attendit tandis que Willy finissait de manger avant de débarrasser les assiettes et de les ramener dans la cuisine.

Reggie rangea tout, mit en route le lave-vaisselle et laissa Willy se détendre, conscient de sa présence pendant tout ce temps. C'était comme s'il avait une sorte de Willy radar. Même lorsqu'il se leva pour aller à la fenêtre, Reggie savait où il était.

— Tu peux regarder la télévision si tu veux, proposa-t-il, ne voulant pas que le jeune homme s'ennuie.

Willy déambula dans la maison jusqu'à l'arrière, la porte claquant légèrement en se fermant derrière lui. Reggie finit de nettoyer et se glissa aussi à l'arrière, s'avançant sur le porche couvert. Willy se tenait au bord, appuyé contre la rambarde en rondin, fixant le jardin et la forêt derrière qui s'élevait comme un mur avec les montagnes qui se dessinaient au-dessus à l'horizon.

— À quoi penses-tu ? demanda Reggie tout en glissant ses bras autour de la taille de Willy.

Ce dernier haussa des épaules.

— Je continue de me demander ce que tu vois en moi, et puis je vois la façon dont tu me regardes et…

Il frissonna et Reggie le tint plus fermement contre lui.

— Quand tu m'as approché la première fois au bar à Sacramento, j'ai pensé que peut-être tu étais comme ces gars qui se liguaient contre moi, mais tu ne l'étais pas. Tu étais gentil et tu as essayé de m'aider.

Willy se pencha un peu plus contre lui.

— Quand tu es parti, je me sentais seul. En fait, je me suis donné des coups de pied aux fesses mentalement le reste de la nuit parce que je t'ai laissé partir.

— Je suis là maintenant.

— Je sais, et j'ai peur.

C'était une sacrée admission.

— J'ai peur de ce qui va se passer si les gens découvrent à propos de nous, et j'ai peur de devoir passer le reste de ma vie à cacher qui je suis. Je sais que je ne peux faire aucun des deux.

— Tu n'as pas à prendre cette décision ce soir.

Reggie se pencha en avant pour un doux baiser à la base de la nuque de Willy. Le jeune homme frissonna et Reggie recommença.

— Reggie… Je… grogna Willy alors que Reggie repoussait sur le côté le col de son tee-shirt et embrassait son épaule.

— Je sais que c'est ta première fois et je veux la rendre spéciale pour toi.

Une brise venant des montagnes rafraîchit l'air autour d'eux, et Reggie dirigea gentiment Willy à l'intérieur. Il ferma la porte et ils retournèrent dans le salon. Tandis que Willy s'installait confortablement sur le canapé, Reggie relança le feu dans la cheminée puis s'assit à côté de lui.

— Nous n'avons pas à faire quoi que ce soit qui te mette mal à l'aise.

Reggie prit les mains de Willy, faisant glisser ses doigts sur elles, la peau douce glissant contre les doigts rugueux de Reggie.

— Je suis sincère. Nous n'avons pas à faire quoi que ce soit si tu n'es pas prêt.

Reggie l'attira plus près de lui, leurs lèvres proches, mais ne se touchant pas.

— Je serai heureux de simplement être capable de t'avoir dans mes bras ce soir.

Leur première nuit ensemble. Il n'avait même pas besoin de penser aux autres différents aspects de cette situation.

Willy referma la distance entre eux, et Reggie enroula ses bras autour de lui. Il n'avait pas reçu de réponse et c'était bien. Willy n'avait pas besoin de vocaliser ce qu'il voulait maintenant. Reggie avait l'intention de prendre son temps, de faire en sorte que Willy ait une première fois à se souvenir pour le restant de sa vie.

— Je ne sais même pas quoi faire, murmura Willy. Je sais que cela semble stupide, mais tout ce que j'ai déjà fait, c'est entendre des gars en parler, et je doute qu'ils sachent ce qu'ils faisaient.

— Tu as probablement raison. Ils ne savaient pas.

— Et ils parlaient tous de filles.

Willy lui fit un grand sourire.

— Je me suis toujours senti désolé pour les filles avec qui ils sortaient à cause de la façon dont ils parlaient d'elles. Comme s'il n'y avait rien de privé ou sacré.

— Ce qui se passe entre nous est les deux.

Reggie se rapprocha un peu plus, tenant Willy fermement, suivant son regard jusqu'aux flammes dansantes.

— Je ne parlerai jamais de ce qui se passe entre nous à quelqu'un d'autre que toi.

— Ce n'est pas ça, dit Willy en se tournant vers lui. J'ai peur.

— De quoi ? demanda Reggie.

— Le sexe, je suppose. Je ne l'ai jamais fait, et tout le monde en parle comme si c'était la meilleure chose au monde, mais c'est la cause de tellement d'ennui et de douleur que…

La voix de Willy diminua alors que Reggie se rapprochait, leur souffle se mêlant, puis leurs lèvres se touchant. Reggie le maintint fermement, approfondissant le baiser jusqu'à ce que Willy gémisse doucement et que le baiser se fasse plus urgent. Il recula, tirant sur la lèvre inférieure de Willy au passage.

— Cela te fait-il peur ? demanda Reggie, et Willy secoua la tête.

Reggie remonta le tee-shirt de Willy, se délectant de la vue de sa peau pâle, son ventre lisse et son torse. Exactement comme il se l'imaginait, seulement meilleur, plus chaleureux. Il toucha de ses lèvres le haut du bras de Willy puis descendit plus bas pour capturer un téton, le suçant et le taquinant avec sa langue sous les gémissements plaintifs plus urgents et aigus du jeune homme.

— Qu'en est-il de ça ?

— Non. Mais je pense…

Reggie reposa sa tête sur l'épaule de Willy, ses lèvres à quelques centimètres de son oreille.

— Nous n'avons pas à le faire. C'est un moment qui doit être heureux, nous faire nous sentir bien, simplement être ensemble. Pas d'inquiétude ou de peur. Le sexe ne devrait jamais être ainsi.

Il lécha l'endroit juste derrière son oreille, et Willy trembla dans ses bras, grognant doucement une nouvelle fois.

— Ces sons.

— Est-ce que je suis trop bruyant ? dit Willy en se tendant.

— Non, chéri. Ils sont magnifiques. Comme une douce musique. Tu peux faire autant de bruit que tu veux.

Reggie retourna explorer le corps de Willy, trouvant un endroit à la base de sa nuque et un autre le long de son épaule qui le fit haleter. Il enleva le tee-shirt de Willy, puis l'allongea contre les coussins du canapé. Le ventre de Willy se souleva puis s'abaissa, ses petits tétons roses durcis par le froid. Reggie les caressa doucement, la peau douce du jeune homme réchauffant sa paume.

— Tu es incroyable.

Willy secoua la tête.

— Je suis quelconque et banal. Dis simplement ce qui est.

— Il n'y a…

Reggie se pencha en avant, prit ses lèvres et les suça doucement.

— … rien…

Il embrassa doucement la base de sa nuque.

— … de banal en toi.

Il embrassa doucement l'épaule de Willy.

— Tu es extraordinaire et spécial.

Il se rapprocha encore, inhalant profondément pour prendre juste un peu plus de l'odeur paradisiaque qu'était Willy. Reggie resta où il était sans bouger pendant quelques secondes. Il avait besoin que Will le prenne dans ses bras, bouge, fasse quelque chose.

87

Il soupira alors que le jeune homme l'encerclait de ses bras, les tirants plus proches. Cela prit quelques secondes à Reggie pour enlever son propre tee-shirt, puis Willy le serra une fois de plus. Torse contre torse, chaleur contre chaleur, ils étaient pressés l'un contre l'autre, Reggie trouva les lèvres de Willy, leurs baisers l'encourageant, ajoutant plus de passion toutes les secondes. Son instinct le poussait vers l'avant, à prendre Willy, mais qu'il soit damné s'il allait faire ça. Les choses devaient aller au rythme de Willy, pas au sien. Et lorsque ce dernier l'embrassa à la base de la nuque tout comme il l'avait fait lui-même seulement quelques secondes plus tôt, Reggie se recula et tira Willy au-dessus de lui.

Willy lui fit un grand sourire.

— Est-ce que je suis le responsable ? C'est ça ?

Il plaça ses mains sur les épaules de Reggie et les fit doucement glisser sur son torse. Willy ne dit rien, sa poitrine se levant et s'abaissant avec chaque souffle, ses doigts tremblant alors qu'ils bougeaient.

— Tu ne vas pas me blesser.

Reggie couvrit les mains de Willy des siennes et en amena une jusqu'à ses lèvres.

— Je le pense. Je veux que tu apprennes à me connaître, que tu te sentes à l'aise pour me toucher et être touché.

Il pressa les doigts de Willy puis les relâcha et s'allongea, se délectant de la douce sensation du contact de Willy.

Reggie retint son souffle alors que le jeune homme faisait des cercles autour de son téton avec ses doigts et en pinçait doucement le bout. Il arqua son dos sous la sensation, grognant doucement dans sa barbe pour faire savoir à Willy qu'il aimait ça. Ce dernier continua son exploration, glissant ses mains jusqu'au ventre de Reggie puis sur ses flancs. Reggie eut un petit rire, même si son excitation crevait le plafond. Il ferma les yeux, voulant que Willy libère son érection et le touche. Lorsque le jeune homme glissa sa main près de sa ceinture, Reggie contracta son ventre, le rentrant. Willy le taquina, faisant courir ses doigts le long de son estomac avant de s'arrêter.

Willy l'embrassa, pressant son torse contre celui de Reggie, mêlant leur chaleur.

— Je ne suis pas certain de ce que je suis supposé faire.

Reggie eut un petit rire et glissa ses mains jusqu'aux fesses de Willy pour le tenir, puis il le massa à travers son pantalon.

— Tu peux toucher tout ce que tu veux.

Willy soupira et se rassit.

— Veux-tu faire ça ici sur le canapé ?

Reggie secoua la tête. Le feu s'éteignait, donc il se leva, s'occupa du feu, et puis s'assit de nouveau.

— Nous devrions le laisser s'essouffler un peu plus.

La dernière chose qu'il voulait c'était qu'une étincelle s'échappe pendant qu'ils n'étaient pas là.

Reggie tira Willy vers lui et ils s'assirent ensemble silencieusement, leurs doigts entrelacés alors qu'ils regardaient les flammes mourir. Alors que la pièce se rafraîchissait et que le feu vacillait avant de s'éteindre, Reggie se leva et lui tendit la main. Willy la prit et Reggie le dirigea hors du salon, éteignit toutes les lumières alors qu'ils allaient vers la chambre, et ferma la porte derrière eux.

Ils étaient dans sa chambre, dans son espace. Reggie n'avait jamais laissé quelqu'un d'autre entrer dans cette pièce. C'était son sanctuaire. Le reste de la maison avait encore des touches de son oncle, mais cette pièce était entièrement lui. Il guida Willy jusqu'au lit puis sur l'épaisse couette. Il enleva ses chaussures et ses chaussettes avant de faire glisser son jogging et son caleçon. Reggie les jeta sur le côté et se tint debout en face de Willy, nu. Il était comme il était, nu, exposé. La plupart des gens ne pensaient pas plus que ça à la signification d'être ainsi devant un autre, mais pour Reggie, cela signifiait beaucoup. Il était lui-même, et son compagnon pouvait le voir.

Willy se pencha en avant pour prendre sa main, le rapprochant jusqu'à ce que leurs lèvres se rencontrent dans un baiser torride qui fit trembler le sol comme aucun tremblement de terre qu'il avait pu sentir.

— Je pense que c'est mon tour, dit Willy en se levant.

Il poussa un peu Reggie afin de l'éloigner et il recula d'un pas. Il enleva ses chaussures et ses chaussettes. Puis il se tourna, fit descendre son jean, montrant à Reggie son fessier vêtu d'un caleçon bleu clair. C'était comme agiter une cape rouge devant un taureau. Willy avait un postérieur incroyable, et quand ce tissu glissa le long de ses jambes puis fut enlevé, Reggie haleta et retint son souffle.

Lentement, Willy se retourna.

— Je te l'ai dit. Incroyable, dit Reggie et Willy secoua la tête.

Reggie marcha lentement autour de Willy. Il se pressa doucement contre son dos, faufilant ses bras autour de sa taille, le maintenant, puis embrassa la base de sa nuque.

— Tu es splendide.

Il était dur comme du bois, son érection pressée contre les fesses de Willy.

— Tu peux me sentir, n'est-ce pas ?

89

Willy gloussa.

— Oui.

— C'est ce que tu me fais.

Reggie ferma les yeux et inspira, laissant l'odeur de Willy le porter sur les nuages de l'extase pendant une fraction de seconde.

— Tu n'as pas à t'inquiéter au sujet son physique. Je pense qu'il est merveilleux.

Il fit un léger pas en arrière, embrassant l'omoplate de Willy alors qu'il caressait son ventre en dessinant de petits cercles.

— Je sais que c'est difficile de laisser quelqu'un d'autre voir le véritable toi.

— Que veux-tu dire ?

Reggie tint Willy plus fermement.

— Nous passons nos vies à cacher des parts de nous-mêmes. Nous apprenons à le faire dans la cour de récréation à l'école. Les enfants qui sont différents sont embêtés. Tu n'as pas les bons vêtements ou ton nez est trop gros ou tu portes des lunettes. Les enfants qui sont embêtés changent généralement des parties d'eux-mêmes, cachant ce qu'ils aiment vraiment afin de devenir une partie du groupe. Alors que nous grandissons, nous le faisons d'autant plus. Notre corps semble étrange ou notre visage a des boutons ou Dieu seul sait quoi d'autre… Nous ne pensons pas que nous sommes assez intelligents ou autre… Nous cachons plus et essayons de présenter une meilleure image de nous-mêmes, celle que nous voulons que le monde voie.

Reggie plaça ses mains sur le torse de Willy, le tenant tendrement dans ses bras.

— Se tenir en face de quelqu'un d'autre nu, en particulier quelqu'un avec qui on veut être intime, c'est faire tomber une partie de cette image. Nous laissons quelqu'un d'autre voir qui nous sommes.

Willy toussa puis s'éclaircit la gorge.

— Mais et si l'autre personne n'aime pas ce qu'il voit ?

Reggie eut un petit rire.

—Alors au diable et frappe-le dans les parties parce qu'il ne vaut pas la peine que tu t'embêtes avec lui.

Il embrassa Willy sur l'épaule une nouvelle fois.

— J'aime ce que je vois. Je savais que ce serait le cas.

— Comment peux-tu ? demanda Willy en regardant par terre.

— Parce que ce qui compte réellement, c'est qui est à l'intérieur.

— Comment sais-tu tout ça ? continua Willy en se tournant lentement dans l'étreinte de Reggie.

Reggie posa doucement la main sur sa joue.

— Parce qu'une part de mon travail est d'atteindre une personne sous de sa façade. Tu cherches les indices qui montrent la véritable personne sous la façade. C'est ce qui motive nos réels désirs et ce que nous voulons vraiment. C'est aussi une part de nous qui habituellement commet un crime. Donc, c'est ce que je cherche.

Il embrassa profondément Willy, pressant leurs hanches ensemble, leur érection glissant l'une contre l'autre.

Willy gémit doucement, plaintif.

— Reggie…

— Tu me fais me sentir bien.

Il poussa Willy en arrière vers le lit, le souleva dans ses bras et se tourna afin qu'il puisse s'asseoir, puis il s'allongea, laissant Willy au-dessus et avoir le contrôle. Il prit en main les fesses nues et fermes du jeune homme, le tenant fermement, le guidant alors qu'il glissait contre lui, leur érection se touchant. Willy gémit doucement contre son oreille. C'était presque suffisant pour l'envoyer par-dessus le bord immédiatement. Le plaisir de Willy l'enchantait et il le laissa donner le rythme alors qu'ils bougeaient ensemble.

— Reggie… oh…

Les mots de Willy et ses gémissements atteignaient à peine les oreilles de Reggie.

— C'est bon, chéri. Sois heureux et laisse-toi aller.

Il le tint plus près, se balançant avec lui jusqu'à ce que Willy halète, la tête rejetée en arrière, la bouche ouverte. De la chaleur se répandit entre eux, et Reggie ferma les yeux, suivant rapidement Willy. C'était une expérience incroyable d'être la première fois de quelqu'un, et alors que Willy s'installait dans ses bras, Reggie resta allongé, immobile, le laissant reprendre son souffle.

— C'était…

Willy releva la tête, un énorme sourire sur le visage.

— Je me sens presque génial.

— Peut-être que tu l'es.

Reggie roula Willy sur son dos, passant une main sur son front.

— Je reviens tout de suite. Mets-toi à l'aise.

Il se précipita vers la salle de bain, prit un gant et une serviette et s'en servit pour nettoyer doucement la peau d'albâtre de Willy. Après avoir

91

rapporté les linges utilisés dans la salle de bain, il retourna vers Willy qui observait chacun de ses mouvements.

— Tu es celui qui est splendide, lui dit Willy alors que Reggie approchait le lit.

— Va sous les couvertures, Lapin.

Reggie sourit alors que les yeux de Willy s'écarquillaient.

— Comment m'as-tu appelé ?

Il s'assit, les bras croisés sur son torse.

— Lapin ?

— Oui. C'est ainsi que je pensais à toi à Sacramento. Tu étais adorablement mignon et complètement hors de ta zone de confort. À la seconde où tu es entré dans ce bar, tes yeux grands ouverts, tu semblais si innocent et gentil comparé à tous les gars blasés autour de toi. C'est pourquoi ces hommes t'ont approché. Ils ont supposé qu'ils pourraient t'intimider et te faire faire ce qu'ils voulaient.

Reggie s'assit près de lui.

— Quand j'étais enfant, mon premier animal de compagnie était un lapin. Son nom était Rupert et il était le meilleur animal de compagnie au monde. Il était doux, joueur et une joie de l'avoir avec soi. Exactement comme toi.

Il prit une des mains de Willy.

— Je ne sais pas si j'aime ça.

Reggie rit.

— Et si tu allais sous les draps avant d'attraper froid, et nous en discuterons.

— Ah ah, dit Willy alors qu'il se glissait sous les couvertures. La seule raison pour laquelle je le fais, c'est parce que je commence à avoir froid et je ne veux pas que mes parties flétrissent.

Willy s'installa sous les draps et Reggie éteignit la lumière avant de se mettre au lit à côté de lui, glissant ses bras autour de lui.

Reggie ferma les yeux, écoutant Willy respirer, se demandant combien de sommeil ils allaient tous les deux être capables d'avoir. Reggie était encore vraiment excité, mais cela ne prit pas longtemps avant que la fatigue de sa journée ne submerge l'excitation d'avoir Willy dans son lit. Il s'assoupit, se demandant toujours combien de temps encore cet interlude, ces heures volées pouvaient durer. Il les voulait, mais cela avait peu d'influence sur la réalité, qui avait souvent ses propres idées.

VII

LES RAGOTS parcourant la ville étaient suffisants pour rendre fou Willy. La seule chose dont tout le monde parlait était Jamie Fullerton, et cela le dérangeait. Habituellement, les rumeurs en ville mourraient dès que quelque chose de nouveau se produisait, mais pas cette fois. Cela faisait presque une semaine et les bavardages continuaient.

Willy tira le chariot de cartons hors de la pièce arrière. Il voulait réapprovisionner quelques présentoirs pendant qu'il n'y avait pas beaucoup de monde. Il resta prudent lorsqu'il dépassa Mme Weathers et Mme Gardner qui discutaient tranquillement dans une allée. Il n'avait pas l'intention d'écouter leur conversation, mais il ne put s'empêcher de les entendre.

— J'ai entendu dire que certaines personnes font circuler une pétition pour que le maire soit destitué. Je ne sais pas si les choses devraient aller aussi loin, mais apparemment, Jamie a tellement honte de lui, disait Mme Gardner.

— Comme il le devrait, intervint Mme Weathers.

— Oh, s'il te plaît.

Mme Gardner leva les yeux au ciel alors que Willy passait, les laissant derrière lui.

— Donc le gamin est gay. C'est difficilement la fin du monde.

Willy sourit. *Bravo Mme Gardner. Je vous ai toujours appréciée.* Il continua, et quelques secondes plus tard, Mme Gardner de mauvaise humeur le dépassa pour aller au comptoir, avec Mme Weathers la suivant peu de temps après avec une expression qui faisait penser qu'elle venait de sentir quelque chose de mauvais. Cela devenait ridicule. Il voulait leur dire que ce n'était pas leur affaire et de laisser tomber.

— Bonjour, dit Willy à un client qui venait d'entrer.

Il n'y porta pas une grande attention alors qu'il ouvrait un carton de M & M's à la cacahuète. M. Webster faisait une promotion, et il semblait que toute la ville avait vraiment besoin de réconfort, parce qu'ils s'envolaient littéralement des étalages.

— Jamie, dit Willy quand il leva les yeux et vit l'autre jeune homme, qui semblait vouloir que le sol s'ouvre sous lui et l'avale.

— Maman m'a envoyé faire quelques courses et…

Il se tourna et s'empressa d'aller à l'arrière du magasin. Willy souhaitait pouvoir l'aider.

La cloche de la porte d'entrée carillonna une nouvelle fois, et Willy essaya d'arrêter le sourire qui naissait sur ses lèvres alors que Reggie entrait, dans son uniforme, semblant sexy comme tout. La première chose qui vint à l'esprit de Willy était que la prochaine fois qu'il le verrait, peut-être qu'il pourrait avoir Reggie portant son uniforme et… Willy cligna des yeux pour éloigner cette pensée. Il était au travail, et une érection n'était pas une bonne idée. Il pouvait sentir la chaleur lui monter aux joues. Il dut regarder ailleurs et se reconcentrer sur ce qu'il faisait.

Willy commença à placer les sachets de bonbons sur la tête de gondole même si son esprit se souvenait de l'obscurité, au milieu de la nuit. Il s'était réveillé, fixant le plafond. Il venait de se retourner pour la douzième fois. Reggie s'était tendu à côté de lui. Il s'attendait à ce qu'il lui dise d'arrêter de bouger, mais de chaleureuses mains avaient glissé sur son torse et son ventre, puis Reggie avait roulé au-dessus de lui, le tenant tendrement. Reggie l'avait embrassé jusqu'à ce que ses yeux ne puissent plus rester ouverts avant de descendre doucement, sous les couvertures, et les anges avaient chanté dans l'esprit de Willy quand Reggie l'avait englouti dans la chaleur la plus humide qu'il pouvait imaginer. C'était sa première fellation, et les joues de Willy rougirent d'autant plus alors qu'il pensait qu'il avait, en fait, pu pousser un petit cri perçant lorsque Reggie l'avait fait jouir.

— Willy.

Il se tourna vers monsieur Webster, gardant les cartons en face de lui ; autrement, il allait se donner en spectacle, et il y avait une seule personne qu'il voulait le voir ainsi.

— Désolé.

Il cligna des yeux.

— Quand tu auras fini ici, peux-tu faire un tour dans le magasin ? J'ai besoin de travailler à l'arrière pendant un moment et m'assurer que tout se déroule bien dans le drugstore.

M. Webster souriait.

— On dirait que cela va être un bon jour pour les affaires.

Le magasin devenait de plus en plus occupé, ce qui était inhabituel pour un mardi matin.

— Bien sûr, pas de problème.

Willy se tourna pour finir ce qu'il faisait et remplit le prochain étalage avant de retourner à l'arrière avec le chariot. Puis il fit ce que monsieur Webster lui avait demandé, marchant dans les différentes allées, faisant connaître sa présence au cas où quelqu'un aurait besoin d'aide.

— Tu devrais avoir honte ! dit une voix, masculine et grondante, venant du comptoir.

Willy se dépêcha alors qu'une seconde voix faisait écho à la première.

— Vous et votre genre n'êtes pas les bienvenues ici. Peut-être que tu devrais partir. Aller à San Francisco avec tous les autres monstres !

Willy tourna le coin où Jamie était coincé par Mark Jeffries et Scott Phillips, deux anciens joueurs star de football américain lorsqu'ils étaient à l'école et deux des plus grands et bruyants connards qu'il avait rencontrés de toute sa vie. Ces deux-là étaient joints à la hanche, et leur mission était de faire de la vie de chacun un véritable enfer autant que possible.

— Ça suffit tous les deux, dit Reggie alors qu'il s'avançait et se plantait devant eux, pieds écartés.

Cet homme était un vrai mur de brique qui n'acceptait pas de subir les conneries de qui que ce soit.

— N'avez-vous pas quelque part où vous devez être ?

Scott, le connard en chef, se tourna vers Reggie avec un sourire méprisant.

— Nope. Nous sommes très bien ici. C'est lui qui est un problème.

Il pointa du doigt Jamie, qui se tenait aussi droit qu'il le pouvait, essayant de maintenir ce qu'il lui restait de sa dignité.

— Je suggère que vous arrêtiez de causer des problèmes et quittiez le magasin, maintenant.

Reggie était fort, et Willy sentit sa poitrine se gonfler de fierté pour lui. Il n'allait pas les laisser s'en tirer avec leurs conneries habituelles.

— Vous allez prendre la défense d'une tarlouze comme lui ? insista Scott. Je n'arrive pas à le croire. On se retrouve avec un shérif amoureux des tarlouzes.

— Ça suffit, dit M. Webster, se jetant dans la mêlée depuis l'arrière du magasin. Nous n'acceptons pas vos diffamations ici.

Il se tourna vers Reggie puis vers les fauteurs de trouble.

— Je ne veux plus vous voir dans mon magasin. Et je vais appeler vos parents, juste pour être certain qu'ils sont au courant que vous n'êtes plus acceptés ici et pour quelle raison. Votre comportement est scandaleux.

C'était un homme tellement génial. Willy se sentait honoré de travailler pour lui.

— S'ils reviennent, je veux les accuser de violation de la propriété.

— Vous l'avez entendu, dit Reggie. Je vous suggère de partir maintenant, ou je vais vous arrêter et vous inculper pour violation de propriété. Nous verrons si une jolie cellule vous calmera tous les deux.

La résolution de Scott s'émietta alors que Willy regardait. Il devait s'être rendu compte que sa prise de position était sans espoir. Il avait été mis au défi d'une manière imparable, et le tyran n'allait pas pouvoir être capable d'y faire face. Pas vraiment. Il se précipita vers la porte d'entrée, avec Mark sur les talons et tout le monde suivi en quelque sorte comme une vague dirigé par la curiosité, la possibilité d'un proverbial désastre imminent les poussant tous dans la même direction. Scott quitta le magasin, la porte s'ouvrant puis se refermant derrière lui.

Mark se tourna vers Reggie, lui lançant un regard rempli d'un tel venin et d'une telle haine que Willy fit presque un pas en arrière.

— Les seules personnes qui défendent les tapettes, c'est les autres tapettes, dit-il avec sourire méprisant.

Willy se tint là figé, la peur plantant ses pieds dans le sol. Il fit un pas en arrière pour sortir de la ligne de feu verbale quand il vit un tic dans la joue de Reggie. C'était presque invisible, mais c'était là. S'il n'avait pas été en train d'observer attentivement Reggie, Willy ne l'aurait probablement jamais remarqué, mais c'était la seule indication aussi loin que Willy pouvait voir d'à quel point la remarque de Mark avait frappé en plein cœur.

— Sors immédiatement, dit Reggie. C'est assez de tes grossièretés. Un mot de plus et je t'arrête pour avoir menacé un agent de police.

Mark fixa Reggie puis se tourna lentement, un petit sourire incompréhensible sur les lèvres. Il fit un dernier pas et la porte s'ouvrit. Mark sortit et Reggie le suivit. La porte se referma, bloquant les sons venant de la ville, laissant le magasin dans une enveloppe de silence et sous le choc.

M. Webster la brisa.

— OK. Retournons au travail.

Willy hocha la tête et regarda autour de lui pour retrouver ses repères et essayer de réfléchir à la prochaine chose qu'il avait besoin de faire.

— Je suis désolé, M. Webster. J'aurais dû rester à la maison, dit Jamie alors que Reggie rentrait de nouveau dans le magasin. Je suis désolé, répéta-t-il à Reggie, la tête baissée, les joues rougissantes.

Willy se sentait mal pour lui. Le gamin prétentieux au mauvais comportement qu'il avait été semblait s'être envolé par la fenêtre. Entre l'affaire de la course et maintenant la révélation de la station-service, c'était difficile de croire qu'il était la même personne.

Et peut-être qu'il ne l'était pas. La conversation de la nuit dernière revint à l'esprit de Willy. Était-il possible que quelqu'un puisse construire une image qu'il voulait montrer au monde et se cacher derrière tellement bien que lorsqu'elle disparaissait, il ne restait plus rien ?

— Tu n'as pas à t'excuser, dit Reggie. Sauf pour la course de motos. Le reste, eh bien, ce sont les gens qui sont petits et mesquins.

Jamie hocha la tête.

— Laissez-moi prendre ce que je suis venu chercher et je vais vous laisser tranquille.

Il marcha rapidement vers le fond du magasin.

Willy secoua la tête et retourna au travail.

— Puis-je vous aider en quoi que ce soit, shérif ? demanda M. Webster.

— Je m'étais arrêté pour prendre un peu de chocolat pour moi au bureau, et les choses se sont un peu écartées du sujet.

Reggie se dirigea aussi dans les allées.

Willy s'assura que tout allait bien pour Rose à la caisse. Elle était à la retraite et travaillait à mi-temps pour compléter sa pension. Puis il alla à l'arrière pour réimplanter plus de produits sur les étalages. Son travail était devenu en quelque sorte un fourre-tout depuis qu'il était à jour avec la comptabilité. Willy n'allait pas s'en plaindre. Cela voulait dire qu'il faisait plus d'heures et cela le gardait occupé.

À l'arrière, il remplit à nouveau son chariot de cartons et le fit glisser sur sol. Alors qu'il passait les portes battantes, il rentra presque dans Jamie. Il s'excusa et continua jusqu'à la seconde allée, et se mit au travail, allant vers le fond du magasin plus il avançait.

— Shérif, dit doucement Jamie depuis l'allée suivante.

Willy se figea, sachant qu'il ne devrait pas écouter.

— Puis-je vous demander quelque chose ?

Il semblait tellement nerveux, mais il y avait une pointe d'espoir dans sa voix.

— Bien sûr, répondit Reggie. Sachez que je suis désolé que vous traversiez tout cela. J'ai fait de mon mieux pour essayer de l'éviter.

— Je sais. Hum… à propos de ça et de ce que Mark a dit… J'ai vu votre visage…

L'estomac de Willy se serra et il inspira profondément.

— Oui ? insista Reggie.

— À quel point comprenez-vous ce que je suis en train de traverser ? Je ne connais personne d'autre, et...

Jamie haleta.

— Je suis désolé. Je n'aurais pas dû demander quelque chose comme ça. C'était complètement stupide et pas mes affaires et...

Willy avait peur de ne serait-ce que bouger d'un cheveu.

— Je comprends très bien ce par quoi vous passez. Je l'ai traversé moi-même. Vous devez décider qui vous voulez être et si vous voulez être une victime ou y faire face de front. Tenez-vous droit, la tête haute, et reconnaissait qui vous êtes.

Les mots de Reggie rendirent Willy fier et honteux en même temps.

— Reconnaissez-vous qui vous êtes ? demanda Jamie.

— J'ai répondu à votre question.

Pendant quelques secondes, tout devint silencieux. Willy s'éclaircit la gorge alors qu'il ouvrait un carton et commençait à remplir les étagères. Il essaya de ne pas penser trop fort à ce qui venait de se passer, mais c'était presque impossible. Reggie venait de se révéler à Jamie Fulerton. Willy comprenait pourquoi il l'avait fait. Reggie n'avait pas voulu que Jamie se sente si seul. Il avait voulu qu'il sache qu'il y avait quelqu'un d'autre en ville qui comprenait. Willy était pleinement conscient du sentiment. Mais si Jamie savait, alors ce n'était qu'une question de temps avant que d'autres personnes découvrent que le shérif était gay, et les langues s'agiteraient partout en ville.

Willy savait que Reggie avait raison. La meilleure chose à faire était de reconnaître qui on était et laisser tomber les morceaux où ils pouvaient. Si les gens ne comprenaient pas, alors qu'ils aillent se faire voir. Mais Willy n'avait pas ce luxe. Si son père apprenait qu'il était gay et qu'il était allé voir le shérif, qu'il mentait à ce propos... Il y aurait l'enfer à payer, il ne s'y trompait pas.

— Willy, dit Reggie alors qu'il tournait le coin de l'allée. Tu vas bien ?

Il sourit, gardant un ton normal, mais Willy se sentait tout sauf normal. Ses plans pour essayer d'être indépendant et construire les bases d'une vie séparée de son père avant qu'il sorte du placard venaient juste de partir en fumée.

— Je ne sais pas, répondit-il en regardant directement Reggie, son cœur se brisant un petit peu alors que l'air autour de lui se rafraîchissait, et il réalisa que la sensation qui avait rempli ces jours de chaleur était en train de devenir froide.

— Est-ce que tu vas bien ? Peut-être un peu fiévreux ? insista Reggie en haussant un sourcil.

— Perdu un peu l'esprit ? murmura-t-il et Reggie hocha la tête.

— Tu as entendu la conversation ? murmura Reggie.

Willy acquiesça lentement.

— Viens à la maison quelques minutes après le travail.

Willy se détourna et secoua la tête.

— Je ne peux pas.

Il continua de remplir les étalages, regardant seulement à moitié ce qu'il faisait. Je n'oserai pas. Il plia le carton et en ouvrit un autre.

— Willy, pourquoi ne ferais-tu pas une pause ? dit monsieur Webster.

— OK.

Willy rapporta le chariot à l'arrière, le laissa rempli et sortit par la porte arrière sur le petit parking derrière le magasin. Il ferma la porte et s'appuya contre le bâtiment. Reggie avait dit qu'il tenait à lui. Bon sang, l'autre nuit, il l'avait fait se sentir comme s'il était le centre de l'univers. Bien sûr, il aurait dû savoir que cela n'était qu'une illusion. Il n'était qu'un gamin stupide après tout.

Willy enroula ses bras autour de lui-même pour bloquer le froid qui s'élevait de l'intérieur.

La voiture de patrouille de Reggie entra dans le parking et il se gara à une place à proximité. Il sortit de la voiture et marcha à grands pas vers là où se tenait Willy.

— Je sais que tu as peur et je ne te blâme pas, mais je ne pouvais pas laisser Jamie penser qu'il était tout seul. Il était tellement perdu…

— Je comprends, vraiment. Tu as compati à sa douleur et c'est tout à ton honneur. Mais dans le cas où tu n'aurais pas encore compris, je suis celui qui est tout seul maintenant. Au moins, Jamie a son père, qui semble le soutenir. Ma famille ne le fera jamais, et je ne veux vraiment pas me retrouver sans logement, donc je suis désolé si je ne suis pas en train de danser allègrement ou en train de courir à travers la ville en agitant un de ces drapeaux arc-en-ciel.

Il regarda autour de lui, reconnaissant que le parking soit presque vide et la zone déserte, eux mis à part.

— Je sais que tu as peur…

— Je suis terrifié ! Tu as vu mon dos. Tu sais de quoi est capable mon père. Et s'il décidait de battre le diable hors de moi ou quelque chose d'aussi dément ?

Willy durcit son regard même si Reggie adoucit le sien.

— Non. Je suis désolé. Mais je ne peux pas venir chez toi après le travail, ou jamais. Et cela ne va plus importer de toute façon. Les choses ont une façon de sortir, et aussitôt que ce sera le cas, mon père va déplacer le paradis et la terre pour s'assurer que je ne te revois jamais en dehors d'un événement officiel.

Les jambes de Willy tremblaient. Il avait compté sur le soutien de Reggie, et ça s'était évaporé comme de la neige au soleil.

— Retourne simplement travailler. Il me reste seulement quelques minutes de plus, et puis j'ai des choses que je dois faire. Je ne peux pas me permettre de perdre ce travail. C'est la seule chose qui me reste qui est uniquement à moi maintenant.

Il essaya dur comme fer de ne pas regarder Reggie dans les yeux, et échoua. Il était rempli d'autant de douleur que celle qui avait pris résidence dans le ventre de Willy. Son cœur lui faisait mal, et il n'y avait rien qu'il puisse faire pour cela dans l'immédiat. Reggie avait été Reggie – il avait essayé d'aider quelqu'un. C'était sa nature et une partie de la raison pour laquelle Willy était tombé sous son charme si rapidement.

Il se tourna, ouvrit la porte arrière et retourna dans la pièce de stockage, fermant la porte derrière lui. Il la verrouilla et se rendit dans la salle de repos, qu'il ferma et verrouilla également derrière lui avant de s'y appuyer, respirant profondément. Il devait se reprendre suffisamment afin de finir sa journée de travail. Lorsqu'il aurait fermé la boutique et serait rentré chez lui ou à n'importe quel endroit où il pourrait réfléchir, alors seulement il pourrait s'effondrer.

Willy n'avait pas envie de rentrer chez lui après le travail. Il avait besoin de temps pour gérer ce qui était arrivé, et il ne pensait pas que ce serait possible de le faire chez lui. Il imaginait son père l'attendant pour parler avec lui… ou *pour lui parler*, plutôt.

Il alla à sa voiture, sortit du parking vers la rue principale et continua simplement à rouler. La lumière des réverbères flashait dans l'habitacle lorsqu'il les dépassait, devenant de plus en plus distante puis inexistante alors qu'il laissait la ville loin derrière lui.

Il était seul, physiquement aussi bien qu'émotionnellement, la ville, loin derrière lui exactement comme la relation qu'il était en train de construire avec Reggie.

Des lumières sur sa droite attirèrent son attention, et Willy réalisa qu'il s'était aventuré jusqu'à la station-service que Reggie et lui avaient explorée le samedi précédent. Il avait l'intention de traverser pour faire demi-tour, rien de plus. Conduire sans but n'allait lui faire aucun bien, et il allait devoir rentrer à la maison et finir par faire face à son père.

Willy ralentit et entra dans la zone de la station, passa devant le bâtiment où un certain nombre de voitures étaient garées. Il se dirigea lentement à travers le parking et passa derrière un vieux van blanc avec les fenêtres noircies. C'était celui qui était parti l'autre jour lorsqu'il était ici avec Reggie. Il se gara sur une place un peu plus loin et sortit, pensant qu'il pouvait utiliser les toilettes.

Dehors, tout était calme, seuls les insectes et les animaux nocturnes fournissaient un bruit de fond pour cette soirée autrement silencieuse. Personne ne semblait être dans le coin, même s'il y avait des voitures. Willy marcha lentement jusqu'aux toilettes, essayant de ne pas sembler intéresser par autre chose que l'établissement. Il crut entendre des voix venant de l'intérieur du van, mais il n'était pas certain et n'enquêta pas ni essaya de se rapprocher.

Les toilettes étaient vides, ce que Willy trouvait très étrange. Il alla dans une des cabines, évita celle du fond, et se soulagea en réfléchissant pendant quelques secondes. Il avait le très mauvais pressentiment que quelque chose de mauvais se passait. Bien sûr, il ne le savait pas, et il ne souhaitait pas s'impliquer. Il sortit son téléphone, afficha l'application de prise de notes et y entra le numéro de la plaque d'immatriculation du van avant de l'oublier. Puis il finit, se lava les mains et sortit, essayant de se rappeler d'autant de numéros de plaques d'immatriculation qu'il le pouvait en retournant à son véhicule.

Le cœur de Willy battait à cent à l'heure alors qu'il remontait dans sa voiture. Il ferma la portière et nota plus de numéros de plaques sur son téléphone. Puis, alors qu'il voyait un petit groupe d'hommes venant du côté du bâtiment, il démarra, sortit de sa place de parking et s'engagea sur l'autoroute en direction de la ville. Il ne s'arrêta pas et ralentit à peine jusqu'à ce qu'il soit garé dans la rue devant sa maison. Son cœur battait toujours la chamade, et il prit de profondes inspirations pour se calmer, repensant à ce qu'il avait vu.

Cela n'avait vraiment aucun sens pour lui, rien de tout cela ne l'était, et peut-être que ce n'était rien, mais pourquoi un groupe d'hommes se rassemblerait derrière les toilettes après que la nuit fut tombée ? Le sexe était la réponse évidente, et peut-être que c'était tout ce qu'il y avait vraiment. Mais pourquoi un homme laisserait-il des gens dans le van, alors ? Était-ce un parent tordu qui laissait ses enfants dans son véhicule tandis qu'il allait prendre son pied ?

Willy prit sa décision. *Reggie, quelque chose se passe à la station-service. Vu le même van garé. Pense qu'il y avait des gens dedans. Un groupe d'hommes derrière le bâtiment. Ai les plaques d'immatriculation.* Il envoya le message et reçut presque immédiatement une réponse.

Où es-tu ?

Il regarda la façade de la maison, sa maison – au moins jusqu'à ce que son père sache pour lui. Les lumières étaient allumées et elles semblaient chaleureuses et accueillantes. *À la maison.*

Peux-tu venir à la maison ? Je vais ouvrir la porte du garage et tu pourras directement te garer.

Willy lut le message de Reggie et envoya presque un *non*. Avec un soupir, il répondit *oui* et s'éloigna de sa maison vers celle de Reggie.

Il y avait vraiment peu de circulation, donc cela ne fut pas long avant qu'il se gare dans le garage de Reggie et ferme la porte. L'air de la nuit était devenu frais et il se dépêcha de traverser le jardin.

Reggie le rencontra sous le porche, lui tenant la porte afin que Willy puisse entrer.

— Que faisais-tu là-bas ? demanda Reggie aussitôt que la porte fut fermée.

Avant que Willy ait pu l'arrêter, Reggie l'avait attiré dans ses bras.

— Je t'ai dit que je pensais que quelque chose se tramait là-bas.

— Reggie…

Willy tapota son épaule même s'il se délectait de la chaleur de son corps.

— Je ne suis pas là pour ça.

Il devait être ferme. Rien n'avait changé depuis cet après-midi. Il s'écarta, même s'il voulait rester dans l'étreinte de Reggie.

— J'étais contrarié et j'ai fait un tour en voiture pour me changer les idées. Je ne faisais pas attention où j'allais et je me suis retrouvé là-bas. Je m'y suis garé dans l'intention d'utiliser les toilettes, mais personne n'était dedans. C'était vide. Il y avait des voitures, mais personne n'était dans les environs. Ce van était dans le parking, et j'ai entendu des voix provenant de l'intérieur, je pense.

Il mit sa main dans sa poche.

— Ce sont les plaques d'immatriculation de la plupart des voitures qui étaient là. La première est celle du van.

Bon sang, Reggie sentait bon, Willy ne put s'empêcher de se rapprocher d'un pas pour en profiter un peu plus, et il frissonna. Reggie était en jeans avec un tee-shirt serré et tendu sur sa poitrine. Les doigts de Willy le démangeaient avec l'envie de le toucher, et il désirait les sentir tous les deux ensemble, le tenir à nouveau contre lui.

Il tendit son téléphone et laissa Reggie le prendre pour noter les plaques.

— Alors que je partais, un groupe d'hommes est sorti du côté du bâtiment. Je ne sais pas pourquoi ils étaient là, et je n'en ai reconnu aucun. Ils chuchotaient et parlaient rapidement.

C'était tout ce que savait Willy.

— J'ai vraiment besoin d'y aller. Mon père va savoir pour toi parce que rien ne reste caché dans cette ville et puis…

Willy haussa les épaules et se dirigea vers la porte, mais Reggie l'arrêta d'une main sur son bras. Willy se tourna et Reggie le tira contre lui, l'encerclant de ses bras dans une étreinte serrée. Reggie l'embrassa durement et profondément, lui coupant le souffle.

— Reste… dit-il à voix basse.

— Je ne peux pas.

Willy le voulait, cependant. Du moins pour l'instant, aussi longtemps qu'il restait discret, il y avait une chance pour eux. Mais maintenant, Willy devait reculer et… Son cœur lui faisait mal et le brûlait à la simple pensée. Reggie était la tentation incarnée.

— Tu as fait ton choix et je comprends que c'est une partie de qui tu es… mais je ne peux pas…

Des larmes menaçaient de couler, et il devait s'en aller avant de s'embarrasser complètement.

— Je pensais que tu avais compris que j'avais besoin d'un peu de temps, que j'essayais d'être indépendant… que…

Il retint son souffle pendant quelques secondes et le relâcha lentement de façon à ne pas hyperventiler.

— Tu n'as pas vu son visage, dit Reggie. Je sais que je suis le shérif, mais j'ai un cœur, et voir ce gamin, quelqu'un de plus jeune que nous deux, essayant de garder pied à travers tellement de douleur et d'incertitude. J'ai essayé de l'aider…

Il déglutit.

— J'ai pensé que j'étais prudent.

— Mais ce que tu as fait, c'est rendre les choses impossibles. Peut-être pas aujourd'hui, mais aussitôt que Jamie dira quelque chose – et il finira par le faire – tout le monde saura. Et cela remontera rapidement jusqu'à mon père. Il ne sait pas du tout quoi penser de toi, et n'importe quels doutes qu'il peut avoir seront alimentés par ça…

Willy prit la main de Reggie.

— Tu dois connaître cette ville. Nous sommes essentiellement des gens simples, et nous comprenons les choses rudimentaires. Ils colportent les ragots comme des malades sur le fils du maire, et le maire Fullerton a beaucoup fait pour cette ville. Il n'est pas un abruti ou un crétin. Il a aidé une des entreprises familiales à obtenir un contrat avec l'état afin qu'ils puissent continuer leur affaire et employer des gens. Il a réussi à faire que l'état repave la route menant à la ville il y a quelques années afin que les voitures ne soient pas englouties par les nids-de-poule. Et il a été capable d'aider à équilibrer le budget de la ville et faire en sorte que les écoles aient ce dont elles avaient besoin. Il a été un satané faiseur de miracles, et pourtant j'ai entendu des gens dire qu'il devrait démissionner à cause de ça.

Une fois que Willy commença, ses mots sortirent en masse et il avait peu de contrôle sur eux. Toutes ses peurs remontèrent et il essaya de ne pas les vocaliser, échouant misérablement.

— Tu sais ce que mon père fera.

Reggie le fixa, la tête penchée en avant.

— Je suis désolé.

Voir Reggie, qui habituellement se tenait droit et fier, humble et semblant abattu déchirait le cœur de Willy. Il détestait le voir ainsi.

— Ne le sois pas. S'il te plaît. Je peux supporter beaucoup de choses, y compris un passage à tabac de mon père pour protéger mon frère, mais je ne peux pas supporter de te voir ainsi. Parfois, les choses arrivent, et nous devons espérer que quelque chose de meilleur est à venir.

Aussitôt que ces mots quittèrent ses lèvres, Willy se dit qu'il était loin de rencontrer quelqu'un ou quelque chose de mieux que Reggie dans un avenir proche.

— Il doit y avoir quelque chose à faire. Je ne veux pas renoncer à toi, dit Reggie en caressant sa joue. La simple pensée…

Il écarta ses mains.

— Non. Je suis celui qui a dit que tu avais plus de choses à perdre que moi, et je suis celui qui a ouvert sa bouche et prétendu que la réalité n'existait pas.

Il soupira.

— Je ne sais pas quoi faire pour arranger les choses à nouveau.

— Tu ne peux pas remettre le génie dans sa boîte. Pas dans cette ville, et pas avec une information aussi juteuse. Mon père est respecté, mais il est aussi craint et même haï par certains. Et je dois te dire que je ne sais pas ce qu'il fera ou jusqu'où il ira s'il est honnêtement et vraiment mis au défi. Non, je dois prendre du recul. Je n'ai pas le choix.

Il renifla et ses jambes tremblèrent de nervosité.

— Willy... commença Reggie.

— Tu ne penses pas que je veux rester ? demanda Willy. Que je veux retourner à être seul dans une mer de gens ? Parce que c'est ce que je suis. Tu... tu m'as fait me sentir moins seul et comme si j'avais une place quelque part, avec quelqu'un. Mais j'étais un idiot... un gamin stupide... de penser que quelque part, les choses fonctionneraient. Que je serais capable de construire une sorte de vie indépendante de la sienne afin que je puisse me séparer de lui et faire mon propre chemin. Je le veux, mais je ne peux pas le faire à la vitesse de l'éclair, et c'est ce que je dois faire pour être avec toi maintenant.

Il déglutit difficilement.

— Je ne t'ai connu que pendant quelques semaines... J'ai l'impression que cela fait plus longtemps, mais c'est tout. Suis-je supposé me détourner de la seule vie que je connais, aussi pathétique et solitaire qu'elle soit, sur un coup de tête et prier que tu ne changes pas d'avis ? Qu'un quelconque... gamin ne va pas te jeter un regard triste et solitaire, et que tu vas, quoi ? Faire don des clefs de la ville ?

La colère monta en lui comme une bouilloire qui siffle, emplissant l'espace à chaque seconde qui passait. Il ferma les yeux et essaya de ne pas tout déverser.

— Willy, je suis désolé...

— Je sais que tu l'es. Mais tu as dit que tu comprenais et que je pouvais compter sur toi, et maintenant...

Reggie se tint la tête. De toutes les choses qui s'étaient produites aujourd'hui, c'était probablement la pire.

— Je sais. C'est ma faute. Et maintenant, nous devons tous les deux en payer le prix. J'aurais dû garder ma bouche fermée.

Reggie s'approcha légèrement, et Willy se figea. Reggie ne s'arrêta pas jusqu'à ce que ses lèvres soient pressées contre celle de Willy, lui coupant le souffle. C'était une mauvaise idée, et pourtant il laissa Reggie le maintenir fermement, même le porter. Avant qu'il puisse protester, Reggie l'avait dans ses bras, le portant à travers la maison. Il le déposa sur le lit.

— Je suis désolé.

Il l'embrassa de nouveau, et Willy enroula ses bras autour de lui, s'agrippant à lui.

— Une fois de plus, dit Willy doucement en regardant Reggie dans les yeux. Est-ce ça ?

— Non. Je vais arranger les choses. D'une certaine manière, je vais défaire ce que j'ai fait.

Reggie l'embrassa, tirant sur ses lèvres.

— Je dois le faire.

— Pourquoi ?

— Parce que ça ne peut pas être la fin. Je ne peux pas l'accepter. Ce n'est pas ce que je veux, et je ne pense pas que ce soit ce que tu veux non plus. Donc, dis-moi d'arrêter si c'est vraiment ce que tu veux avant que j'aille trop loin.

Reggie se figea, ne bougeant pas, leurs regards se rencontrèrent, le feu courant le long de la colonne vertébrale de Willy. Il hocha lentement la tête et Reggie l'embrassa, mordillant ses lèvres, sa langue prenant possession de sa bouche. Reggie tira sur les vêtements de Willy, jetant chaque article sur le côté quand il arrivait à le lui enlever. L'intensité du regard de Reggie fit croire à Willy, même si ce n'était que pour un bref instant. Reggie se glissa hors du lit et se déshabilla, ne restant que dans sa sensualité dénudée avant de revenir d'une démarche prédatrice vers lui, la détermination écrite partout sur son expression.

— Je te veux, murmura Reggie.

Willy voulait lui demander pourquoi une nouvelle fois, mais il tint Reggie plus proche à la place. Il y avait un temps pour s'interroger et un autre pour prendre les cadeaux qui lui étaient offerts et être reconnaissant pour eux parce que ces cadeaux ne seraient pas toujours là. Les mots, ou du moins le sens d'un des sermons de son père dansèrent dans sa tête, et Willy sourit puis eut un petit rire.

— Désolé.

— Qu'est-ce qui est si drôle ? demanda Reggie en s'arrêtant, ses mains pressant contre le torse de Willy, les lèvres juste au-dessus des siennes. Est-ce que je te chatouille ?

106

— Non. C'est stupide. J'étais en train de penser à un des sermons de mon père.

Willy leva les yeux au ciel.

— Tu vois ? J'ai dit que c'était stupide.

Il se détourna de Reggie.

— C'était une des choses qu'il avait l'habitude de dire avant... Il ne prêche plus comme ça maintenant, mais il disait que nous devrions être reconnaissants pour les bénédictions de Dieu et ne pas les remettre en question. J'étais en train de penser que tu étais une de ces bénédictions qui m'était donnée, et je...

Il soupira.

— J'ai besoin d'arrêter de me demander pourquoi tout le temps.

Reggie sourit.

— Je n'ai jamais été quelqu'un de religieux, mais je pense que je peux être d'accord avec ça. Quel que soit le Dieu qu'il y a là-haut à nous regarder, je pense que nous devrions accepter ses bénédictions et les bonnes choses que la vie nous donne. Les épreuves et les difficultés nous attendent au tournant, peu importe ce que nous essayons de faire pour les arrêter.

Reggie se pencha, fermant presque la distance qui les séparait. Puis il s'arrêta et ne fit aucun mouvement.

Willy cligna des yeux, attendant alors qu'il décidait s'il allait prendre à cœur ce conseil. Cela prit quelques secondes avant qu'il parcoure la distance qui restait, embrassant Reggie et se soulevant pour les emmener dans un contact intime.

Willy aimait quand Reggie le touchait. Correction : Willy aimait quand Reggie le touchait d'une manière qu'aucune autre personne ne l'avait jamais fait. Reggie encercla son érection, la caressant légèrement. Willy poussa ses hanches contre son toucher, ses yeux se fermant de plaisir. C'était incroyable et cela le faisait se sentir vivant, lui donnant l'impression d'être une partie de quelque chose de plus grand que simplement lui. Oui, c'était un simple toucher, Reggie le tenait contre lui, mais pour Willy, c'était tellement plus que ça.

— Merde... soupira Reggie et l'air caressa furtivement les lèvres de Willy. Je fais ça.

— Quoi ? demanda Willy.

Reggie caressa de nouveau son érection, resserrant sa poigne, et Willy arqua le dos, désespéré pour plus alors qu'il haletait et se tortillait sous le corps fort de Reggie. Ce dernier serpenta vers le bas de son corps, ses lèvres et ses mains le suivant, faisant frémir la peau de Willy avec des chemins chaleureux, brûlant tout sur leur passage jusqu'à son cerveau, ajoutant à l'extase qui naissait et grandissait.

— À quoi tu ressembles, les sons que tu fais… haleta Reggie. C'est moi qui te fais ça.

Il le caressa une fois de plus.

Willy s'accrocha à lui de peur de s'envoler en éclat à tout instant.

— Je n'arrive pas à croire que le sexe donne ce genre de sensation.

Reggie fit une pause, son regard transperçant celui de Willy.

— Il peut, mais ce n'est pas comme ça habituellement.

— Hein ?

Willy cligna des yeux, se demandant s'il avait entendu correctement.

— Il y a le sexe et puis il y a faire l'amour. Ce sont deux choses différentes.

Reggie bougea, l'attirant encore plus près, mordillant sa lèvre inférieure.

— La plupart des parents parlent à leurs enfants à propos du sexe et comment les choses fonctionnent.

Willy leva les yeux au ciel.

— Peux-tu imaginer comment cette conversation peut se passer chez moi ? Mon père m'a demandé de m'asseoir et m'a donné la version biblique de ce qui se passe entre un homme et une femme. C'était bizarre au-delà de la croyance, et si cela n'avait pas été pour les cours d'éducation sexuelle que l'état impose, je n'aurais presque rien connu si ce n'est de ne jamais, jamais, jamais faire quoi que ce soit, ne regarder qui que ce soit, ou ne rien toucher jusqu'au mariage.

— Mes parents ont été un peu plus utiles. Mais ils ont toujours dit que l'on devrait attendre jusqu'à ce qu'on aime quelqu'un. J'ai eu plus que ma part de rapports sexuels, mais une fois que ton cœur est impliqué, tout change.

Reggie se rapprocha un peu plus.

— Ton cœur bat un peu plus vite, chaque contact est amplifié, chaque regard et souffle semblent significatif, et tu veux plus.

— Plus ? demanda Willy.

— Oui. Tu vois, ce n'est pas vouloir jouir. C'est vouloir plus. Quand c'est juste du sexe, la récompense arrive. Quand c'est faire l'amour, la récompense est dans le voyage.

Reggie le lâcha, plaçant sa main au milieu de sa poitrine.

— Être ensemble c'est ce qui compte, se faire haleter et gémir l'un l'autre. Les frissons qui te parcourent ne font que rajouter à mon plaisir.

Voir ta bouche s'ouvrir cherchant ton souffle, les yeux grands ouverts d'incrédulité et d'extase. C'est ce qui fait que c'est faire l'amour. Prendre du plaisir dans la joie de son partenaire.

Le regard de Reggie était intense, Willy pouvait presque le ressentir physiquement.

— Donc ça, c'est faire l'amour ? demanda Willy.

— Ça l'est pour moi, murmura Reggie en déglutissant difficilement.

Il caressa la joue de Willy du bout des doigts.

— Ça l'était aussi la dernière fois, et c'est pourquoi je ne suis pas allé avec toi au motel cette nuit-là. Tu mérites de savoir ce que c'est. À quel point ces choses peuvent être bonnes.

Reggie bougea, son poids pressant Willy contre le matelas.

— Chaque fois devrait être comme ça pour toi.

— Mais comment cela pourrait-il l'être ?

Reggie eut un petit rire.

— Tout ce que tu as à faire, c'est de coucher avec des gens sur lesquels ton cœur s'est fixé. Fais-moi confiance, avoir beaucoup de rapports sexuels peut être amusant, mais ça... ça te coupe le souffle. Il n'y a rien qui fait le poids avec ça.

Reggie baissa la tête, ses lèvres se séparant, ses yeux se fermant, et Willy retint sa respiration. Reggie l'embrassa et l'énergie dont il lui parlait fleurit derrière les yeux de Willy, se répandit en lui, se propageant comme les ondulations sur l'eau d'un étang. Willy maintint Reggie plus fermement, glissant ses mains vers le bas pour les faire reposer dans le creux de ses reins, les pressant ensemble plus durement, ayant besoin d'autant de points de contact, d'autant de chaleur et de désir que possible.

— Je te crois, haleta Willy alors que Reggie glissait ses mains plus haut sur ses cuisses puis remontaient encore pour venir prendre empaumer ses fesses. Willy écarta les jambes, installant Reggie entre elles. En quelques secondes, il comprit exactement ce que Reggie avait essayé de lui dire. Willy était perdu dans les yeux de Reggie et il espérait ne jamais être retrouvé. Il pouvait rester dans ces grands et profonds yeux bleus, dans ses bras forts, et contre son chaleureux et puissant corps pour le reste de sa vie.

Cela n'allait probablement pas se produire, peu importe à quel point Willy pouvait penser qu'il le voulait. Ceci, ce qu'il y avait entre Reggie et lui, était un interlude, une dernière chance, peut-être un aperçu du bonheur. La réalité attendait à l'extérieur de la chambre, et elle n'allait pas être tenue à distance pour toujours, peu importe à quel point les baisers de Reggie étaient profonds et lui faisait voir des étoiles, ou à quel point Willy brûlait d'envie et avait besoin de son toucher.

— Reggie... Je....

Willy resserra sa prise sur Reggie alors que les doigts de ce dernier frôlaient son ouverture. Willy n'était pas certain d'être prêt, mais des lumières flashèrent derrière ses paupières alors qu'il les pressait un peu plus.

— Je ne te blesserai jamais, murmura Reggie, suçotant son oreille avant de le faire à nouveau.

Willy pensait qu'il avait exploré ce qu'il aimait avec ses propres mains dans l'intimité de son lit chez lui, mais il n'avait jamais imaginé comment serait la sensation des doigts et de la bouche de quelqu'un d'autre. Il trembla de manière incontrôlable alors que Reggie rajoutait du désir à la passion, superposant sensation sur sensation jusqu'à ce que Willy s'y soumette, lui abandonnant son plaisir et son contrôle. Il laissa Reggie jouer avec lui comme un instrument et n'en était pas désolé une seule seconde.

Son cerveau, où les pensées n'avaient pas arrêté de tourner en rond comme des voitures sur un circuit, se stoppa. Tout, toute son attention, se concentra sur Reggie. Rien d'autre n'importait. Il se pressa en avant, s'agrippant fermement, claquant ses hanches alors que Reggie roulait les siennes, glissant, gémissant, en ajoutant plus.

— Chéri, murmura Reggie contre son oreille. Reste allongé juste un instant.

Il retira ses mains pour les libérer et les plaça sur la poitrine de Willy.

— C'est ça.

— Pourquoi ?

Seigneur, il recommençait.

— Parce que je veux...

Les yeux de Reggie brillèrent et il se glissa le long de son corps, sa langue et ses lèvres traçant un chemin brûlant sur sa poitrine, puis son ventre jusqu'à son...

— Oh, mon Dieu, gémit Willy.

Il fit de son mieux pour garder ses hanches immobiles alors que les lèvres de Reggie se refermaient autour de son érection, l'envoyant sur un petit nuage d'extase.

— Tu vas le refaire.

Reggie le maintint, écarta ses lèvres de son érection avec un grand sourire plaqué sur son visage.

— Tu aimes ça ?

Il n'attendit pas de réponse, faisant à nouveau glisser ses lèvres autour de sa longueur, le prenant tout entier en bouche, le plongeant dans une caverne de chaleur et une succion qui lui vola son dernier souffle et lui firent tourner la tête comme une toupie. Au début, il essaya de garder un semblant contrôle sur son propre corps, mais assez vite, il y renonça, offrant totalement son plaisir à Reggie. Il réalisa rapidement qu'il était entre les meilleures mains qu'il aurait pu imaginer. Reggie le garda au bord de la jouissance, encore et encore, le faisant gémir et se tortiller jusqu'à ce qu'il l'emmène, tremblant, à travers les époustouflants sommets de la passion.

Willy resta allongé, immobile, les yeux fermés, laissant la chaleur et l'affection le traverser. Il était presque effrayé de faire quelque chose qui pourrait briser sa bulle de béatitude. Elle se dissipa assez rapidement d'elle-même, et il s'assit lentement.

— J'ai besoin de…

Il s'arrêta alors que Reggie attrapait un mouchoir sur la table de chevet pour se nettoyer.

— Est-ce que j'ai fait ça ? demanda-t-il, et Reggie acquiesça en souriant.

— Je t'ai dit que tu étais sexy.

Reggie finit et jeta le mouchoir dans la poubelle, puis s'allongea à côté de lui, enroulant un bras autour de sa taille.

— Je ne peux pas rester très longtemps, dit-il alors même qu'il laissait ses yeux se fermer.

— Je sais.

Reggie le tint un peu plus fermement.

— Cela ne veut quand même pas dire que je veux que tu partes.

Il soupira, et après quelques minutes, Willy s'assit lentement et sortit du lit, sachant que plus longtemps il restait, plus il serait tenté de s'attarder.

Sans parler, il rassembla ses vêtements et se rhabilla. Reggie s'assit et se déplaça jusqu'au bord du lit. Willy fit de son mieux pour ne pas le regarder ; autrement sa détermination s'évanouirait, et il devait vraiment rentrer chez lui. Il était déjà suffisamment en retard et courait le risque de se voir poser un million de questions sur l'endroit où il était. Rester toute la nuit ne ferait qu'en rajouter, et c'était le genre de question qu'il préférait éviter aussi longtemps que possible.

— Je dois partir.

Reggie hocha la tête et l'attira plus près de lui, le guidant vers le bas jusqu'à ce que leurs lèvres se touchent. Reggie passa ses doigts dans ses cheveux, approfondissant le baiser, puis il le relâcha.

Willy se tint debout immobile, ne voulant pas complètement s'éloigner de Reggie.

— Je dois vraiment partir.

Avant que sa volonté ne disparaisse, il se tourna et quitta la pièce, fermant la porte derrière lui. Il marcha aussi rapidement qu'il le pouvait à travers la maison, se dirigeant vers sa voiture qu'il sortit du garage en marche arrière sur l'allée. La solitude qui avait été maintenue à l'écart pendant qu'il était avec Reggie revint en force dans l'habitacle silencieux de sa voiture, et avec chaque kilomètre franchi, elle devint plus lourde, culminant alors qu'il se garait devant la maison de ses parents.

Une unique lumière était allumée sur le porche alors qu'il se glissait silencieusement à l'intérieur. Il fit aussi peu de bruit que possible, alla dans sa chambre et ferma la porte. Il n'était pas si tard, mais son absence avait certainement été remarquée, et il allait devoir s'en justifier le lendemain matin. Il y avait peu de doute là-dessus.

Quand Willy descendit pour le petit-déjeuner, sa mère plaça une assiette en face de lui sans un mot.

— Où est papa ?

— Il a dû aller à la mairie pour quelque chose, répondit-elle se retournant de nouveau vers la cuisinière. Je sais qu'il va vouloir te parler.

— Je suis désolé d'être rentré tard. J'ai perdu la notion du temps.

Sa mère s'inquièterait même s'il rentrait avant vingt-trois heures.

— S'il te plaît, prévient la prochaine fois, dit-elle gentiment en tapotant son épaule.

Willy mangea son petit-déjeuner, remercia sa mère et retourna à l'étage pour se préparer à aller travailler. Il devait y être à neuf heures, et il était déjà un peu plus de huit heures. Il avait le temps, mais sortir de la maison avant que son père rentre était probablement une bonne idée.

Alors qu'il descendait, il rencontra son père qui montait. L'expression dure « pas-de-quartier » qu'il arborait l'arrêta, les pieds sur différentes marches.

— Viens. Nous devons parler.

Son père se tourna et Willy sut ce que cela voulait dire. Il allait se faire sermonner sur quel que soit le sujet qui importunait son père.

Ruthie et Ezekiel se précipitèrent dans l'escalier derrière lui, et heureusement, sa mère les appela dans la cuisine pour le petit-déjeuner, donc son père et lui entrèrent dans le salon. Willy s'assit, passant en revue toutes les choses qu'il avait faites et ne trouva rien.

— J'ai cru comprendre que tu avais été vu la nuit dernière à la station-service sur l'autoroute.

Son père se pencha en avant.

— Tu ne dois jamais aller là-bas. Cet endroit à une horrible réputation. Tu sais ce qui est arrivé à Jamie Fullerton là-bas. Cet endroit l'a conduit vers la tentation, et je ne laisserai pas ce genre de chose arriver à mon fils.

À la véhémence dans le ton de son père, Willy recula dans son siège.

— Que faisais-tu là-bas ?

— J'ai utilisé les toilettes. C'est tout. Seigneur, papa. Est-ce vraiment nécessaire ?

Willy commença à se lever. Il voulait sortir de là aussi vite que possible.

— Es-tu sûr ?

— Oui. Il n'y avait personne d'autre dans le bâtiment à ce que je sache, et j'ai fait ce que j'avais à faire, je me suis lavé les mains et je suis parti.

— Pourquoi étais-tu là-bas ?

Willy haussa les épaules.

— J'étais un peu contrarié et j'ai simplement conduit dans cette direction pour réfléchir. J'ai réalisé où j'étais, utilisé les toilettes et j'ai fait demi-tour.

Il soupira.

— Je sais que tu as cette peur constante à mon sujet et avec tout le monde, mais ça devient un peu trop. J'ai mon propre travail maintenant, et je suis un adulte. Ce genre de contrôle que tu essaies d'exercer est un peu flippant.

Il n'avait jamais dit ce genre de choses à son père auparavant.

— Flippant !

Mince, son père devait vraiment être en colère s'il élevait la voix.

— Parce que je ne veux pas que mon fils devienne un…

— Quoi papa ?

Willy plissa des yeux, attendant que son père vocalise ses pensées.

— Un sodomite comme Jamie, répondit finalement son père.

Willy secoua la tête.

— Que penses-tu ? Que quelqu'un a mis quelque chose dans l'eau là-bas qui transforme les gens en gay ? Si c'est vrai, alors pourquoi ne mets-tu pas un sérum anti-gay dans l'eau à l'église ?

Les joues de son père devinrent écarlates.

— Ne sois pas insolent avec moi !

— Alors, sois logique, contra rapidement Willy. Peut-être que tu devrais vraiment réfléchir avant de dire quelque chose de stupide.

La gifle envoya une douleur cinglante sur sa joue gauche. Willy ne l'avait même pas vue venir. Sa tête partit sur le côté et le son résonna contre les murs.

Willy tourna de nouveau la tête vers son père, le fixant, rencontrant son regard, puis il secoua la tête.

— J'ai toujours su que tu étais un tyran.

Il resta immobile, regardant alors que son père se penchait en arrière.

— J'ai les cicatrices et maintenant une empreinte de main pour le prouver.

Il marcha vers la porte d'entrée, mais s'arrêta, se tenant plus droit.

— Je vais au travail. Et... oui. Je dirais à tout le monde qui demande ce qui s'est passé.

— Tu ne dois pas me parler sur ce ton !

Son père se leva et fit quelques pas pour se tenir en face de lui, face à face.

— Tu peux me demander des choses, mais je suis ton fils, pas ta propriété. Et aller à la station-service ne deviendra pas une habitude. Comme je l'ai dit, je me suis arrêté là-bas pour utiliser les toilettes et faire demi-tour, rien de plus.

Willy inspira profondément.

— Maintenant, je dois aller au travail.

Il tendit la main pour ouvrir la porte et s'arrêta.

— Qui m'y a vu ? demanda Willy, et l'expression de son père se durcit. Ne t'est-il pas venu à l'esprit que ces gens peuvent être ceux qui ont besoin de ton aide, et pas moi ? Après tout, il n'y avait personne d'autre à la station-service quand j'y étais, et les seules personnes que j'ai vues venaient de l'arrière du bâtiment. Peut-être que ce sont eux qui étaient là pour autre chose qu'uriner.

Il ouvrit la porte, sortit et la referma derrière lui. Cela devrait donner à son père quelque chose à penser.

Willy se dépêcha de se rendre à sa voiture, vérifia son visage dans le miroir du pare-soleil, puis démarra et alla travailler avec un léger sourire sur les lèvres. Peut-être que Jamie ne dirait rien sur ce que Reggie lui avait dit et qu'il pourrait continuer à voir Reggie. Cette pensée fut suffisante pour faire naître un sourire sur ses lèvres, du moins pour le moment. Willy savait que dans cette ville, peu de chose restaient privé longtemps.

VIII

REGGIE SOURIT au message de Willy, lui demandant de déjeuner avec lui au *Sue's Diner* juste quelques bâtiments plus loin du poste de police.

J'ai quelque chose à te dire.

Reggie répondit qu'il pourrait être là dans une heure, et après quelques minutes d'attente, Willy accepta.

Une heure plus tard, Reggie se retrouvait assis sur l'une des banquettes à l'avant, près des fenêtres.

— Pourquoi ici ? demanda Willy qui était assis en face de lui.

— Si quelqu'un nous voit, ils ne penseront jamais que nous manigançons quelque chose.

Reggie sourit, et Willy acquiesça avec un léger hochement de tête.

— Que voulais-tu me dire ?

— Mon père connait un des hommes que j'ai vus à la station-service. L'un d'entre eux lui a dit qu'il m'y avait vu. Apparemment, c'est l'endroit où la terre et l'enfer se rencontrent, du moins d'après mon père. Il n'a pas voulu me dire qui c'était, mais j'ai pensé que tu devrais savoir au cas où tu voudrais l'interroger.

Willy frotta doucement sa joue puis reposa sa main sur ses genoux.

— Je n'allais pas essayer ça ce matin. Lui et moi nous sommes déjà disputés.

La colère de Reggie monta dans sa gorge, et il dut ravaler ses mots alors qu'il se demandait jusqu'où les choses étaient allées et si plus que des mots avaient été échangés.

— Je n'ai pas besoin de le faire. Une des plaques est enregistrée au nom de quelqu'un sur lequel j'ai un œil depuis un moment.

Il n'allait pas dire à Willy qu'il allait vérifier de près pourquoi la voiture personnelle de Shawn était là-bas et pourquoi il rôdait autour du bâtiment la nuit. Ce n'était certainement pas pour des raisons liées à la justice.

— Un des autres véhicules était enregistré au nom de James Cadler.

Willy plissa les yeux.

— Tu veux dire, le conseiller municipal de la ville James Cadler ? Le propriétaire de la Banque de Sierra Pines et des propriétés Calder ? Celui qui a donné l'argent pour l'extension de la bibliothèque ?

115

— Le seul et unique.

Reggie baissa d'un ton.

— Tu ne dois rien dire à personne. Mais je parie que l'un d'entre eux a dit à ton père qu'il t'avait vu, ce qui signifie qu'ils ne manigancent rien de bon, que tu as été vu et reconnu. Je les suspecte de l'avoir dit à ton père pour te prévenir.

— Et papa était à la mairie ce matin, donc je peux deviner avec qui il a parlé. Les Calder sont des membres de la paroisse de mon père. Mais as-tu trouvé où ce van était enregistré ?

Reggie hocha la tête.

— Les plaques sont enregistrées pour une Toyota Corolla de 2010 appartenant à Mme Claire Fitsimmons de Pasadena. Ce sont de toute évidence des plaques volées. J'ai fait des recherches sur elle, et c'est une dame de soixante-dix-neuf ans qui n'a plus cette voiture, si on en croit les registres d'archive de titre de propriété des véhicules.

Willy eut un petit rire.

— Es-tu en train de me dire que ces plaques appartiennent à une petite vieille dame de Pasadena ?

Reggie mit ses mains devant sa bouche et leva les yeux au ciel, souhaitant qu'il n'ait pas fait ce rapprochement.

— Mignon. Mais cela signifie en réalité que je n'aboutis à rien, sauf comprendre que quelque chose se passe là-bas et que cela implique un membre du conseil municipal de la ville.

Il détestait ce genre de chose. Elles se terminaient rarement bien, et à moins qu'il puisse obtenir des preuves solides, cela allait être comme marché sur un terrain miné.

— Qu'est-ce que je vous sers ? demanda une femme alors qu'elle s'approchait de leur table.

— Sue, je te présente le shérif Reggie Barnett. Sue est une institution, et une des meilleures cuisinières de Sierra Pines. Simplement, ne dis pas à ma mère que j'ai dit ça.

— Mes lèvres sont scellées, mon chou.

Elle sourit et se tourna vers Reggie.

— Bienvenue shérif.

Elle se pencha pour se rapprocher.

— Pouvez-vous m'aider ? J'ai des gens qui traînent autour de la porte arrière la nuit. Je n'aime pas ça et cela me rend nerveuse pour mes serveurs. J'en ai parlé au dernier shérif et il a dit qu'il ferait quelque chose, mais ce crétin paresseux ne l'a jamais fait.

— Bien sûr.

Reggie passa un appel et joignit Jasper. Il lui demanda de faire un passage au niveau des parkings de stationnements arrière.

— C'est du vagabondage, et nous devons être certains qu'ils partent. Soit ça, soit les arrêter.

Jasper acquiesça et dit qu'il ferait en sorte de l'ajouter aux patrouilles.

— Merci, dit Sue en se tenant un peu plus droite. Qu'est-ce que je vous sers ?

— Un sandwich au poulet avec des curly fries et un peu de sauce ranch pour les tremper dedans, dit Willy.

Cela semblait vraiment bon, donc Reggie commanda la même chose avec un verre d'eau glacée.

— Hé, Willy, dit un homme en se glissant sur la banquette à côté de lui.

— Hé, Tony, répondit Willy. Qu'est-ce que tu fais déjà de retour ?

— Maman est tombée malade et papa avait besoin d'un peu d'aide, donc je suis rentré pour quelques jours. Ils lui font passer quelques tests. Elle devrait aller bien. Ils pensent que c'est le stress, mais ils veulent être certains.

Tony regarda Reggie.

— Est-ce que Willy à des problèmes ?

— Non, gloussa Willy. C'est le shérif Barnett. Lui et moi nous sommes rencontrés une ou deux fois et sommes devenus amis.

Reggie offrit sa main, et Tony la prit.

— Je ne veux pas interrompre votre déjeuner, mais je t'ai vu et je devais m'arrêter pour te dire bonjour.

Tony se leva.

— À plus tard.

Il se dépêcha d'aller vers le comptoir où il paya pour sa commande qu'il emporta, leur faisant un signe de la main avant de sortir.

— C'est quelque chose, dit Reggie.

— Rien n'arrête Tony. Il essaie de percer dans le cinéma, et j'espère que ça se passera bien pour lui. Mais je pense qu'il a plus d'espoirs que de chances. C'est bien, cependant. C'est un gars gentil, et je le vois quand il vient en ville.

Willy glissa sur la banquette jusqu'à ce qu'il soit de nouveau au centre.

Leur conversation devint silencieuse, mais Willy le regardait, une expression idiote sur le visage. Reggie ne pouvait pas s'empêcher de sourire. Ce à quoi pensait Willy était évident, et c'était à la fois flatteur et dangereux. Ils étaient en public, et Willy le regardait comme s'il était le centre de l'univers. Pas qu'il y ait quelque chose de mal à ça, et Reggie était

117

plus que flatté. Il adorait que Willy pense à lui de cette façon, mais d'avoir ces sentiments si effrontément mis à nu sur son visage – cela pourrait être dangereux pour eux. Mais quand même, Reggie ne voulait rien faire qui pourrait blesser Willy.

— Comment se passe le travail ?

Reggie misait sur le changement de sujet à quelque chose de plus commun, et cela fonctionna.

— Vraiment occupé. Monsieur Webster semble content du travail que je fais, et je travaille dur. Je veux qu'il m'apprécie et me garde. J'ai aussi vu une annonce sur l'un des tableaux d'affichage du magasin pour un appartement, donc je pensais y jeter un coup d'œil. Mais je ne suis pas certain de pouvoir me permettre un loyer aussi important pour le moment. Mais tout de même, j'ai besoin de chercher.

Cela le surprenait constamment de voir à quel point Willy était mature. Il ne se plaignait pas ou geignait des « pauvre de moi » à propos de sa situation. Willy planifiait et faisait de son mieux pour s'y coller.

— C'est vraiment bien, mais ne te précipite pas dans quoi que ce soit, tu n'y es pas obligé.

— Je ne le ferais pas, mais…

Willy pâlit alors que son regard se déplaçait au-dessus de l'épaule de Reggie. Ce dernier se tourna, suivant son regard alors que le révérend Gabriel se hâtait de passer la porte d'entrée du *diner* puis se précipitait jusqu'à leur table.

— Que fais-tu ici avec… lui ?

La colère roulait hors de lui par vague, ses yeux brûlant d'une indignation justifiée.

— Qu'essayez-vous de faire à mon fils ? exigea-t-il en tournant sa véhémence sur Reggie.

— Je pense que vous avez besoin de vous calmer.

Reggie déplaça sa main au niveau de sa hanche, prêt à protéger lui et Willy si besoin.

— Souvenez-vous où vous êtes et à qui vous parlez.

Il garda le niveau de sa voix égal, mais y laissa passer un grondement de mise en garde.

— Je ne fais rien à votre fils. Je suis le shérif de cette ville, et toute menace sera traitée avec la force nécessaire pour me protéger ainsi que lui. Me comprenez-vous ?

— Je ne me soucie guère de qui vous êtes ou pourquoi vous avez décidé de devenir « ami » avec mon fils. Je ne laisserais pas votre genre l'influencer. Je ne sais pas ce que vous avez fait à Jamie Fullerton, mais d'une certaine façon vous l'avez atteint et corrompu avec votre…

— S'il te plaît, dit Willy en se glissant hors de la banquette pour se tenir à côté de son père. Ce n'est pas l'endroit pour ça.

— Écoutez votre fils, ajouta Reggie en se glissant lui aussi hors de la banquette.

Tous les yeux dans le restaurant étaient sur eux. Reggie pouvait sentir la curiosité dans les nombreux regards pointés dans leur direction. Il sortit son portefeuille, en extrait un billet de vingt et un de cinq, les laissa sur la table avant d'indiquer la porte d'entrée. Il avait besoin de calmer la situation avant qu'elle s'envenime et devienne hors de contrôle. Au moins, c'était ce que son entraînement de police lui dictait de faire. Son cœur avait l'impression que le sol s'était ouvert sous ses pieds. C'était exactement ce contre quoi Willy l'avait mis en garde.

Il attendit que le révérend Gabriel parte avant d'indiquer à Willy de sortir aussi puis le suivit là où il pouvait garder un œil sur tout le monde.

— Comment osez-vous venir ici ? commença le révérend Gabriel aussitôt que la porte se referma. Comment osez-vous apporter votre genre…

Ses lèvres se tournèrent dans un rictus plein de mépris.

— … dans cette ville… ma ville.

— Tout d'abord, révérend, ce n'est pas votre ville. Vous vivez et travaillez ici, comme tout le monde. Maintenant, pourquoi ne me dites-vous pas ce qui vous a mis autant en colère ?

Reggie adoucit sa voix et fit l'innocent.

— Ne jouez pas à ce jeu-là. Toute la ville sait que vous êtes gay et que vous avez été vu avec mon fils et essayez de le recruter… ou quoi que ce soit que vous fassiez.

Reggie fit un pas en arrière pour éviter une vague de postillons alors que le révérend Gabriel tirait Willy pour qu'il se tienne à côté de lui.

— Reggie est mon ami, dit Willy avec une force et un calme qui réchauffa le cœur de Reggie. C'est un homme bon, et tu as besoin d'arrêter de faire ça.

Willy leva le regard et balaya le trottoir des yeux où les gens s'arrêtaient pour les regarder.

— C'est un sodomite, et je ne te laisserais pas passer du temps avec des gens comme lui. *Je ne le permettrais pas.* Maintenant, viens avec moi – tu rentres à la maison.

Il attrapa le bras de Willy, mais ce dernier se soustraie de sa poigne et s'éloigna. Reggie vit alors cette attitude égocentrique, « je dirige la famille » que Willy lui avait décrite.

119

— C'est ma pause déjeuner, et je retourne au travail.

Willy fit un pas en arrière et se tourna pour descendre la rue sur le trottoir jusqu'au drugstore.

Le soulagement que Willy se soit extirpé de cette situation submergea Reggie.

— Quant à vous...

La poitrine du révérend Gabriel se gonfla et le feu dans ses yeux devint plus intense. Si cela avait été un film, ils auraient pu briller rouge.

— Vous allez rester loin de mon fils, et vous allez...

— Stop ! aboya Reggie. Vous n'avez pas d'ordres à me donner. Je suis le shérif de cette ville et vous n'êtes pas mon patron.

Il fit un pas en avant, gonflant le torse.

— Arrêtez, ou je vais devoir vous arrêter et vous inculper pour menaces envers un agent de police.

Cela coupa le révérend Gabriel dans son élan presque immédiatement, et Reggie baissa d'un ton. Il avait besoin de calmer la situation.

— Votre fils est un adulte, et il est parfaitement capable de prendre ses propres décisions sur son avenir et comment il souhaite passer son temps.

Alors même qu'il disait ses mots, Reggie regretta qu'il ait apporté ces bouleversements dans la vie de Willy. Des images flashèrent dans sa tête de la dureté et des efforts pour le contrôler qui allait se refermer sur Willy comme une cage sur sa jeune âme. Et c'était entièrement sa faute.

— Je pense que vous devriez rentrer chez vous et vous donnez un peu de temps pour réfléchir avant de faire quelque chose que vous allez regretter.

La posture du révérend Gabriel s'affaissa un peu.

— Vous devez rester loin de Willy. Je ne permettrais pas que vous l'égariez. Et pour ce qui est de vous étant le shérif, j'ai l'intention de voir à ce nous rendions cette position aussi temporaire que possible.

Reggie sourit brièvement, secoua la tête et décida qu'il en avait assez de tout ça.

— Passez une bonne journée.

Il fit un pas en arrière et attendit que le révérend, choqué, se tourne et parte. Reggie avait raison. Le révérend Gabriel n'avait pas l'habitude d'être congédié, et cela l'avait déstabilisé. Il était vraiment une sorte de tyran, et une fois que ses menaces et fanfaronnades étaient ignorées, il perdait tout pouvoir. Il était clair qu'il n'y avait rien que Reggie puisse faire pour le moment si ce n'était prendre un peu de recul, calmer certaines émotions qui s'étaient accumulées au cours de l'échange, et y mettre un terme. Il n'allait pas être capable de changer ce que pensait le révérend Gabriel dans les cinq prochaines minutes.

Même s'il aimait son travail et voulait le garder, il était beaucoup plus concerné par Willy et comment il allait devoir prendre directement la colère de son père à un moment où à un autre. Cela l'inquiétait, en particulier alors qu'il regardait le révérend descendre la rue. Cela avait le potentiel pour tourner vraiment mal, et il n'y avait rien que Reggie puisse faire pour l'arrêter.

— EST-CE QUE c'est vrai ? demanda Sam alors qu'il entrait dans le bureau de Reggie, avec Jasper sur les talons. Waouh, un shérif gay à Sierra Pines, ajouta Sam une fois que Reggie hocha de la tête.

Il n'y avait pas de raison de garder les choses secrètes.

— Oui. Je suis gay. Mais cela n'affecte pas le travail que j'ai à faire.

— Cela ne le devrait pas, non, acquiesça Jasper en mordillant sa lèvre inférieure. Sachez que ça m'importe peu que vous soyez gay. C'était bien de travailler pour vous.

Cela sonnait suspicieusement de mauvais augures.

— Qu'est-ce que ça signifie ? demanda Sam.

Jasper soupira et haussa les épaules.

— Vous savez que le révérend Gabriel et le conseil municipal vont piquer une crise. Un shérif gay à Sierra Pines, cette ville où ils nous maintiennent tous comme une sorte de bastion pour les valeurs familiales de la Californie.

Il leva les yeux au ciel et se tourna vers Reggie.

— Je pense que vous êtes un fantastique shérif et je me fous que vous soyez gay ou pas. Ce n'est pas important pour moi.

Jasper se tourna pour partir.

— Je sors patrouiller.

— Soyez prudent, dit Reggie et Jasper sourit puis quitta le poste.

— Shawn va s'en donner à cœur joie avec ça, lui dit Sam.

Il était lucide et l'avait été depuis des jours maintenant. L'odeur de l'alcool était aussi visiblement manquante.

— Je ne veux pas de lui comme shérif. Il serait horrible. Shawn se fout du département ou de quiconque autour de lui. Tout ce qu'il veut, c'est être shérif et avoir le pouvoir qui va avec le poste. Il secoua la tête.

— Il va y avoir beaucoup de gens qui vont faire du bruit à ce propos, mais il y a aussi beaucoup de monde dans cette ville qui se moque de savoir si vous êtes gay ou pas, aussi longtemps que vous faites votre travail et les protégez.

Reggie ne s'était pas attendu à avoir du soutien de la part de Sam. C'était une surprise.

— Merci, Sam.

Reggie hocha la tête.

— Je sais qui je suis, et que les gens m'acceptent ou pas…

Il haussa les épaules.

— Je vais continuer à faire mon travail. C'est pourquoi je suis ici. Le révérend et le conseil peuvent faire ce qu'ils veulent, mais ils ont peu de pouvoir sur nous ou le département.

Il sourit brièvement, et Sam acquiesça avant de se tourner pour quitter le bureau.

— Je patrouille du côté nord. Y a-t-il quoi que ce soit dont je devrais être au courant ?

— Faites simplement un tour dans la zone derrière chez Sue quand vous le pourrez. Elle a signalé des vagabonds.

— Pas de problème.

Sam quitta aussi le bureau, et Reggie s'appuya contre le dossier de son fauteuil, la satanée chose couinant sous son poids. Il avait beaucoup de travail à faire et besoin de se tenir occupé, mais au diable tout ça, il était inquiet pour Willy.

Il attrapa son téléphone et lui envoya un message pour s'assurer qu'il allait bien. Il attendit une réponse et en reçut une, une heure plus tard. Reggie n'avait aucune idée de ce qu'il pouvait faire d'autre. Maintenant, tout était entre les mains de Willy et ce qu'il aurait décidé vouloir.

Reggie avait mis une véritable pagaille dans tout cela. Il aurait dû s'en tenir à ses propres règles et rien de tout cela ne serait arrivé. Il ne serait pas assis au travail en train de s'inquiéter pour Willy tellement que sa jambe tremblait, et il ne serait pas dans la position de se demander à quel point il allait devoir se battre pour garder son travail. Il avait le soutien, apparemment, de deux de ses adjoints, et c'était plus que ce à quoi il s'attendait. Mais tout de même, il pouvait prendre un autre travail et déménager s'il le devait. C'était pour Willy qu'il était vraiment inquiet. Il semblait que le pire qui pouvait se produire arrivait. Il pouvait encaisser le fait de devoir chercher un autre travail ou se battre pour celui qu'il avait, mais la pensée de ne pas revoir Willy lui glaçait le sang, et il se demanda s'il aurait un jour à nouveau chaud.

IX

WILLY S'ASSIT dans le bureau du magasin, finissant son travail de la journée avant de fermer l'application et d'éteindre l'ordinateur. Il redoutait de rentrer chez lui.

— Willy, dit M. Webster alors qu'il entrait et s'asseyait dans l'autre chaise. Je pense que toi et moi avons besoin de parler.

— Oui, monsieur.

— Il y a des rumeurs courant en ville à propos du shérif et, eh bien… Je vous ai vu tous les deux ensembles.

Willy essaya de retenir son halètement, mais échoua.

— C'est ce que je pensais.

— Je… Je… bégaya Willy, puis il devint silencieux.

— Tu n'as aucune honte à avoir, dit M. Webster avant de se pencher en avant. Je ne vais pas te renvoyer ou quelque chose comme ça.

Il fit courir nerveusement ses doigts sur sa tête partiellement chauve.

— Il va y avoir des problèmes sur son chemin, et tu le sais.

— Oui, je le sais.

Willy était très conscient du merdier qui allait s'abattre.

— Est-ce parce que tu as peur pour Reggie, ou pour toi ?

Le regard de M. Webster tomba sur les mains tremblantes de Willy.

— Tu es encore jeune et tu as toute la vie devant toi. Mais celle que tu auras va dépendre des choix que tu fais et le genre de personne que tu décides d'être. Je sais déjà que tu es consciencieux et un travailleur acharné…

— Je ne sais pas ce que vous voulez dire.

M. Webster hocha la tête.

— Bien sûr que tu ne sais pas. J'ai vécu dans cette vie la majorité de ma vie. Je suis parti pour faire des études en pharmacologie et j'avais l'intention de me diriger vers la grande ville, d'ouvrir mon propre drugstore, peut-être même commencer une chaîne comme CVS. Puis ma mère est tombée malade et mon père avait besoin d'aide, alors j'ai mis ça entre parenthèses et suis revenu. Je ne suis jamais reparti. Je suis resté et j'ai pris soin de mes parents. Finalement, je me suis marié et j'ai eu des enfants, comme ce que tout le monde attendait de moi.

Il soupira doucement.

— Parfois, je me demande à quel point ma vie aurait été différente si je n'étais pas revenu.

— Donc je devrais… ?

Willy s'abstint d'en dire plus, incertain de ce qu'il voulait demander.

— J'avais de grands projets, mais il est venu un moment où j'ai dû me poser vraiment la question sur ce que je voulais. Cela semble être une question facile, mais elle ne l'est pas.

M. Webster lui claqua le genou d'une main puis la retira.

— Je connais ton père depuis un long moment. Je parie que tu ne savais pas que lui et moi étions allés ensemble au lycée et que nous étions en quelque sorte amis. Ton père était une personne très différente à l'époque. Sauvage, dingue, et le centre de l'amusement. Mais il a changé et est devenu plus vieux, comme nous le faisons tous. Après la mort de ton frère, il a de nouveau changé, et pas pour le mieux, à mon avis. Il ne pense qu'à tout contrôler, tout et tout le monde qu'il peut de façon à ne pas avoir à connaître à nouveau la douleur et la perte qu'il a traversée quand Isaac est mort.

— Je sais. Je me souviens de ces moments.

Mon Dieu, il se languissait tellement de ces moments. Il voulait retrouver son papa. Mais ce dernier était mort en même temps qu'Isaac, et tout ce qui lui restait, c'était un père.

— Ton père veut choisir le genre de personne que tu seras, mais il n'a pas ce droit, à moins que tu le lui donnes. Est-ce logique ce que je te dis ? demanda M. Webster.

— Je pense.

— Décider de ce que tu veux semble tellement être une chose facile à faire. Tu t'imagines disant ce que tu veux et partir afin de l'obtenir. Mais ça ne fonctionne pas de cette façon. Parfois, tu dois te battre pour l'obtenir, et parfois ce que tu veux vraiment n'est pas ce que tu pensais vouloir au début. Tu vois, je pensais que je voulais une chaîne de magasins et devenir riche, me retrouver à la tête d'un empire. Mais je suis revenu ici, j'ai aidé ma famille, rencontré ma femme et elle a changé ma vie. Elle m'a montré que ce que je voulais vraiment, du plus profond de mon âme, c'était une vie avec elle. J'ai commencé à travailler ici, j'ai acheté le magasin au propriétaire précédent, j'ai fini par le remodeler et changer le nom, et maintenant, c'est une part de ma vie.

— Je pense que je comprends, dit Willy avec un sourire.

— J'en doute. Parce qu'il m'a fallu des années pour le comprendre complètement. Je ne me suis pas assis pour prendre une grande décision. J'ai suivi le courant et mon cœur. Tout ce qui était en jeu pour moi, c'était de vieux rêves. Un chemin s'est ouvert pour moi, et je l'ai pris. L'autre chemin a fini par se fermer. Et c'était très bien. Mes parents et mes amis m'ont soutenu.

Willy hocha la tête.

— J'ai besoin de décider qui je veux être et à quoi ressemblera mon propre chemin.

— Oui. Mais ton chemin va changer celui de beaucoup d'autres personnes. Cela affectera ton frère et ta sœur, ta mère et ton père, toi-même, aussi bien qu'un certain shérif qui semble ne pas pouvoir te quitter des yeux chaque fois que vous êtes tous les deux dans la même pièce.

M. Webster lui sourit et le fardeau de Willy devint un peu plus léger.

— Qu'est-ce que je fais ? demanda Willy.

M. Webster secoua la tête.

— Je ne sais pas. Ce n'est pas à moi de te le dire. C'est un de ces moments où tu dois faire tes propres choix. Ton père gouverne ta famille comme s'il était une espèce de roi. Il fait les règles, et le reste de vous suivent. Si tu le laisses faire, ton père prendra toutes les décisions pour toi et pour le reste de ta vie.

— Ne m'en parlez pas, râla Willy.

— Mon père disait souvent qu'il y avait toujours un moment dans la vie de quelqu'un, homme ou femme, où l'on doit choisir le genre de vie que l'on veut. Je pense que c'est l'un de ces moments pour toi.

M. Webster tapota son genou une fois de plus.

— Assure-toi seulement que quoi que tu fasses, ce soit la bonne chose à faire pour toi.

Willy acquiesça.

— Mais et si… ?

Il ferma les yeux, sachant qu'aucune décision ne viendrait sans un coût. Il savait comment son père allait réagir, et quand il allait rentrer à la maison, il allait devoir faire face aux conséquences. M. Webster avait raison : Willy allait devoir prendre des décisions, et la manière dont il allait le faire allait décider quel genre d'homme il allait devenir.

— Merci.

— Pas de souci. J'ai eu la même conversation avec mon fils l'année dernière. Il avait l'occasion d'aller étudier sur la côte est, mais il avait peur de déménager aussi loin. Ce genre de changements peut être difficile pour certaines personnes. Robin et sa mère ont toujours été très proches, et après la peur d'un cancer quelques années auparavant, c'était vraiment difficile pour lui. Mais il a décidé d'y aller et il s'en sort très bien à Yale. Il adore ça maintenant, et je doute qu'il revienne ici un jour pour y vivre. Et c'est très bien. Il a besoin de trouver sa propre voie, tout comme toi.

— Oui, cependant votre fils n'est pas gay et vous ne l'avez pas jeté hors de la maison pour ça.

Willy fixa le sol.

— Robin n'est pas gay, mais il nous a vraiment surpris, sa mère et moi, quand il a ramené sa dernière petite-amie à la maison. Elle vient d'Inde et c'était un petit choc. Cela n'a pas pris longtemps pour Cheryl et moi de nous en remettre. Cependant, je comprends que les parents de Prima ne se soit toujours pas remis du fait qu'elle soit tombée amoureuse d'un garçon qui n'est pas indien.

M. Webster eut un petit rire.

— Nous les avons rencontrés, et je pense que cela a un peu aidé à adoucir les choses pour eux.

Il haussa les épaules.

— Les parents n'aiment pas toujours ce que veulent leurs enfants. Mais tu ne peux pas vivre ta vie en fonction de ton père, pas plus que Prima ne peut vivre la sienne en fonction de ses parents. Il lui a fallu beaucoup de courage pour les affronter.

Willy hocha lentement de la tête.

— Merci.

Cela allait prendre tout le courage qu'il pouvait rassembler de toutes les fibres de son corps pour être capable d'affronter son père.

— J'apprécie que vous preniez du temps pour me parler. Parfois, c'est facile de penser que l'on est tout seul.

— Tu ne l'es pas.

M. Webster sourit et quitta le bureau.

Willy se retourna pour s'assurer que tout était en ordre avant de partir lui aussi. Il ne voulait pas rentrer chez lui et pensait descendre la rue jusqu'au poste de police pour voir si Reggie était là. Mais ensuite, il pensa que c'était peut-être préférable s'il ne donnait pas à son père plus de munitions, du moins pour le moment.

WILLY SE tenait à l'extérieur de la maison une heure plus tard, encore une fois très seul. Il savait que son père était à l'intérieur et sa mère était très probablement dans la cuisine, mais même si elle pouvait être compréhensive ou compatissante, elle ne prendrait jamais son parti face à son père. Il aurait aimé que Reggie soit avec lui. Sans réfléchir, il tourna en direction du poste du shérif et sourit. Peut-être qu'il était déjà là. Willy n'avait pas besoin que Reggie se tienne à ses côtés pour qu'il soit capable de canaliser sa force.

Willy marcha le long de l'allée et pénétra à l'intérieur. Immédiatement, l'odeur du rôti braisé de sa mère, des pommes de terre et des carottes enveloppa ses sens. La chaleur se dissipa aussitôt que son père se tint en face de lui.

— Qu'as-tu à dire pour ta défense ?

— À quel propos ?

Willy croisa ses bras sur sa poitrine, imitant ce qu'il avait vu Reggie faire, se redressant de toute sa taille.

— Tu dois faire plus attention quand tu choisis tes amis. Et j'attends de toi que tu restes loin de lui. J'ai déjà eu une discussion avec un certain nombre de membres du conseil municipal et…

— Quoi ? Tu t'attends à les intimider pour ne pas respecter la loi ?

Willy avait l'impression que Reggie se tenait juste derrière lui.

— Peut-être que tu devrais arrêter d'agir comme si tu étais encore à l'âge de pierre et revenir au vingt et unième siècle. Reggie est un bon shérif, et tu vas voir qu'un certain nombre de propriétaires d'entreprise dans cette ville l'aime bien. Le conseil et toi allez avoir des retours si vous n'arrêtez pas cette chasse aux sorcières. Vous êtes libre de croire ce que vous voulez, comme l'est chaque homme et femme dans cette ville, moi y compris.

Il fit de son mieux pour arrêter ses genoux de trembler.

— Je ne tolérerais pas ce genre de…

Willy le coupa.

— Quoi ? Logique, dans ta maison ? Peut-être un peu de compassion et de sentiments ?

Il parlait vite, ses émotions croissantes.

— Qu'est-il arrivé à mon papa ? Il est parti et l'a été depuis qu'Isaac a été tué. Tout ce qui reste, c'est un père, une personne que je n'aime pas

127

beaucoup. Il est strict, étouffant, pas amusant et certainement pas quelqu'un que je veux côtoyer. Je veux retrouver mon papa.

Willy laissa retomber ses bras le long de son corps alors que son père se balançait d'avant en arrière.

— Je veux l'homme qui avait l'habitude de m'emmener pêcher et venait camper avec nous. Celui qui nous lisait des histoires… qui ne provenaient pas forcément de la Bible. Je veux le papa qui prenait le temps de nous emmener manger une glace les nuits où maman allait à son association d'aide aux femmes, et dont nous n'étions pas censés parler.

Seigneur, il se souvenait de s'être tellement amusé avec lui.

— Les samedis où toi, moi et Isaac allions faire de la randonnée dans les montagnes me manquent. Tu travaillais parfois sur ton sermon, prêchait pour les arbres de toute la force de tes poumons. Isaac et moi riions alors que tes paroles faisaient échos, ressemblant parfois à de gros mots.

Il soupira et haussa les épaules.

— Tu te souviens d'avoir appris à conduire à Isaac ? Nous emmenant dans les montagnes et me laissant conduire la voiture quand je n'étais pas censé devoir le faire ?

— Isaac est mort, dit son père platement. Et il ne reviendra pas.

— Oui. Isaac est parti. Mais nous ne le sommes pas, cependant, tu agis parfois comme si tout ce qui était bon était mort avec lui. Ce n'est pas le cas. Nous sommes toujours là.

Willy tendit le bras et prit la main de son père dans la sienne.

— Je veux simplement retrouver mon père, murmura-t-il, puis il relâcha sa main et dépassa son père statufié et alla dans la cuisine, où sa mère le fixa, presque choquée.

— Ce n'était pas ce dont je voulais parler, dit son père en entrant dans la cuisine derrière lui.

— Mais Willy a raison, dit sa mère. Nous avons vécu dans un brouillard de deuil depuis des années, et tu es devenu insupportable.

Elle fit claquer la cuillère dont elle se servait contre le plan de travail.

— Je ne veux plus vivre ainsi. Je veux être heureuse à nouveau, et je ne sais pas comment le faire.

Elle s'appuya contre l'évier, et son père tendit les mains pour lui toucher les épaules. Elle se tourna, et il l'étreignit. Ce fut la dernière chose que Willy vit avant de quitter silencieusement la cuisine et de monter dans sa chambre. Fermant la porte, il s'appuya contre elle et glissa dans une position presque assise alors qu'il pensait à ce qu'il venait juste de faire.

— Willy ? appela Ezekiel depuis l'autre côté de la porte, presque en pleurs.

Willy se releva, ouvrit la porte et le prit dans ses bras.

— Pourquoi maman pleure-t-elle ?

— Parce qu'elle est triste. Mais tout va bien, je pense.

— Où est papa ? renifla-t-il.

— Avec maman.

Ezekiel reposa sa tête sur l'épaule de Willy.

— Est-ce qu'on va aller manger ?

— Oui. Reste ici un peu plus longtemps, et puis nous descendrons pour le dîner.

Willy devait leur donner un peu de temps pour discuter. Sa mère répliquant, du moins en face d'un des enfants, était une chose dont il pouvait à peine se souvenir. Il étreignit Ezekiel quelques minutes puis le porta jusqu'en bas.

Willy ne savait presque pas comment se comporter alors que son père et sa mère apportaient la nourriture sur la table. Il assit Ezekiel à sa place et appela Ruthie pour le dîner. Aucun d'eux ne semblait savoir comment se comporter non plus. Il jetait des regards entre leur mère et leur père alors que les deux parlaient entre eux pendant le dîner.

— Qu'as-tu fait aujourd'hui, maman ? demanda Willy.

— J'ai travaillé avec quelques-unes des nouvelles mères. Elles ont demandé à me rencontrer. J'aime être autour des bébés.

Sa mère sourit, et comme ça, la tension qui semblait s'accrocher à leur vie s'assouplit. Même les yeux de son père semblaient plus brillants qu'ils ne l'avaient été depuis des années.

Willy ne se faisait aucune illusion, les choses n'allaient pas changer si facilement pour lui. Mais qui sait ? Peut-être que sa mère influencerait son père.

— Toi et moi avons toujours besoin de parler, dit son père après un moment, alors que sa mère remplissait les assiettes et les donnait à chacun.

Bien sûr, Willy ne s'attendait pas à ce qu'il ait détourné son père de ce qu'il voulait, du moins pas d'une façon permanente.

— Je pense que nous avons assez parlé pour ce soir, dit sa mère. À moins que William n'ait quelque chose à te dire, laisse tomber.

Elle continua de servir les plats, mais sa déclaration était claire. Son père rencontra le regard de sa mère, mais elle ne recula pas.

— Je suis fatiguée de faire le deuil. Isaac est mort. C'était un accident et nous avons besoin de recommencer à vivre, tout ça... dans l'intérêt des enfants. Et si tu ne veux pas le faire, alors je trouverai un moyen d'agir par moi-même.

Elle déposa une assiette en face de son père et Willy réalisa à quel point ses paroles étaient la goutte d'eau qui menaçait de faire déborder le vase, si ce n'était pas déjà fait.

— Rachel, dit son père avec plus d'émotion sincère et de tendresse que Willy n'en avait entendues venant de lui depuis longtemps.

— Je suis sincère, Gabriel. Cela n'a que trop duré. La froideur, le « je me contente d'exister »... nous méritions mieux que ça. Les enfants ont besoin d'être dans une maison qui est vivante et heureuse. Cela n'a pas été le cas, pas depuis longtemps. Et je veux quelque chose de plus.

Willy mangea et laissa ses parents parler.

— Tout va bien, dit Willy à Ezekiel lorsqu'il tira sur sa manche.

Ezekiel n'était de toute évidence pas du tout sûr.

— Papa va être en colère, dit-il. Il me fait peur.

Willy mit son bras autour de lui et aperçut le choc sur le visage de son père.

Ezekiel mangea lentement, faisant alterner son regard entre leur mère et leur père. Willy mangea aussi, tandis que Ruthie pelletait sa nourriture dans sa bouche avant de demander la permission de sortir de table, quittant la pièce avant même d'obtenir une réponse.

— Les enfants ne comprennent même pas comment nous pouvons parler ensemble. Tu as fait des déclarations et mis en place des règles, et je n'ai rien dit, mais c'est fini. Je ne peux pas continuer à vivre ainsi.

— Rachel, je...

Son père semblait avoir été profondément secoué. Ce n'était pas souvent que Willy le voyait sans voix, mais il semblait l'être maintenant.

— Willy est assez vieux pour décider avec qui il veut être ami. Il n'a pas besoin de ton interférence et de tes prédications conformistes.

Elle se leva, poussant sa chaise en arrière.

— Gabriel, tu ne sais pas tout, et Willy est capable de construire sa propre vie, de prendre ses propres décisions et de faire ses propres erreurs.

Elle se tourna vers Ezekiel et tapota gentiment son bras.

— Vas-y, mange, mon chéri. Tout va bien.

Puis elle quitta la pièce et Willy fixa son père qui était bouche bée.

— Tu sais, papa, je suppose que maintenant n'est pas vraiment le bon moment pour te dire que je suis gay, mais je vais quand même le faire.

Willy recommença à manger alors que son père s'affalait sur sa chaise.

— C'est une blague ? Parce que ce n'est certainement pas drôle, grogna son père.

— Non, papa. Ce n'est pas une blague. Je suis aussi gay que Jamie Fullerton, et je suis fatigué de cacher qui je suis à toi et à tout le monde. J'ai eu peur de toi pendant des années, mais je ne vais pas continuer à vivre de cette façon. Je suis qui je suis, et j'ai quelqu'un dans ma vie à qui je tiens. Cependant, j'étais tellement proche de m'éloigner de lui à cause de toi.

Willy posa sa fourchette.

— Je t'ai dit que je voulais retrouver mon papa. Si je l'avais toujours eu, j'aurais pu lui parler et lui dire à propos des moments difficiles que j'ai vécus ces dernières années, mais mon père… Lui, je ne peux pas lui parler. Il est exactement ce que maman a dit, un sale conformiste.

Willy repoussa sa chaise.

— J'ai toujours pensé qu'aussitôt que tu le saurais, tu me rejetterais de la famille. Mais je ne m'en soucie plus. Je veux être heureux, exactement comme maman, et je ne peux pas faire cela ici… avec toi.

Willy quitta la pièce se dirigeant vers l'escalier.

— Où vas-tu ?

— En haut, emballer mes affaires. Je n'ai aucune idée de l'endroit où je vais aller, mais je ne vivrais pas la vie que tu veux simplement pour essayer de te rendre heureux.

Willy monta les premières marches de l'escalier et se sentit mille fois mieux à chaque marche de plus qu'il gravissait. Il devait tracer son propre chemin.

Son père ne hurla pas, ni le suivi, mais il ne l'arrêta pas non plus.

Willy alla dans sa chambre et sortit sa vieille valise de sous son lit. Il la remplit rapidement, puis attrapa son ordinateur et le glissa dans son sac à dos. Cela lui prit dix minutes pour emballer les choses les plus importantes pour lui. Il s'assit sur le bord du lit, se demandant ce qu'il allait faire. Puis il attrapa son téléphone.

X

REGGIE ÉTAIT dans sa voiture de patrouille, se dirigeant vers le sud, vers le lieu d'un accident. La brigade des sapeurs-pompiers était déjà en chemin, et le rapport initial faisait mention de plusieurs blessés et peut-être des morts. Alors qu'il approchait, l'étendue de l'accident devenait apparente. Un van blanc était couché sur le côté avec un camion de livraison garé sur le bas-côté, l'avant arraché.

— C'était un accident ! Ils n'avaient même pas leurs phares allumés, disait le conducteur du camion encore et encore alors que Reggie s'approchait de lui. Il s'est déporté sur mon chemin, et je n'ai pas pu l'éviter.

— Je comprends. S'il vous plaît, restez près de votre véhicule. Je vais revenir vous parler dans une minute.

— Une fois qu'il s'est renversé, la portière arrière s'est ouverte et quatre ou cinq personnes en sont sorties.

Le chauffeur-livreur s'appuya contre son camion.

Reggie fit signe au personnel ambulancier, et ils se dépêchèrent de le rejoindre pour l'aider. Jasper arriva une seconde plus tard, et Reggie lui demanda de diriger la circulation, parce qu'aussitôt que l'accident serait su, les gens viendraient voir ce qui se passait.

— Comment va le conducteur ? demanda Reggie alors qu'un sauveteur l'extrayait du van.

Les sapeurs-pompiers secouèrent la tête alors que les secouristes chargeaient l'homme dans une ambulance puis quittaient les lieux sans allumer la sirène, un signe évident qu'il était déjà mort.

Le téléphone de Reggie vibra dans sa poche et il le sortit.

— Oh non, dit-il dans sa barbe alors qu'il lisait le message de Willy.

Je travaille sur un accident. Va à la maison et je serais là dès que possible, lui envoya-t-il en réponse.

— Vous allez vouloir jeter un œil à ça, lui dit Howard, le sapeur-pompier en chef. Il n'y avait personne d'autre dans le van quand nous avons commencé à travailler dessus.

Il fit un signe vers l'arrière du van, et Reggie regarda par la portière ouverte. Des couvertures étaient éparpillées partout, une glacière avait été lancée sur le bas-côté, avec de la glace et des bouteilles d'eau partout, des chaussures et des vêtements féminins jonchant le sol.

Reggie s'agenouilla et examina une des couvertures.

— On dirait du sang.

Il retourna à sa voiture et revint avec un kit de prélèvement de preuve. Il rassembla tout ce qu'il pouvait trouver.

— Il y a plus de sang par ici, dit Howard, pointant vers l'orée des arbres.

Quelqu'un d'autre était blessé. Quelques gouttes de sang menaient jusqu'aux arbres.

Un des sapeurs-pompiers accepta de prendre la place de Jasper, et Reggie le retira du contrôle de la circulation.

— Protège la scène, je reviens rapidement.

Reggie suivit la trainée de taches de sang dans la forêt, utilisant sa lampe-torche pour éclairer le chemin. Il n'alla pas très loin. Les traces de sang s'arrêtaient après quelques pas. La forêt était épaisse et il faisait nuit noire. Ce n'était pas un film, et lancer une recherche à cette heure de la nuit ne mènerait qu'à blesser d'autres personnes.

— Il y a quelqu'un ? appela-t-il. Nous sommes là pour vous aider.

Il attendit une quelconque réponse, puis appela de nouveau.

— Pourquoi se seraient-ils enfuis ? demanda Jasper lorsque Reggie le rejoignit.

— Parce qu'ils ont peur. Et peut-être qu'ils ne sont pas censés être ici.

Reggie étiqueta le tissu ensanglanté comme preuve et passa lentement en revue ce qui avait été le contenu du van. Il trouva vraiment peu de choses qui étaient personnelles jusqu'à ce qu'il élargisse la recherche. Un sac avait été éjecté du véhicule et s'était retrouvé à une quinzaine de mètres de la scène de l'accident. À l'intérieur, il y trouva des vêtements et un petit livre de prières en espagnol.

— Bon sang, dit Reggie dans sa barbe. Pas étonnant qu'ils se soient enfuis, même blessés. Ils avaient peur d'être vus par quelqu'un.

— Je ne comprends pas, dit Jasper.

— Étiquette ça et mets-le dans les preuves, puis sécurise le véhicule avec tout ce qu'il y a à l'intérieur. Je vais le faire transporter au poste. Nous devons tout passer en revue.

Cela allait prendre des heures. Il était temps qu'il se serve de ses hommes.

— Appelle Sam et dis-lui que nous avons besoin de lui. Mets-le au courant, puis prends en charge la voiture lorsqu'elle arrivera.

— Tout de suite.

133

Jasper s'éloigna d'un pas pressé, presque sautillant.

Reggie secoua la tête, retournant à l'ambulance où le conducteur du camion était assis avec une couverture sur les épaules.

— Vous allez bien ? Comment vous appelez-vous ?

— Jack Parnell. Ils disent que je suis sous le choc, mais ça va.

— Parlez-moi de l'accident, dit Reggie.

— Il faisait noir, et ils venaient du sud. Ils n'avaient pas les phares allumés, et au moment où je les ai vus... j'ai écrasé la pédale de freins et heurté le côté conducteur. Le véhicule a tourbillonné puis s'est couché sur le côté. Je me suis arrêté tout de suite, et après une minute, la porte arrière s'est ouverte et cinq personnes en sont sorties. J'ai demandé s'ils allaient bien. Ils parlaient espagnol, et il y en a un qui était blessé, mais ils l'ont aidé, ont attrapé des sacs et ils ont couru vers les arbres. Je ne pense pas qu'ils étaient trop blessés, mais ils sont partis rapidement. Je suppose que c'était un miracle dans le fond.

Il se tint la tête.

— Je ne voulais blesser personne, mais je ne les ai jamais vus arrivés.

Reggie prit des notes, s'assurant qu'il avait toutes les informations personnelles.

— Le conducteur est mort, n'est-ce pas ? demanda-t-il et Reggie confirma d'un signe de tête. C'est ce que je pensais. C'est cette partie qui a encaissé le choc. Je suppose que je devrais être soulagé que personne d'autre ne soit blessé. Est-ce que ces gens étaient détachés à l'arrière ?

— Je ne pense pas. Il y a des sièges. À mon avis, ils avaient leurs ceintures de sécurité. Nous en saurons plus lorsque nous enquêterons. Mais vous êtes certain que vous allez bien ?

Le chauffeur hocha lentement la tête.

— Oui. Le camion a été endommagé et j'ai été un peu secoué, mais c'est tout.

Il prit une profonde inspiration.

— Pourquoi n'avaient-ils pas allumés leurs phares ? Je les aurais vus arriver et je me serais écarté. Ils étaient sur la ligne centrale, et je n'ai pas eu beaucoup de temps pour réagir.

Reggie ne détecta aucune indication de subterfuges ou quoi que ce soit d'autre qu'une sincérité absolue et du regret.

— Merci.

— Puis-je appeler quelqu'un pour venir me chercher ? demanda le conducteur du camion.

— Bien sûr, répondit Reggie. Pouvons-nous vous aider en quoi que ce soit ? Nous pouvons faire remorquer votre camion.

134

— J'ai appelé mon entreprise, ils vont s'en occuper. Je n'étais simplement pas certain de combien de temps vous alliez avoir besoin de moi.

Il se prit la tête dans les mains.

— Je peux vous contacter si j'ai besoin de plus d'informations. Appelez vos amis ou votre famille.

Reggie se tourna et regarda tout le monde travailler. La portière arrière du van avait été fermée et Jasper montait la garde alors que le dépanneur le chargeait sur sa dépanneuse. C'était un travail de fait, et bien assez tôt la seconde remorqueuse arriva et prit soin du camion. Petit à petit, la scène fut nettoyée. Jasper suivit le van jusqu'au poste et Reggie fit en sorte que les derniers détails soient pris en charge avant de quitter la scène de l'accident maintenant vide.

REGGIE PRIT les choses en mains au poste, s'assurant que toutes les preuves étaient en sécurité, puis il rentra chez lui. La maison était dans le noir lorsqu'il arriva, et il se demanda si Willy était là. Il entra et trouva le jeune homme emmitouflé sur le canapé avec la couverture qu'il gardait sur le dossier, la télévision allumée avec le volume au minimum. Reggie quitta silencieusement la pièce pour ranger son arme avant de revenir.

— Hé, dit Reggie en s'asseyant prudemment sur le bord du canapé. Que s'est-il passé ?

Il frotta doucement le dos de Willy, ravi qu'il soit là.

Ce dernier roula lentement pour lui faire face, clignant des yeux.

— Eh bien, je l'ai dit à mon père. Je ne me cacherais plus. Nous avons eu l'une des conversations des plus bizarres dont je peux me souvenir, puis ma mère a commencé à répliquer contre lui. Cette partie était plutôt inattendue. Puis je lui ai dit, parce que… je ne veux pas passer ma vie à mentir. Je sais que mon père n'approuve pas, mais au moins, il sait qui je suis maintenant.

Willy bâilla.

— Es-tu certain que tu vas bien ? demanda Reggie en glissant pour se rapprocher, impressionné et fier. C'est beaucoup de choses à traverser.

— Je pense que oui. Mon père n'a pas hurlé ou quoi que ce soit… Je pense qu'il était trop déstabilisé pour vraiment réagir.

— Qu'a-t-il dit ?

Willy secoua la tête.

— Rien. J'ai simplement quitté la maison. Il ne m'a pas arrêté, pas plus que ma mère. Mon père était énervé que je sois ami avec toi.

Il soupira.

— Les choses étaient plutôt mauvaises à la maison depuis longtemps. Je lui ai dit à quel point j'étais malheureux et que je voulais retrouver mon papa.

Willy s'assit et Reggie l'étreignit.

— C'était plutôt surréaliste. Je ne pense pas avoir déjà vu mon père sans voix.

— J'étais vraiment inquiet quand tu m'as envoyé ce message, dit Reggie.

— Je ne savais pas où aller. Je sais que mon père ne m'a pas ordonné de sortir de la maison, mais je ne pouvais pas rester.

Willy s'appuya contre lui et Reggie mit ses bras autour de lui.

— Je suppose que j'espérais que tu comprendrais.

— Je comprends.

Mais Reggie voulait aussi que Willy n'abandonne pas sa famille.

— As-tu mangé quelque chose ? Quelle heure est-il ?

Willy bâilla.

— Je suis désolé de m'être endormi.

Il prit son téléphone sur la table basse.

— Rien. Je suppose que j'espérais que quelqu'un appelle.

Reggie ne pouvait pas le blâmer.

— Donne-leur un peu de temps. Ton père va devoir assimiler beaucoup de choses d'après ce que tu m'as dit.

L'estomac de Reggie grogna et Willy se mit rapidement debout, se hâtant d'aller vers le réfrigérateur.

— J'ai fait un peu de pâtes et de sauce. Je vais en réchauffer pour toi. Je ne m'attendais pas à ce que tu rentres aussi tard. Cela devait être vraiment mauvais.

Il prépara une assiette et la plaça dans le micro-onde.

— Ça l'était. Mais je pense que j'ai une meilleure idée de ce qui se passe en ville. Tu as dit que quand tu as vu ce van blanc, tu pensais avoir entendu des voix, n'est-ce pas ? demanda Reggie.

— Oui.

Willy prit une bière et la lui apporta, puis le micro-onde bipa et il se pressa de l'atteindre pour ramener une assiette de pâtes qui semblait riches et savoureuses, avec de l'ail et de l'origan qui lui mettait l'eau à la bouche. Il la lui tendit et s'assit à côté de lui sur le canapé.

— Comme plusieurs personnes discutant vraiment calmement. Je ne comprenais pas ce qu'ils disaient.

Reggie prit une bouchée, fredonna doucement de contentement.

— Penses-tu que cela pourrait être parce qu'ils ne parlaient pas anglais ?

Willy réfléchit et se blottit un peu plus près de lui.

— Possible. C'est difficile à dire. Comme je l'ai dit, je ne pouvais pas vraiment les comprendre, et puis ce groupe d'hommes est arrivé de derrière le bâtiment. Pourquoi ?

Reggie prit une autre bouchée et avala.

— Il y a eu un accident ce soir. Un van a été heurté et a basculé sur le bas-côté. L'autre conducteur a dit que cinq personnes sont sorties de l'arrière du véhicule. Ils semblaient secoués, mais se sont précipités vers les bois. Il y avait une trainée de gouttes de sang, mais il était trop tard pour la suivre. J'essaierai demain matin lorsqu'il y aura de la lumière, mais je doute que je trouve quoi que ce soit.

— Pourquoi ? À quoi penses-tu ?

— Une sorte de trafic d'humains. Transport illégal de personnes. Je ne suis pas certain quel est le but des personnes impliquées ici. Il peut y avoir des gens qui paient pour traverser la frontière avec le Canada puis jusqu'à San Francisco ou Los Angeles. C'est hors de vue ici et il est peu probable que cette route soit aussi surveillée que les grands axes.

— Est-ce ce que tu penses qui se passe à la station-service ? demanda Willy.

Reggie acquiesça tout en prenant une autre bouchée et gémit. Les pâtes étaient diablement bonnes et il était brusquement affamé.

— Réfléchis.

Il continua de manger, le besoin de nourriture submergeant presque tout le reste.

— Ils auraient besoin d'un endroit pour parler affaires… Peut-être quelqu'un pour ouvrir la voie afin qu'ils ne soient pas arrêtés ou interrogés.

Plus il y pensait, plus il réalisait que c'était ce que Shawn devait manigancer. Reggie posa l'assiette sur la table basse, ses mains se serrant en poing. Si c'était vrai, Reggie allait pendre ce bâtard par les couilles.

— J'ai vu un documentaire à ce sujet sur la chaîne National Geographic. Ils utilisent des endroits hors de vue. Ils doivent avoir des endroits sécurisés pour refaire le plein et laisser les gens se dégourdir les jambes, prendre l'air, ce genre de chose. La station-service serait bien pour eux. C'est relativement isolé, et avec quelqu'un faisant des interférences pour eux, ils peuvent se sentir en sécurité et passer sans que personne ne pose de questions.

— Oui, mais ne vont-ils pas changer leur route, maintenant ? Il y a eu un accident, et ils doivent savoir qu'un de leur véhicule est en détention. Ils ne peuvent pas continuer à utiliser cette route, donc ils vont aller ailleurs.

Reggie ne pouvait pas contredire cette logique.

— Peut-être. Cependant, ils doivent avoir investi beaucoup de ressources afin de construire l'organisation qu'ils ont. Ils ne vont pas l'abandonner avec un claquement de doigts. Ils pourraient faire machine arrière, mais ils reviendront aussitôt que les choses se seront calmées.

Il était déjà en train de penser à des moyens de s'assurer que ce soit ce qu'ils pensent. Il attira Willy plus près de lui.

— Pour le moment, je suis plus concerné à propos de toi et ton père. Es-tu certain que ça va aller ?

— Je ne sais pas, dit Willy. Je devais partir de la maison et rester loin de lui pendant un moment. Et tu es la première personne que j'ai pensé contacter, mais je ne sais pas où je vais aller à partir de maintenant.

Willy haussa les épaules.

— J'ai ce que j'ai pu prendre avec moi dans la voiture, et c'est à peu près tout ce que je possède.

Il se tourna et s'appuya contre lui, cachant son visage dans la chemise de Reggie.

— Chéri, ne t'inquiète pas. Tu peux rester ici aussi longtemps que nécessaire.

Reggie voulait emmener Willy dans sa chambre et ne jamais le laisser partir. Il se rapprocha encore, enfouissant son nez dans les cheveux de Willy, inspirant profondément. Il était peut-être en train de pleurer. Reggie n'était pas certain et n'allait pas le demander. Parfois, un homme avait besoin de pleurer, mais n'avait pas besoin qu'on lui fasse remarquer. Reggie se contenta donc de l'étreindre, se délectant de la chaleur de son corps alors qu'il s'agrippait à lui.

— Je ne sais pas ce qui va se passer. Je sais seulement qu'une fois que mon père se sera remis sur pieds après ces montagnes russes émotionnelles, il va être fou de rage et il s'en prendra à toi.

Reggie resserra son étreinte.

— Je suis un grand garçon. Je peux supporter tout ce que ton père ou le reste de cette satanée ville veut me balancer. Je suis fatigué de me cacher simplement pour faire plaisir aux autres. Je suis qui je suis…

Il souleva le menton de Willy.

— Et tu es qui tu es.

Il sourit.

— Et je ne peux pas te dire à quel point je suis fier. Willy, tu dois être l'homme qui a le plus de tripes que j'ai rencontré de toute ma vie.

Willy secoua la tête.

— T'a-t-on déjà tiré dessus ? demanda Willy.

C'était une étrange question sur le moment, mais Reggie répondit avec un hochement de tête.

— As-tu mouillé ton pantalon ou t'es-tu enfui ?

— Non. Je me suis mis à couvert et j'ai blessé d'une balle le tireur pour qu'il puisse être arrêté.

— Tu vois, ça, c'est du courage. Tout ce que j'ai fait, c'est d'ouvrir ma grande bouche.

Willy ferma les yeux et s'appuya contre lui une fois de plus.

— J'en ai eu assez que mon père gère ma vie, et je le lui ai simplement dit.

Reggie fit un petit bruit de désapprobation.

— Ce que tu as fait, c'est dire à ton père et toute ta famille qui tu es vraiment. C'était comme être nu en face d'eux. Tu as exposé la personne qui est à l'intérieur et leur a dit d'aller en enfer s'ils n'aimaient pas ce qu'ils voyaient. C'est le vrai courage dans la vie. Ce n'est pas se faire tirer dessus. La bravoure est facile. Il suffit de quelques secondes pour être brave et maîtriser la situation. La bravoure est momentanée et vient sur un coup de tête – le courage vient de l'intérieur et nous autorise à être qui nous sommes.

Reggie fit basculer la tête de Willy vers le haut, se rapprocha et l'embrassa.

— Le courage est aussi la chose la plus sexy au monde.

Il approfondit le baiser, la chaleur augmentant comme un geyser depuis la base de sa colonne vertébrale.

Willy enroula ses bras autour du cou de Reggie, les maintenant ensemble, retournant le baiser, faisant écho à chaque parcelle d'énergie que Reggie lui envoyait.

— Je te veux Reggie, murmura Willy,

Reggie se recula et une larme coula le long de la joue de Willy.

— J'ai pensé... J'ai pensé que je pouvais juste m'éloigner et revenir à la façon dont les choses étaient. Que je pourrais être une dernière fois avec toi puis avoir la vie que j'avais auparavant. Mais je ne peux pas. Tu vois, tu étais là... seulement, tu ne le savais pas.

— Je ne comprends pas.

Les mots étaient rauques alors que Reggie parlait avec une boule dans la gorge.

— Quand je l'ai dit à mon père, tu étais là avec moi, te tenant à mes côtés. Je pouvais te sentir. Je t'ai amené avec moi pour m'aider à être courageux.

Willy haleta et parla de plus en plus vite.

— Mon père et moi étions en train de parler. Eh bien, j'ai parlé cette fois, et j'étais tellement fatigué de la façon dont étaient les choses. Je lui ai dit tout ce que je ressentais, après ça, j'ai simplement continué. Puis il a commencé à s'en prendre à toi, je lui ai dit que j'étais gay et que peut-être il n'en savait pas autant qu'il le pensait. Mais tu étais là avec moi, juste à mes côtés. Je pouvais presque te sentir.

— As-tu fait cela pour moi ? demanda Reggie presque horrifié.

Il ne se faisait pas d'illusions sur le fait que ce genre d'admission allait être accompagné de répercussions, et la pensée que Willy puisse être blessé à cause de quelque chose qu'il avait fait pour lui... La boule dans la gorge de Reggie prit de l'ampleur.

— Non. Je l'ai fait parce que j'ai réfléchi à quel genre d'homme je voulais être. Tu vois, je voulais être l'homme assez bon et assez fort pour être ton petit ami. Je voulais être quelqu'un dont je pourrais être fier, pouvoir marcher la tête haute. Et je voulais être assez bien pour toi.

Une autre larme coula le long de la joue de Willy.

— Chéri, tu étais assez bien pour moi le jour même de ta naissance.

Reggie écrasa ses lèvres sur celle de Willy, le goûtant, ayant besoin de plus et n'étant pas capable de l'avoir, peu importe ce qu'il faisait.

— Ce que je ne cesse de me demander, c'est qu'est-ce que j'ai bien pu faire pour te mériter.

— Moi ?

Reggie acquiesça, son pouce frôlant la lèvre inférieure de Willy, la chaleur chatouillant la peau de son doigt.

— Je suis plus vieux que toi, j'ai vu le meilleur et le pire de l'humanité dans mon travail, mais tu me coupes le souffle. Ta force et...

Il ne pouvait plus parler. À la place, Reggie se leva et tendit les mains pour aider Willy à se lever. Il éteignit les lumières et laissa tout en place alors qu'il conduisait le jeune homme à travers le couloir. Il s'arrêta brièvement devant la chambre d'ami, continua jusqu'à la sienne et ouvrit la porte avec son pied. Alors qu'il entrait dans la pièce, il souleva Willy dans ses bras.

Leurs lèvres se rencontrèrent dans un flash aveuglant de joie et de passion qui menaçait de complètement submerger Reggie, kidnappant son âme. Il déposa Willy sur le lit et fit lentement un pas en arrière.

— J'aime te voir ainsi, juste là.

Willy sourit et se tortilla légèrement.

— Et j'aime le sentiment d'être là.

Reggie retira les chaussures de Willy ainsi que ses chaussettes, puis fit courir ses doigts sur ses pieds puis en dessous de son pantalon jusque sur ses mollets. Les jambes de Willy tremblaient entre ses mains, et il les caressa plus fermement.

— Le fait que cela soit si bon fait-il de moi un pervers ? demanda Willy. J'ai entendu dire que certaines personnes avaient un fétiche à propos de leurs pieds, et...

Reggie ne put qu'en rire un peu.

— Non. Avoir tes pieds caressés ne fait pas de toi un pervers.

Il se pencha au-dessus de lui, faisant glisser ses mains en remontant le long de ses jambes puis au-dessus de sa chemise jusqu'à son col.

— Je connais des hommes qui aiment que d'autres gars les baisent avec leurs orteils. Alors ça, c'est être pervers. J'ai même rencontré un type une fois qui aimait quand il était allongé nu et que plusieurs hommes lui donnaient du plaisir en utilisant seulement leurs pieds. Ça, c'est être pervers.

— Donc je suis ordinaire, le taquina Willy et Reggie leva les yeux au ciel.

— Toi, mon chéri, tu es loin d'être ordinaire.

Reggie eut un large sourire et tira la chemise de Willy vers le haut et par-dessus sa tête, dénudant son torse. Il chatouilla la peau autour d'un téton alors que Willy tremblait sur le lit.

— Chaque homme possède quelque chose qu'il aime et des endroits qui l'excitent. J'en ai trouvé quelques-uns la dernière fois, mais...

Reggie titilla le téton durci avec sa langue.

— Reggie... geignit Willy, et Reggie pouvait dire qu'il était encore en train de décider si c'était quelque chose qui l'excitait vraiment, ou qui était douloureux à cause de la sensation accablante.

— Suis simplement le courant. Écoute ton corps et laisse-le te dire ce qu'il veut.

Reggie lécha un chemin vers le bas, sur le ventre tremblant de Willy, faisant tournoyer sa langue autour de son nombril. Il n'arrivait pas à se rassasier de lui, la douceur salée évoquant les bonbons au caramel du littoral, seulement plus savoureux, plus addictif.

— Que te dit-il ?

Willy déglutit, sa bouche s'ouvrit et ses yeux devinrent vitreux.

— Je veux... J'ai besoin... haleta-t-il et Reggie défit la ceinture de Willy puis ouvrit son jeans, écartant le denim avant de le tirer vers le bas.

Il le retira, laissant tomber le tissu sur le sol. Willy était maintenant allongé sur le lit presque nu, son érection pressée dans les confins de son caleçon blanc.

— Qu'est-ce que tu veux ? demanda Reggie en inhalant.

141

La pièce se remplit de la délicieuse odeur d'excitation et d'homme. Willy était jeune, et Reggie s'était demandé s'il était *trop* jeune, mais il était évident qu'il se connaissait. Le feu dans ses yeux le prouvait.

— Je veux que tu me fasses l'amour. J'ai besoin de savoir comment c'est de te sentir.

Willy rencontra son regard avec une détermination aussi forte que l'acier.

— Une fois, tu m'as dit que les choses étaient aussi bonnes entre nous parce que nous faisions l'amour. Eh bien, je veux être certain. Je veux savoir que tu m'aimes, parce que je sais que je t'aime.

Il s'assit, tira Reggie vers lui et captura ses lèvres.

Reggie était supposé être le partenaire expérimenté dans cette relation, mais Willy apprenait vite, et il le mettait sur orbite avec facilité.

— Comment peux-tu être si certain ?

Reggie devait le demander.

Willy glissa en arrière.

— Tu es en train de dire que tu ne ressens rien pour moi ?

Il croisa les bras sur son torse, jetant un regard noir à Reggie.

— Parce que si c'est ce que tu essaies de me faire croire pour quelques raisons étranges, tu es un menteur.

— Vraiment ? demanda Reggie en haussant les sourcils. Tu me connais bien.

— Bien sûr que oui. Vous, shérif, êtes un livre ouvert pour moi. Tu peux essayer de te faire passer pour un gros dur à cuire, le puissant shérif, mais tu es simplement un bon gros nounours. Du moins quand tu me regardes.

Mince. Reggie essaya de durcir son regard et Willy se moqua de lui.

— Tu vois ? Tu peux essayer, mais je sais qui tu es. Tu es un homme sensible et attentionné qui est capable de mettre de côté son propre bonheur pour les autres.

Il leva les yeux au ciel de façon dramatique, et pendant quelques secondes, il sembla beaucoup plus jeune.

— Peu de gens sont capables de faire ça pour quelqu'un d'autre.

Il décroisa ses bras et glissa une main derrière la nuque de Reggie, laissant une trainée de chaleur sur son chemin.

— Je promets de ne le dire à personne.

Reggie eut un petit rire.

— Tu ferais mieux de ne pas le faire, parce que ceci…

Il les regarda tous les deux.

— ... va apporter tout un tas de Dieu sait quoi, et nous allons avoir besoin tous les deux de toute la force que nous pouvons obtenir.

— Donc, il y a un nous ? demanda Willy.

Reggie se jeta sur lui, capturant ses lèvres alors qu'il enroulait ses bras autour de lui, le tenant serré.

— Tu ferais mieux de le croire. Je combattrais les chiens de l'enfer eux-mêmes si cela signifie te garder en sécurité et dans mes bras. La ville, ton père et tous les autres peuvent être damnés. Enfin, seulement si tu veux de moi.

L'estomac de Reggie se serra et il retint son souffle.

— Vouloir de toi ? Je te voulais cette première nuit, et mince, tu m'as fait attendre si longtemps. Bien sûr que je veux de toi.

Willy tira les pans de la chemise de Reggie pour l'ouvrir, les boutons volant dans toutes les directions.

— C'était une chemise d'uniforme, dit Reggie en regardant ce qu'il en restait.

— Ai-je détruit un bien de la police ? Vas-tu devoir m'enfermer et jeter la clef ?

Willy avait un étrange sens de l'humour. Il gloussa alors qu'il tendait les mains.

— Passe-moi les menottes et prends-moi.

Il retomba sur le lit.

Reggie enleva sa chemise et les gloussements de Willy moururent. Reggie observa sa gorge fonctionner, déglutissant difficilement alors qu'il refermait la distance entre eux pour capturer ses lèvres, le pressant fermement à nouveau contre le matelas. Le contrôle de Reggie se rompit. Il plongea plus profondément dans la bouche de Willy, prenant ce que le jeune homme lui donnait et le lui redonnant en retour. Il réussit à s'extraire de son pantalon, grognant doucement lorsque son compagnon mordit légèrement sa lèvre inférieure, ajoutant de la rudesse, de la sincérité et même du désespoir. Willy le serra contre lui, ses doigts s'enfonçant dans son dos alors que Reggie le dévorait autant qu'il lui était possible.

Il parvint à retirer le reste des vêtements de Willy puis enleva ce qui lui restait.

— Tu es magnifique ! Te l'ai-je déjà dit ?

— Une ou deux fois, dit Willy en souriant. Mais j'aime l'entendre.

Ses yeux s'assombrirent, et Reggie referma la distance entre eux une nouvelle fois. Willy enroula ses jambes autour de la taille de Reggie et gémit alors que ce dernier prenait ses fesses lisses dans ses mains. Peu de choses étaient plus excitantes que Willy alors qu'il se poussait de lui-même dans ses mains.

Reggie aimait avoir le contrôle ; cela le faisait se sentir en sécurité et protégé. Mais il n'y avait rien de semblable aux sons que Willy faisait lorsqu'il était excité, de doux gémissements et des plaintes qui devenaient de plus en plus forts alors que Reggie maltraitait cet endroit à la base de son cou ou tordait un téton jusqu'à ce qu'il puisse difficilement respirer. Puis Reggie fit glisser ses lèvres vers le bas, prenant toute la longueur Willy dans sa bouche… aucune chanson n'avait jamais été aussi douce ou émouvante.

— Je veux tout, dit Willy en s'agrippant aux draps. Jusqu'au bout.

Reggie s'immobilisa.

— Tu es sûr ?

Bon sang, rien que la pensée d'être enterré à l'intérieur de la chaleur serrée de Willy faisait faire des bonds de joie à son érection, mais il ne voulait pas se presser.

— Oui !

Willy posa ses mains sur les joues de Reggie.

— S'il te plaît. Je veux te sentir de l'intérieur.

La respiration de Reggie se coupa un instant. Il batailla avec le tiroir de la table de chevet, faisant tomber le premier préservatif sur le sol et en cherchant un autre. Il trouva le lubrifiant puis finalement ses doigts se refermèrent sur un autre paquet, laissant le tiroir où il était parce qu'il allait probablement le claquer avec assez de force pour faire tomber la lampe de chevet sur le sol. Cela faisait longtemps que Reggie avait perdu sa virginité, mais il se sentait de la même façon ce soir. Ses paumes étaient moites, ses mains tremblaient alors qu'il ouvrait le lubrifiant, en renversant plus qu'il ne le voulait sur ses doigts.

— Je veux rendre ça vraiment bon pour toi. Si ça fait ne serait-ce qu'un peu mal, dis-le-moi et j'arrête tout de suite.

Il taquina l'entrée de Willy, enfonçant lentement un doigt en lui. Willy se figea, et Reggie se mordit la lèvre inférieure jusqu'à ce que Willy halète et gémisse.

— Oh mon Dieu.

Il se crispa sur le doigt de Reggie, frissonnant un peu.

Reggie prit son temps, écoutant chaque souffle, étudiant chaque gémissement et tremblement, observant alors que Willy arquait son dos, gémissant doucement.

— Je suis prêt, s'il te plaît, mon Dieu, je suis prêt.

Willy l'attira à lui pour l'embrasser, approfondissant rapidement le baiser.

— Ne me fais pas supplier. Je le ferai si je le dois.

— Je ne veux pas précipiter les choses, dit Reggie alors que ses jambes tremblaient.

Il était prêt depuis un moment, son érection pointant vers le plafond, chaque cri de Willy lui envoyant des vagues de désir courant en lui. Avec des mains tremblantes, il prit le préservatif, le déroula le long de sa hampe et se lubrifia abondamment. Il s'agenouilla entre les jambes de Willy, verrouillant son regard dans le sien, et lentement, entra en lui.

La poitrine de Reggie lui faisait mal, de la meilleure façon possible, alors que la confiance et l'amour qui brillaient dans les yeux de Willy submergeaient presque ses sens quand ils étaient combinés à la chaleur de Willy l'entourant. Il devait y aller prudemment, même si chaque fibre de son instinct le poussait en avant. *Il devait y aller lentement.* C'était pour Willy, s'assurer qu'il était heureux. Les propres mots de Reggie firent écho dans sa tête, au sujet de Willy étant avec quelqu'un qui rendrait sa première fois spéciale. À ce moment-là, dans le parking du club, il n'avait jamais rêvé que plusieurs semaines plus tard, il serait celui à qui Willy ferait confiance pour prendre soin de sa première fois.

— Que fais-tu ? demanda Willy en tirant Reggie de ses pensées. Ne t'arrête pas.

— Je pensais à toi.

Reggie lui fit un large sourire et l'embrassa, restant immobile en lui, le laissant s'ajuster et reprendre son souffle.

— Quelque chose que j'ai fait souvent ces derniers temps.

— Ouais. Moi aussi. Je pense à toi tout le temps, grogna doucement Willy alors que Reggie recommençait à bouger.

Cette fois, il ferma les yeux et haleta.

— Mince…

— Je sais.

Reggie bougea lentement, roulant des hanches et s'assurant qu'il gardait le rythme avec la respiration de Willy.

— Tu me fais perdre la tête.

— Moi ? Tu es celui avec les hanches qui roulent et l'érection si profondément enfouit en moi qu'elle ne cesse de toucher des endroits dont j'ignorais l'existence. Putain, tu me fais voir des étoiles.

Willy s'agrippa à lui et Reggie plaça ses mains au centre de la poitrine du jeune homme.

— Je sais que c'est nouveau, mais je veux que tu me regardes, que tu me sentes.

Il prit la main de Willy, la plaçant sur sa poitrine.

145

— Je peux te sentir. C'est comme si tu étais une part de moi.

— Je sais.

Willy se tint immobile alors que Reggie refermait la distance entre leurs lèvres.

— J'aimerais que nous puissions rester ainsi pour toujours. Quand je suis avec toi, personne ne peut m'atteindre et je me sens fort.

— Tu es fort. Tu l'as prouvé aujourd'hui.

Reggie cligna des paupières afin de repousser l'humidité qui remplissait ses yeux.

— Je veux que tu restes avec moi. Je veux prendre soin de toi et que tu prennes soin de moi. Je sais que c'est affreusement tôt et que nous avons encore beaucoup de choses à apprendre sur l'autre, mais c'est ce que je veux.

Il fit rouler ses hanches.

— Je veux dormir avec toi la nuit et me réveiller près de toi. Je veux tellement de choses, mais il semble que je ne puisse pas penser à ce que c'est pour le moment.

Il sourit et embrassa durement Willy, les poussant tous les deux dans les oreillers. Il avait essayé d'utiliser les mots pour exprimer ce qu'il ressentait et il n'était pas certain d'avoir réussi, donc il laissa son corps parler, et si les gémissements et les geignements de Willy étaient une indication, son message passait fort et clair.

— Je t'aime Willy, murmura Reggie alors qu'il atteignait la limite de ce qu'il pouvait supporter.

Il était déterminé à ce que Willy atteigne son plaisir en premier et se retint de justesse.

Willy gémit bruyamment, son corps s'immobilisant, puis son euphorie alors qu'il plongeait dans sa libération brisa le dernier fil de contrôle de Reggie qui se laissa submerger par son propre orgasme dévastateur.

Des nuages roses le transportèrent, flottant merveilleusement pendant quelques secondes. Alors que sa conscience revenait, Reggie sourit, sa joie grandissante. Willy lui fit un grand sourire, ses yeux mi-clos, semblant dévergondé et tellement magnifique qu'il coupa le souffle de Reggie. Aucun mot ne lui vint à l'esprit ; c'était bien trop pour de simples mots. Il était complètement amoureux de Willy Thomas.

Reggie cligna des yeux pour s'assurer que ce n'était pas un rêve. Heureusement, c'était réel, et il sortit lentement du lit, prit soin des choses et revint avec une serviette. Il nettoya amoureusement Willy, jeta la serviette dans la salle de bain puis grimpa dans le lit.

— Que faisons-nous maintenant ? murmura Willy.

— Nous dormons.

Reggie enroula ses bras autour de la taille de Willy.

— Je veux dire, à propos de mon père, les gens en ville, tout ? demanda Willy en s'éloignant de lui en roulant sur le côté. Je pense que j'ai vraiment foiré.

Reggie l'attira contre lui.

— Nous allons prendre une chose à la fois. Ne t'inquiète pas à propos de ton père ou des gens en ville ou quoi que ce soit d'autre. Ton père va être qui il est, et il en est de même pour les bons habitants de Sierra Pines. La chose importante est que tu as choisi d'être qui tu es. Que tu ne veux pas vivre un mensonge… et je ne peux pas te dire à quel point cela me rend heureux.

— Pourquoi ?

Cette question était de retour. Reggie commençait rapidement à croire que le jour où Willy cesserait de poser cette question serait le jour où il mourrait, et cela lui convenait parfaitement bien.

— Parce que tu es ici avec moi, répondit Reggie en embrassant son épaule. Tu as fait tout cela, puis tu m'as appelé.

Il l'étreignit un peu plus fort.

— Je suis amoureux de toi. C'est aussi simple que ça. Et je pense ce que je dis. Je vais te protéger et prendre soin de toi, et je déplacerai le ciel et la terre pour te rendre heureux, parce que tu me rends heureux.

— Mais comment ai-je fait ça ?

Reggie ferma les yeux, cherchant une réponse. Une seule lui vint en tête.

— J'avais ces règles à propos de la manière dont j'étais censé mener ma vie. Être le shérif, ici, à Sierra Pines, et être un homme gay partout ailleurs. Mais ça craignait. Je n'étais pas moi-même et je n'étais pas heureux. Tu m'as rendu heureux, et tu es ici avec moi.

Bon sang, il n'était même pas certain de pouvoir l'expliquer. Reggie savait qu'il ne s'en sortait pas bien.

— Détends-toi simplement et essaie de dormir un peu. Je sais qu'il va y avoir des conséquences et beaucoup d'autres choses à l'horizon.

Mais pour le moment, Reggie avait ce qu'il voulait vraiment et il n'allait pas le laisser partir s'il le pouvait.

— Mais je dois te demander, et s'ils te virent ? demanda Willy en se mordillant la lèvre inférieure, et Reggie fit de son mieux pour éloigner sa nervosité avec un baiser.

— Alors je chercherais un autre travail, et j'aurai simplement à espérer que tu viendras avec moi.

C'était la seule réponse qu'il avait qui ne brisait pas son cœur en un millier de morceaux.

XI

Sortir du lit après avoir passé la nuit avec Reggie avait été presque impossible. Reggie devait aller au poste, et Willy devait aller au magasin pour travailler. Ce que Willy aurait vraiment aimé serait de se cacher chez Reggie pendant quelques jours de tous et de tout le monde.

— Bonjour, dit M. Webster alors que Willy le rejoignait devant la porte arrière pour ouvrir. Tout va bien ?

Willy haussa les épaules.

— J'ai suivi votre conseil. Je sais que vous aviez raison, et j'ai été honnête avec mon père. Maintenant, je n'ai aucune idée de ce qui va se passer. Il ne sera pas heureux, c'est une certitude.

— Où loges-tu ?

Béni soit M. Webster pour son inquiétude. Il déverrouilla la porte et Willy le suivit à l'intérieur.

— Chez Reggie.

Willy ferma la porte et la verrouilla de l'intérieur.

— Je ne savais pas où aller. Mon ami Tony est en ville, mais il reste avec sa famille et je savais que je pouvais compter sur Reggie.

M. Webster sourit.

— C'est parce qu'il tient à toi, et que tu tiens à lui. Une partie de construire une relation est d'avoir quelqu'un sur qui compter. Donc qu'est-ce qui t'embête, mis à part ton père ?

— Cela ne fait pas très longtemps. J'ai rencontré Reggie il y a quelques semaines, et maintenant je l'ai dit à mon père et tout le monde en ville va le savoir. Les gens vont parler de moi, et qui sait ce qui va se passer. Reggie est génial, mais et s'il réalise que je suis seulement un gamin parmi tant d'autres et qu'il rencontre quelqu'un de mieux et... ?

Willy se força à arrêter de parler parce qu'il babillait comme un idiot.

— J'ai besoin de me détendre et d'arrêter de tout faire tourner en rond.

— As-tu parlé à Reggie ? demanda M. Webster alors qu'il allumait les lumières.

Willy ouvrit la porte du bureau et fit une pause avant d'entrer.

— Je ne sais pas quoi dire.

Après la nuit dernière et toutes les choses merveilleuses que Reggie lui avait dites, il ne voulait pas poser une tonne de questions qui lui donnerait l'impression qu'il avait des doutes.

M. Webster eut un petit rire.

— Vous, les enfants. Tout est une grosse affaire et tellement pleine d'angoisse et d'inquiétude. Dis-lui simplement comment tu te sens. Je doute qu'un homme comme lui devienne en colère ou effrayé. En fait, ma supposition est qu'il va répondre à tes questions du mieux qu'il peut.

Il dépassa Willy et s'assit dans l'un des fauteuils de bureau.

— Et s'il ressentait la même chose ? Tout ne va pas être parfait pour toi ou pour lui. Il y a beaucoup de choses à gérer avec son travail, le tien, et tout le drame familial.

Willy s'assit, sa jambe tressautant.

— Je l'aime et je suis encore effrayé.

— Si tu ne l'étais pas, j'aurais été inquiet. Mon conseil est de lui parler et de prendre les choses une à la fois.

— Et pour mon père ? dit Willy au même moment qu'un coup à la porte arrière se faisait entendre.

Il se leva d'un bond et alla ouvrir.

— Que fais-tu ici ? demanda-t-il à Reggie, qui était vraiment à tomber dans son uniforme complet de shérif.

— Je voulais t'apporter une clé de la maison.

Il la plaça dans la main de Willy, et celui-ci hocha la tête tout en regardant le petit morceau de cuivre.

— Merci.

Il ne savait pas quoi dire.

—Euh…

Il recula et Reggie entra.

— Nous pouvons parler de tout ce que tu veux, mais je voulais que tu saches que tu avais un endroit où rester et que tu pouvais aller et venir comme tu voulais.

Reggie vérifia l'heure sur sa montre.

— J'ai seulement cinq minutes avant que je doive aller à la mairie pour une réunion. Mais ne t'inquiète pas, d'accord ?

Il étreignit Willy, le tenant tendrement dans ses bras.

—Détends-toi et essaie de ne pas t'inquiéter. Les choses fonctionneront du moment que tu le veux.

Willy acquiesça.

— Je le veux. C'est ce qui me fait peur. Ce genre de choses ne fonctionne pas très bien pour moi.

Reggie sourit.

— Alors peut-être que les choses vont changer.

Il ne bougea pas, se contentant de le tenir pendant une minute, et un peu des inquiétudes inhérentes de Willy s'évaporèrent.

— Envoie-moi un message si quelque chose arrive, dit Reggie en le relâchant et en s'éloignant. Je dois y aller.

Il prit la main de Willy, taquina sa paume avec ses doigts et se rapprocha.

— Je pensais ce que j'ai dit hier soir.

— Je sais. Je t'aime aussi.

Willy se sentit tellement mieux de dire ces mots.

— Je dois aller m'occuper de tout mettre en place afin que nous puissions ouvrir.

Reggie acquiesça.

— Je sais que tu es inquiet, mais souviens-toi de qui tu es et ce que tu as fait. Il a fallu du courage pour y arriver.

— Amen, dit M. Webster depuis le bureau et Willy eut un grand sourire.

— Je te vois ce soir.

Willy prit une profonde inspiration, laissant partir un peu plus de ses inquiétudes. Reggie était avec lui dans cette situation. Il n'était pas seul. Il avait des amis et des gens qui tenaient à lui, même si sa famille se détournait de lui, ce dont il s'attendait vraiment à se produire.

Reggie le serra une fois encore dans ses bras puis partit. Willy ferma la porte et retourna dans le bureau afin de préparer la monnaie pour les caisses.

— Tu souris, le taquina M. Webster en lui claquant l'épaule. Souviens-toi de ce sentiment quand les choses deviennent un peu difficiles, et tout ira bien.

Il quitta le bureau, Willy finit les procédures pour l'ouverture et prépara les caisses. M. Webster compléta le reste des tâches et ouvrit le magasin alors que Willy se mettait au travail.

Il passa sa matinée avec ses chiffres et ses programmes d'ordinateur, mettant tout à jour. M. Webster lui apporta quelques sandwichs et Willy mangea à son bureau, puis il passa l'après-midi à travailler en vente, construisant un étalage de collations en préparation pour les jeux du week-end.

— Willy.

Il connaissait cette voix.

— Salut, maman, dit-il calmement en se tournant et attrapant Ezekiel alors qu'il courait jusqu'à lui.

— Tu m'as manqué, dit Ezekiel.

— Tu m'as manqué aussi.

Willy lui rendit son étreinte et le reposa au sol.

— Comment... ?

Il n'était même pas certain de quoi dire.

— Mon chéri, va te chercher une barre chocolatée ainsi qu'une pour Ruthie.

Elle envoya Ezekiel plus loin et se tourna vers lui.

— Tu m'as inquiété quand tu es parti. Es-tu en sécurité ?

— Oui maman. Je vais bien. J'ai un endroit où rester avec le shérif Barnett. C'est un homme vraiment bon, et il tient à moi.

Willy la serra fermement.

— Je ne pouvais pas rester à la maison avec papa. J'espère que tu le sais.

Elle l'étreignit férocement en retour.

— Je le sais. Ton père n'aime pas l'admettre, mais il a un sacré tempérament et...

Elle s'agrippa à lui encore plus fort.

— Je l'ai laissé s'en sortir avec certaines des choses qu'il a faites parce que j'avais peur de lui aussi.

— Je n'ai plus peur de lui maintenant et je ne le laisserai pas me dicter le reste de ma vie. Je suis tout seul maintenant et c'est ainsi que ça va rester. J'ai un travail, et peut-être que je me prendrais un appartement. Reggie m'a donné une clé de sa maison, et j'aime vraiment y être avec lui. C'est un homme spécial.

Willy se recula alors que la cloche de la porte tintait avec l'entrée d'un nouveau client. C'était un commerce après tout.

— Je l'espère.

Elle tint sa main.

— Ton père et moi avons beaucoup parlé, et les choses doivent changer. Nous avons tous les deux mis nos vies en attente après la mort d'Isaac, et je ne pense pas que l'un de nous deux s'en soit sorti. Nous avons fait le deuil pendant des années et il est temps que cela s'arrête. Je le veux, mais je ne sais pas si ton père sait comment il peut le faire.

Elle chercha dans son sac et en sortit un mouchoir pour se tamponner les yeux.

— Vous le devez, pour Ruthie et Ezekiel. Ils méritent une vie qui est plus qu'un régime et aller en enfer. Ils ont besoin d'amusement et de rire. Nous en avons tous besoin.

Willy lui serra la main.

— Et, maman, ils méritent une chance d'être qui ils sont. Que papa soit d'accord avec ça ou non. Tout comme moi, et c'est ce qui va arriver.

Il soupira.

— S'il te plaît, dit à papa que s'il veut parler, j'écouterai, mais il va devoir venir à moi. Je n'irai pas le chercher.

Il l'étreignit une nouvelle fois et fit un signe vers les cartons.

— Je dois retourner travailler.

— S'il te plaît, viens dîner à la maison, dit-elle. Je veux pouvoir te voir.

Willy faillit acquiescer.

— Je vais y penser. Mais cette invitation est-elle seulement pour moi ou pour Reggie aussi ?

Sa mère ne répondit pas.

— Penses-y.

Il se tourna alors qu'Ezekiel revenait en courant le long de l'allée avec deux sachets de M & M's dans la main, un grand sourire sur le visage. C'était un vrai cadeau pour lui et il était excité.

— Sois sage.

— Tu me laisseras te lire une histoire ce soir ? demanda Ezekiel.

— Pas ce soir, mais bientôt, je te le promets.

Willy se tourna vers sa mère et elle hocha la tête. Il savait que cela la blessait, et il en était touché.

— Je ne peux pas revenir à la façon dont les choses étaient. Je ne peux tout simplement pas.

Il espérait qu'elle comprenait.

— Il peut être si autoritaire, et je dois tracer mon propre chemin. Peu importe ce qu'il pense.

Puis il retourna travailler, réalisant seulement vraiment tout ce qu'il avait à perdre.

WILLY DEVAIT quitter le magasin à dix-sept heures, mais M. Webster était surchargé, donc il resta, surveillant le magasin et aidant les clients.

— Oh, mon Dieu, est-ce que tu vas bien ? demanda Tony calmement alors qu'il approchait. Tu l'as finalement fait.

Willy eut un petit cri de surprise et Tony leva les yeux au ciel.

— Je savais. S'il te plaît. Pas que ça importe pour moi, mais ton père doit avoir sauté au plafond. Le fils du révérend Gabriel, gay.

Tony mit sa main devant sa bouche de façon dramatique puis s'éventa.

— Il a maintenu pour lui-même et toute sa famille l'apparence d'un parangon de la vertu et de la perfection depuis tellement longtemps que ses oreilles doivent siffler en ce moment.

Il regarda autour de lui.

— Comment tiens-tu le coup ?

Willy sourit. Il adorait l'énergie de Tony.

— Je vais bien. J'étais en quelque sorte préparé afin que cela arrive, donc quand je le lui ai dit, je suis simplement parti. Je ne suis pas resté pour voir ce qu'il ferait ou comment il réagirait.

Il se rapprocha.

— J'ai même réussi à retourner un peu les choses contre lui et à retourner la conversation sur lui et quel genre de père il était.

Willy leva la main et Tony la lui frappa dans la paume à mi-chemin entre eux deux.

— Je lui ai dit que je voulais retrouver mon papa... et je le veux vraiment.

Il se tint droit.

— Qu'as-tu entendu dire ?

Tony regarda autour de lui encore une fois.

— Eh bien, voyons voir. Pour le moment, il n'y a pas de consensus. Mais j'ai effectivement entendu dire que le shérif t'avait corrompu.

Il feinta un petit cri de surprise. Parfois, Willy se demandait si Tony n'aurait pas dû être celui qui est gay.

— J'ai entendu ça d'un ami de ma mère, et je lui ai dit que ce n'était qu'une tonne de conneries. Gay ou hétéro est qui tu es, pas quelque chose que tu choisis. Nous avons échangé des mots et je lui ai dit de passer à autre chose, car tu méritais d'être traité comme tout le monde et pas d'être le sujet de ragots. Maman a dit la même chose et ça a clos le sujet.

— Génial. Je suppose que c'est tout ce que je peux espérer avoir.

— Eh bien, en fait, je ne pense pas que la plupart des gens s'en soucient. Donc tu es gay. Il va y avoir quelques fouineurs qui parleront et tout ça, mais la plupart d'entre eux doivent simplement avoir quelque chose de quoi parler. Ces gens te connaissent depuis que tu es gamin. Tu as toujours été gentil, traité ton frère et ta sœur avec soin.

153

— Ils ne me détestent pas ? demanda Willy alors que deux dames entraient.

Une le regarda et se détourna. L'autre marcha directement vers lui avec la bouche ouverte, mais sembla repenser à quoi faire puis finalement lui tapota l'épaule alors qu'elle le dépassait.

— Tu vois ? Les gens vont penser ce qu'ils veulent, mais qu'ils aillent se faire voir. La majeure partie est cool et vraiment géniale.

Tony lui fit un sourire.

— Je suis ici pendant encore quelques jours puis je dois rentrer, mais si tu veux sortir…

Il tourna son attention sur la rue.

— Mince, murmura-t-il dans sa barbe alors que Reggie passait à grandes enjambées. Il a de quoi me faire intéresser aux hommes.

Tony lui donna une claque dans le dos.

— Mais et s'ils s'en prennent à lui ? demanda Willy, avouant sa plus profonde inquiétude.

— Cet homme peut prendre soin de lui-même, et je suis prêt à parier que la moitié des commères en ville sont agacées à propos du fait qu'il est gay, en fait, qu'il ne soit plus sur le marché, parce que je parie que quelques ovaires sont surexcités chaque fois qu'il passe.

Willy dut se contenir pour ne pas rire.

— Tu es mauvais.

— Je sais. Peut-être que je devrais être scénariste au lieu d'être acteur. Peut-être que je peux me faire un nom dans le cinéma de cette manière.

Tony fit un petit sourire suffisant et Willy leva les yeux au ciel.

— Ne quitte pas ton gagne-pain.

Ils rirent ensemble alors que M. Webster venait de l'arrière-boutique. Il fit un signe et Willy prépara ses affaires pour partir.

— Est-ce que Reggie travaille ? demanda Tony. Nous pourrions dîner ensemble si tu veux.

— Je dois le lui demander, mais il travaille probablement. Il y a eu quelques problèmes sur lesquels il bosse en ce moment.

Il envoya un message, mais Reggie répondit qu'il rentrerait probablement tard. Willy lui dit qu'il allait dîner avec un ami et qu'il les rejoigne au *diner* s'il le pouvait.

Ils quittèrent le magasin par l'arrière, Willy les conduisit au *diner* et se gara sur le parking derrière le bâtiment. Il était un peu nerveux de la façon dont les gens allaient réagir, mais personne ne sembla réellement faire attention à eux. Sue les accueillit et ils choisirent une table.

— Comment vas-tu, mon chou ? demanda Cindy quand elle vint prendre leur commande. Ton père peut être un tout petit peu trop bigot. Donc, n'en démords pas.

Elle se redressa et prit leur commande de boisson.

— Tu vois ? Beaucoup de gens ne s'en soucient pas, et même plus vont te défendre.

Tony lui fit un sourire et passa en revue le menu.

— Je vais prendre une salade. Mon père a cuisiné et m'a nourri de tellement de poulet frit et de plats surgelés que j'ai besoin de faire attention à mon poids ou personne ne va m'engager.

Il dit à Cindy ce qu'il voulait et Willy commanda un BLT [3] avec des onion rings.

— Hé, dit Willy alors que Reggie approchait et se glissa sur la banquette à côté de lui. Tu te souviens de Tony.

— Contente de vous revoir.

Ils se serrèrent la main.

— Comment ça s'est passé à la mairie ? demanda Willy.

Reggie fit un sourire en coin.

— Ils ont essayé de me causer des problèmes, mais il n'y avait rien qu'ils pouvaient faire. Le maire Fullerton a été d'un grand soutien et a dit que c'était vraiment sans importance. Que l'homme était ce qui comptait et pas la personne de qui il tombait amoureux.

Reggie fit un grand sourire et cogna leurs épaules ensemble.

— Il a vraiment changé de cap.

Reggie fit signe à Cindy de venir et lui donna sa commande.

— J'ai seulement un peu de temps avant de devoir y retourner.

— Est-ce qu'il se passe quelque chose ? demanda Tony.

— Je pense que c'est possible, donc j'ai besoin de garder l'œil ouvert.

Le regard de Reggie rencontra celui de Willy.

— Quand tu rentreras à la maison, assure-toi de fermer toutes les portes derrière toi.

C'était une chose étrange à lui dire. Les gens ne verrouillaient pas toujours leur porte ici, donc quelque chose devait vraiment se passer.

— Bien sûr, je le ferais.

_____
3 Sandwich Bacon, Laitue, Tomate.

— Willy m'a dit que vous étiez acteur ? dit Reggie alors que Cindy apportait la salade de Tony puis retournait chercher le reste de leurs nourritures.

— J'essaie. C'est difficile de percer et de se faire remarquer. Tout le monde vient à L.A. avec de grands rêves de percer dans le cinéma. Je pensais que ce serait si facile à faire.

Tony haussa les épaules.

— J'ai appris assez rapidement que c'est beaucoup de dur travail. Mais je fais de mon mieux et j'ai toujours de l'espoir. J'ai fait quelques bons travaux, et on doit me recontacter la semaine prochaine. En fait, j'ai réussi à passer le premier tour des auditions ouvertes pour ce rôle dans une sitcom. Quand j'y suis allé, j'ai joué le rôle comme un gay un peu efféminé, même si le gars est censé être hétéro, et mon agent m'a dit qu'ils avaient adoré. Donc, qui sait.

Il fit un grand sourire alors qu'il prenait une bouchée de sa salade.

— Qu'en est-il de vous ? Pourquoi la police ?

— C'est quelque chose que j'ai toujours voulu faire. Maman et papa avaient des idées différentes, mais c'est ce qui me rend heureux et je suis bon à ça.

Reggie prit de grosses bouchées de son burger, l'avalant pratiquement en entier.

— Ralentis. Personne ne va te le prendre.

C'était plutôt évident que Reggie était tendu et anxieux. Willy mangea plus lentement et glissa hors de la banquette quand Reggie eut fini.

— Je dois y retourner.

Reggie lui serra la main.

— Je te verrais ce soir, et souviens-toi de ce que je t'ai dit.

Il laissa plus de monnaie que nécessaire sur la table et sortit rapidement.

— Tu es un gars chanceux, lui fit remarquer Tony.

Willy s'appuya contre la table.

— Je le suis, je suis d'accord. Mais pourquoi en es-tu venu à cette conclusion ?

— Il est tellement intense. La dernière femme avec qui je suis sortie qui était comme ça… eh bien, disons simplement qu'elle était vraiment bien et qu'elle m'a fait tourner la tête. Elle était partante pour tout, même quelques trucs qui ne me seraient jamais venus à l'esprit. Mince alors, c'était six semaines géniales.

— Tu as rompu avec elle ? demanda Willy.

— Non, son mari est rentré chez eux. Je ne savais pas qu'elle était mariée, mais tout d'un coup... eh bien, tu sais. C'est l'enfer d'être le gigolo.

Tony grogna pendant deux secondes puis eut un grand sourire.

— C'était amusant le temps que ça a duré.

— Tu es horrible.

— Hé, j'étais celui dont on se servait. Apparemment, elle pensait que j'étais très amusant.

Il haussa les épaules.

— Comme si j'allais me plaindre. C'est arrivé, c'était amusant, et maintenant c'est fini.

— Est-ce que tu fais quand même dans le rendez-vous ? Du genre, sérieusement ? demanda Willy.

— Je le fais, et il y a une femme que j'aime beaucoup. Je l'ai vu quelques fois et elle est très amusante. Nous avons discuté un peu, mais je ne sais pas si elle est intéressée. Elle est modèle et est vraiment occupée. J'aimerais pouvoir passer du temps avec elle et apprendre à la connaître, mais je me suis fait cette réputation, en quelque sorte, et je pense qu'elle a un peu peur que je lui coure après seulement pour le sexe ou pour qui elle est... ou autre.

Tony posa sa fourchette.

— Je veux seulement avoir un rendez-vous avec elle.

— Alors, demande-le-lui. Mais soit clair dans le fait que tu veux apprendre à la connaître. Invite-la à dîner, ou mieux encore, offre-lui de cuisinier pour elle. Je jure que c'est ce qui a retenu l'attention de Reggie. J'ai cuisiné pour lui, et ça a fonctionné.

— Tu sais que je ne cuisine pas, se plaignit Tony. Je peux très bien faire réchauffer des trucs, mais cuisinier... je fais brûler l'eau.

Il fit une grimace et Willy leva les yeux au ciel.

— Tout est une question de patience et de prendre son temps. Je peux te donner quelques recettes faciles si c'est ce que tu veux faire. Je peux même te guider pendant que tu cuisines.

Willy était excité pour son ami. Il finit son sandwich et mordit dans un onion ring, puis en passa un à Tony quand il le vit les regarder avec voracité.

— Si tu arrives à obtenir un rendez-vous, je couvrirais tes arrières avec la nourriture.

Willy se tourna vers les autres tables quand il entendit de l'agitation. Cela se calma une fois de plus et il reporta son regard vers Tony.

— Est-ce que les gens me regardent ?

— Peut-être un peu, dit Tony. Mais ils sont en grande partie retournés à leurs propres vies. Quand ils verront que tu es comme tout le monde et simplement aussi ennuyeux et inintéressant que tu l'as toujours été, ils oublieront vite.

Il fit un sourire en coin et Willy le frappa sur le bras.

— C'était plutôt méchant, même si c'est vrai. Je dois être la personne la plus ennuyeuse de la terre.

Une fois encore, pourquoi Reggie serait-il intéressé par lui sur le long terme ? Finalement, il allait découvrir qu'il y avait peu de chose de spécial chez lui et puis ce serait terminé.

— Arrête ça. Je te taquinais. Je te connais depuis longtemps et tu n'es pas ennuyeux. Alors arrête de t'inquiéter, dit Tony en lui faisant les gros yeux. Détends-toi. Cet homme pense que tu es parfait. C'est clair comme le jour chaque fois qu'il te regarde.

Il se pencha sur la table.

— Cela demande beaucoup afin que quelqu'un te regarde comme ça, donc n'y pense pas à deux fois. Soit heureux et profite d'être amoureux.

Il finit sa salade et mangea l'onion ring puis en chaparda un de plus sur l'assiette de Willy avant qu'il n'y en ait plus.

— As-tu besoin que je t'emmène quelque part ?

— Non. Je peux marcher jusqu'à l'endroit où j'ai garé ma voiture.

Tony paya pour sa nourriture et Willy déposa sa part en s'assurant de laisser un bon pourboire à Cindy, puis ils quittèrent le *diner*. Willy dit au revoir à Tony, partageant une brève étreinte. Tony descendit la rue sur le trottoir vers l'autre côté de la ville et Willy alla dans la direction opposée.

Une fois dans sa voiture, il quitta le parking et tourna vers Sierra Drive. Il prit à gauche, se dirigeant vers la maison de Reggie. Un van blanc le dépassa, allant dans l'autre direction. Willy le reconnut instantanément. Il s'arrêta, prit un virage, fit le tour du quartier puis tourna à nouveau sur Serra dans l'autre sens. Le van était arrêté au seul réverbère en ville. Willy attrapa son téléphone et appela Reggie, mais il tomba sur le répondeur.

— Reggie, je vois le van blanc. Je suis derrière lui sur Sierra, et il se dirige vers le nord hors de la ville. Rappelle-moi s'il te plaît. Je vais essayer de les suivre un petit moment.

Il raccrocha et conduisit lentement, ne s'approchant pas trop, prenant l'autoroute vers la sortie de la ville. Il garda le van en vue dans les virages et l'aperçut dans les collines. Il se gara à la station-service, donc Willy s'arrêta sur le bas-côté de la route. Il appela de nouveau Reggie et l'appel alla encore une fois sur le répondeur. Il envoya un message et attendit quelques minutes avant d'entrer sur le parking de la station-service. Il se gara à côté du van et sortit pour utiliser les toilettes. Cette fois, lorsqu'il marcha près du van il écouta attentivement. Il entendit des murmures, mais il n'osa pas passer trop de temps à écouter dans le cas où il serait observé. Il s'éloigna et rentra dans les toilettes, qui étaient désertes. Il utilisa l'installation, se lava les mains et se prépara à partir.

C'était complètement stupide et Reggie allait lui passer un sacré savon dès qu'il le verrait. Willy en était certain alors qu'il s'essuyait les mains et quittait les toilettes, il avait l'intention de retourner directement à sa voiture. Des hommes se tenaient près du van, s'appuyant contre le capot. Willy ne leur porta intentionnellement aucune attention alors qu'il marchait jusqu'à sa vieille voiture. Il ouvrit la portière côté conducteur et allait rentrer à l'intérieur quand quelqu'un l'attrapa par-derrière, le poussant loin de la voiture.

— Ne bouge pas ou je te brise ton putain de cou, grogna l'homme en le tirant en arrière si bien qu'il faillit tomber.

— Qu'est-ce qu'on fait de lui ? demanda un autre homme.

— Ouvre la portière arrière, exigea l'homme qui le tenait.

Avant que Willy puisse réagir, il fut jeté à l'intérieur, la tête heurtant le sol du véhicule. Ses oreilles bourdonnèrent alors que la porte claquait, puis ce fut le calme. Ses pensées se mélangeaient et sa tête lui faisait mal, il essaya de ne pas s'évanouir. Il avait peur d'ouvrir les yeux, mais il devait voir où il était.

Trois paires d'yeux effrayés rencontrèrent les siens, chacun d'eux d'origine asiatique. Le van sentait âcre, comme la terreur emprisonnée entre quatre murs. Ils ne dirent rien et tous s'éloignèrent, se regardant les uns les autres et se pressant contre les murs. Willy mit sa main dans sa poche pour sortir son téléphone. L'écran était cassé et quand il essaya de le déverrouiller, rien ne se produisit. Lorsque le véhicule démarra, il savait qu'il avait de gros ennuis.

— Tu restes où tu es et ne tentes rien, ou nous te balancerons quelque part où personne ne te trouvera jamais sauf les loups et les ours.

La vitre de la cabine se ferma et le véhicule commença à se déplacer.

XII

REGGIE JURA alors qu'il écoutait le message, appuyant sur l'accélérateur et allumant son gyrophare. Il rappela, mais n'eut aucune réponse. Il conduisit à tombeau ouvert vers le seul réverbère de la ville alors qu'il parlait dans sa radio.

— À toutes les unités disponibles, vers le nord sur Sierra.

Il décrivit la voiture de Willy puis appela directement le standard.

— Marie, mettez-moi en contact avec le révérend Gabriel.

— Tout de suite, monsieur, répondit-elle et après quelques secondes, la ligne sonna puis se connecta.

— Révérend, c'est le shérif et ceci est un appel officiel. Quelqu'un dans votre famille a-t-il vu Willy ces dernières heures ?

Reggie devait essayer pour s'assurer qu'il n'était pas de retour en ville. Il y avait peu de chances, mais il devait essayer.

— Non. Que s'est-il passé ?

Le révérend Gabriel semblait sincèrement inquiet.

— Je ne suis pas certain. Il m'a laissé un message comme quoi il allait suivre un van qu'il avait déjà vu.

Reggie continua de conduire, parlant à travers la connexion sans fil du téléphone de la voiture, alors que son anxiété atteignait de nouveaux sommets chaque seconde qui passait.

— J'approche de la station-service, dit Jasper en répondant à son appel.

— Restez en ligne.

Reggie permuta sur la radio.

— Vérifiez la zone. Reportez tout ce que vous pouvez trouver.

Son estomac se resserra et il rebascula sur le téléphone alors qu'il filait aussi vite que la lumière, se dirigeant vers le nord aussi vite qu'il osait le faire.

— Je fais de mon mieux. Passez des appels pour vous assurer qu'il n'est pas avec ses amis.

Reggie énuméra son numéro de téléphone personnel.

— Appelez-moi si vous trouvez quoi que ce soit. Je suis en train de le chercher.

160

Le révérend Gabriel acquiesça et Reggie raccrocha puis repassa sur la radio.

— La voiture de Willy est à la station-service. Elle est vide et la station-service est déserte. Personne en vue.

— Merde. Willy a dit qu'il suivait un van blanc qui se dirigeait vers le nord. Nous devons le retrouver. Ils ne sont pas passés devant moi. Prenez la vieille route vers la frontière du comté et nous allons mettre en place un barrage routier. J'approche la zone de la station-service maintenant et je vais continuer sur l'autoroute.

— Compris, shérif, répondit Jasper.

Reggie dépassa rapidement Jasper alors que celui-ci allait sortir de la bretelle venant de la station-service. Chaque seconde comptait et Reggie espérait sacrément qu'ils n'étaient pas allés trop loin. Il alla aussi vite qu'il osait conduire, le gyrophare et les sirènes flamboyants. La voiture trembla alors qu'il prenait les virages et décollait presque sur les bosses. Mais tout de même, il n'osa pas ralentir. Il venait de trouver Willy, qu'il soit damné s'il le perdait maintenant. Reggie les suivrait à la trace jusqu'à la frontière et au-delà si nécessaire.

Il attrapa du regard un flash blanc approchant un virage un peu moins d'une dizaine de kilomètres plus loin.

— Jasper, où êtes-vous ?

— Dans les Highlands, je vais aussi vite que je peux. Peut-être à un peu moins de quinze kilomètres de la frontière du comté.

— Je les ai en vue. Van suspect se dirigeant vers le nord. Je suis à sa poursuite, signala Reggie, se concentrant sur sa conduite.

Tout ce qu'il avait à faire était de continuer à les suivre. Ils n'allaient pas arriver à le semer.

— Je vais à interception, répondit Jasper.

Le van ralentit et prit un virage sur deux roues, se retournant presque. Reggie dérapa, les pneus arrière glissant autour du coin avant d'accrocher à la route, et il se lança à leur poursuite. Il informa par radio sa nouvelle position et accéléra, gardant un contact constant alors qu'il continuait de les pourchasser.

Les actions du conducteur devenaient plus erratiques. Reggie pouvait presque sentir leur nervosité, et cela l'effraya encore plus. S'ils voulaient à tout prix s'en sortir, le conducteur allait faire une erreur qui pourrait coûter la vie à tout le monde dans le van.

— Je suis sur River Road, je me dirige dans votre direction, ajouta Sam.

— Excellent. Nous approchons de cette intersection, peut-être dans quatre-vingt-dix secondes. Sur place !

Reggie agrippa le volant aussi fermement qu'il le pouvait, ralentissant un peu. Si Willy était dans ce van, il espérait qu'il allait bien et qu'il arriverait à temps. Il espérait aussi que donner au véhicule un peu d'espace faciliterait la tension sur le conducteur et qu'il serait plus prudent. Ce n'était pas probable, mais il devait essayer de garder tout le monde dans le van autant en sécurité que possible.

— HPA [4] soixante secondes, dit Sam et Reggie inspira profondément alors que le van prenait un virage trop vite.

Son téléphone sonna et il répondit.

— Shérif, dit-il, le cœur battant de plus en plus vite, ses réflexes devenant plus vifs chaque seconde qui passait alors que le rythme de son cœur continuait de grimper.

— Ici le révérend Gabriel. Personne n'a vu Willy.

Il semblait fou d'inquiétude.

— J'ai appelé tous ceux à qui j'ai pu penser. Il était au *diner* avec son ami Tony, qui semble être la dernière personne à l'avoir vu.

Il soupira au téléphone.

— Nous avons localisé sa voiture abandonnée à la station-service. Nous sommes en pleine poursuite. Je vous rappelle quand je saurai quelque chose. Merci d'avoir vérifié. Je vais faire tout ce que je peux pour le ramener.

Reggie n'était même pas certain que Willy soit dans le van blanc, mais c'était la seule piste qu'il détenait et il allait le pourchasser avec tout ce qu'il avait.

— Que puis-je faire ? demanda le révérend Gabriel. C'est mon fils et…

Reggie hésita alors que le van était durement secoué d'un côté à l'autre à cause de la route irrégulière, et il évita les mêmes endroits autant qu'il le put.

— Priez, s'il vous plaît. Je pense que nous en avons tous besoin. Je vous appelle dès que j'en sais plus. Merci pour votre aide.

Il mit fin à l'appel et accéléra, frôlant les limitations de sécurité. S'ils perdaient le van de vue, Willy et qui ce soit d'autres qui pouvaient être dedans auraient très peu de chance de survivre.

Il finit par ralentir alors qu'ils approchaient l'intersection. La voiture de Sam s'étendait sur la largeur de la route, ne laissant plus de place pour le van de continuer sa route. Reggie braqua et s'arrêta, Jasper glissa derrière lui quelques secondes plus tard. Visiblement, le bleu avait fait attention et ajusté ses actions. Reggie alluma le haut-parleur.

4 HPA : jargon policier, signifie Heure Probable d'Arrivée.

— Sortez du van et allongez-vous sur le sol.

La portière du passager s'ouvrit et un homme en sortit. Il se tourna et ouvrit le feu sur la voiture de Reggie, la montagne amplifiant le son des tirs. Le pare-brise se fissura, mais resta en un seul morceau, à l'exception d'un trou ainsi que celui dans le siège de Reggie. Il se mit à couvert, brandit son arme, prêt pour l'action. Il ouvrit la portière du conducteur et sortit lentement, utilisant la porte comme un bouclier, restant accroupi.

— Vous allez bien, shérif ? Un suspect à terre, dit Jasper.

Reggie brandit son arme alors que la portière du conducteur s'ouvrait et qu'un homme en sortait.

— Déposez votre arme et allongez-vous sur le sol. Vous avez deux secondes, cria Reggie.

L'homme lâcha son arme et s'allongea sur le sol, les bras au-dessus de sa tête.

— Je me rends, dit-il la voix étouffée. Ne tirez pas.

— Couvrez-moi, dit Reggie à Jasper alors qu'il se précipitait vers l'homme à terre.

Il donna un coup de pied dans l'arme pour l'éloigner, vérifia l'intérieur de la cabine du van, puis menotta l'homme au sol, le laissant là pour le moment.

— Qu'en est-il de l'autre ? demanda Reggie à Jasper.

— Sam s'en occupe, répondit Jasper alors que Reggie finissait de sécuriser l'homme à terre.

Jasper mit l'arme dans un sac et le scella. Ensuite et seulement ensuite, Reggie se releva et s'écarta.

— Occupez-vous de l'arme et de l'enregistrer en tant que preuve.

Il n'allait pas le laisser se relever avant que ce soit fait.

— Conduisez-le à votre voiture et appelez une ambulance pour l'autre gars.

Reggie se tint debout alors que Jasper prenait en charge le suspect, puis il alla à l'arrière du van. Il maintint son arme levée, prête, puis ouvrit la porte.

L'odeur fut la première chose qui assaillit ses sens. Il se détourna pour respirer un peu d'air frais alors que l'odeur âcre de corps pas lavés et le manque d'hygiène de base le heurtaient comme un rouleau compresseur. Quatre paires d'yeux le regardèrent, trois proches de la panique et un qu'il était tellement soulagé de voir que ses genoux le lâchèrent presque.

— Jasper, appela-t-il d'une voix forte alors qu'il commençait à aider les gens à sortir de l'immonde van.

Les femmes ne semblaient pas parler anglais, et Reggie les aida gentiment à sortir avant de guider Willy dans ses bras.

163

— Es-tu blessé ?

Bon sang, il voulait le dévêtir sur place simplement pour vérifier qu'il n'était pas blessé et faire payer ses connards pour chaque égratignure ou ecchymose.

— Non. Je vais bien. Juste un peu secoué. Mais aide-les, s'il te plaît. Je ne pense pas qu'elles aient eu de la nourriture ou de l'eau depuis un moment.

C'était l'homme le plus incroyable. Dieu seul savait ce qu'il avait traversé et il était inquiet pour les autres.

— J'ai un peu d'eau dans le coffre.

Reggie déverrouilla le coffre de sa voiture et Willy s'y précipita, attrapa les bouteilles, puis en donna une à chaque femme. Il trouva aussi le stock d'encas de Reggie et les leur distribua aussi. Les femmes étaient vraiment affamées, fourrant la nourriture dans leurs bouches et engloutissant d'un trait l'eau. Reggie voulait leur dire de ralentir et de ne pas manger trop vite, mais il n'avait pas les mots pour le faire.

— Que faisons-nous maintenant ? demanda doucement Willy.

Sam les rejoignit.

— J'espère que ça ira, mais j'ai contacté la police d'État. Ils sont en chemin. J'ai expliqué la situation et ils envoient un spécialiste en langue asiatique. Avec un peu de chance, il pourra les aider.

Les femmes avaient fini de manger, et elles s'assirent sur le bas-côté de la route, parlant doucement entre elles. Reggie ne comprenait pas un mot, mais il était pleinement conscient du niveau de leur inquiétude à leur ton.

Il entendit une sirène devenant de plus en plus forte et une ambulance les rejoignit. Ils prirent soin du prisonnier blessé, l'attachèrent à un brancard et repartirent. Jasper les suivit avec l'autre prisonnier à l'arrière de sa voiture. Une seconde ambulance arriva, et les secouristes vérifièrent les trois femmes, les diagnostiquant sous-alimentées, mais autrement en bonne santé. Sam resta avec les femmes pendant que Reggie s'arrangeait pour leur fournir une chambre d'hôtel. Le moins qu'il pouvait faire était de les aider à se décrasser et d'avoir un endroit où dormir pour la nuit.

Sam semblait particulièrement gentil avec elles, et elles semblaient répondre positivement, donc Reggie pensa qu'il avait fait un bon choix. Finalement, une fois que les suspects et les victimes furent partis, il se tourna vers Willy.

— À quoi pensais-tu en les suivant ? Tu m'as enlevé une dizaine d'années de vie.

Il l'attira dans une étreinte puissante.

— Ne me fait plus jamais ça. Je ne pense pas que mon cœur puisse le supporter.

Il s'agrippa à Willy alors qu'il prenait pleinement conscience d'à quel point il avait été proche de le perdre, la réalisation le frappant comme une bombe.

— Je t'ai appelé, mais tu n'as pas répondu et j'ai seulement pensé voir où ils allaient pour que tu puisses prendre le relai. J'allais quitter la station-service quand ils m'ont attrapé. Je pense qu'il m'emmenait vers le nord. Les femmes ne parlent pas anglais, mais elles ont dit quelques mots. L'un d'entre eux était « Canada ».

Il s'arrêta.

— La prochaine fois, tu prends mon appel, d'accord ? ajouta-t-il en lui donnant une claque sur l'épaule. J'essayais simplement d'aider.

— Aidez à m'envoyer dans la tombe avant l'heure. Oui, je peux voir ça…

Reggie soupira et ils se tinrent immobiles pendant un long moment avant qu'il le relâche, lui indiquant la voiture. Ils montèrent dans le véhicule et il les reconduisit en ville, tendant son téléphone à Willy.

— Tu dois appeler ta famille et leur faire savoir que tu vas bien.

Willy grogna.

— Tu les as appelés ?

— Ton père a appelé ceux dont il se souvenait pour vérifier que tu n'étais pas encore en ville. Il nous a évité beaucoup de recherches inutiles et nous a permis de rattraper le van beaucoup plus rapidement.

Willy fixa le téléphone puis composa le numéro. Il lança un regard noir à Reggie, mais il n'y avait rien qu'il pouvait faire pour cela maintenant.

— Père, dit Willy. Oui, je vais bien. Reggie les a rattrapés et m'a sauvé.

Sa voix se cassa.

— Je vais bien, vraiment. Ils faisaient du trafic d'humains. Ils utilisaient la station-service comme un arrêt. Je pense que parfois, ils ramassent des gens ici et les déposent. J'ai entendu les conducteurs parler.

Des larmes roulèrent sur les joues de Willy et Reggie voulait se garer pour essayer de le réconforter.

— Il allait me tuer. Je le sais. Ils avaient besoin de m'éloigner de la ville. Je pouvais les entendre parler. Ils ont conclu qu'ils m'emmèneraient à quelques heures de route de la ville puis qu'ils me tueraient et m'abandonneraient quelque part dans les bois. Je n'aurais jamais été retrouvé, et ça serait la fin de l'histoire. Mais Reggie m'a sauvé.

Willy fondit en larme.

— Je vais bien, papa, vraiment, dit-il à travers ses larmes. J'avais vraiment peur, mais je savais que Reggie allait venir me chercher. C'est le meilleur et il a dit qu'il me protégerait toujours.

Willy s'essuya les yeux et Reggie tendit la main pour prendre celle de Willy.

Reggie voulait le réconforter, mais il devait aussi retourner au poste. Il y avait beaucoup de travail qui l'attendait, et Dieu seul savait quelles surprises étaient encore en réserve. Il avait le sentiment que ces arrestations allaient seulement être le début de cette affaire.

— Je le suis vraiment, papa. C'est beaucoup à encaisser, mais j'ai vu le van et j'ai appelé Reggie et je les ai suivis. Je l'avais déjà vu auparavant et, eh bien...

Il toussa et s'éclaircit la gorge.

— Reggie est le meilleur genre d'homme. Il est beaucoup comme tu avais l'habitude d'être avant la mort d'Isaac... Je sais, papa, mais tu vas devoir essayer. Il me manque aussi.

Willy lâcha la main de Reggie et s'essuya les yeux.

— Est-ce vraiment ce qui est important ? Donc Reggie est un homme et je suis amoureux de lui. Combien de textes y a-t-il à propos d'aimer son prochain ? Et n'oublions pas les « tu ne jugeras pas... ». Papa, tu as fait beaucoup de jugement. Essaie d'être heureux pour une fois. Je sais que c'est ce que je vais essayer de faire.

Il déglutit et abaissa le téléphone, pressant le bouton pour raccrocher.

— Tout va bien ?

Reggie était vraiment inquiet, mais la conversation avait semblé positive et Willy se référait en fait à son père comme papa, ce qui était quelque chose que Reggie n'avait réellement pas souvent entendu.

— Je pense, oui. Il n'était pas aussi rigide et fixé sur des choses comme il a l'habitude de l'être, et peut-être que c'est le mieux que nous pouvons obtenir de la situation.

Willy rendit le téléphone de Reggie et se tourna pour regarder par la vitre, s'essuyant une nouvelle fois les yeux.

— Merci de m'avoir sauvé.

Reggie ralentit alors qu'il atteignait les abords de la ville puis entra sur le parking du poste de police.

— Je ferais ce qu'il faudra pour te garder heureux et en sécurité. Point final. Si cela signifie pourchasser quelques connards tout le chemin jusqu'aux portes de l'enfer, je le ferais.

Il se gara et ils sortirent de la voiture.

166

— Je vais prendre les dépositions et j'ai besoin de te traiter comme un témoin. Je vais assigner Jasper pour travailler avec toi parce que je ne peux pas le faire. J'ai besoin de maintenir une certaine distance professionnelle.

— Je comprends, acquiesça Willy en le suivant à l'intérieur.

Tout l'enfer s'était déchaîné dans le poste de police.

Marie et les adjoints hurlaient. Jasper et Shawn étaient collés face à face, à quelques secondes de se battre. Sam essayait de les séparer, mais cela ne semblait pas fonctionner. Marie était dans un coin, essayant activement de s'éloigner.

— Que se passe-t-il ici ? hurla Reggie de toute la force de ses poumons, utilisant la puissance de sa voix.

Ils se figèrent tous.

— Un de nos suspects a reconnu Shawn ici présent, dit Jasper sans se détourner de ce dernier. Il doit rendre son arme et doit être suspendu sur-le-champ.

— Très bien. Jasper, retirez-vous.

Reggie se tourna vers Sam.

— Avez-vous entendu quelque chose ?

Sam hocha la tête.

— Le suspect qui n'a pas pris une balle a essayé de s'en prendre à Shawn. Il lui a en fait demandé où il était et pourquoi il ne les avait pas prévenus. Il a insulté Shawn de tous les noms possibles.

Reggie avait déjà la main sur son arme.

— Ça suffit. Shawn, dans mon bureau, maintenant.

Il garda un œil attentif aux mains de Shawn alors qu'il le suivait.

— Sam, occupez-vous du suspect et vérifiez avec le service des urgences pour vous assurer que notre suspect blessé est placé dans un service sécurisé de l'hôpital. Jasper, interrogez les témoins et prenez leurs déclarations. Faites-moi savoir quand les agents de la police d'État seront arrivés.

Il ferma la porte en gardant Shawn en vue.

— Ne me dites pas que vous allez croire un criminel ? dit Shawn indigné.

— Pour le moment, je dois être prudent. Vous allez rendre votre arme et votre badge. À partir de cet instant, vous êtes suspendu.

Reggie ne tira aucune satisfaction de cette situation. Il n'avait jamais eu confiance en Shawn et pensait qu'il pouvait manigancer quelque chose, mais le trafic d'humains ? Se faire de l'argent sur la misère et la dégradation des autres ? Si c'était vrai, il allait lui tordre le cou.

— Vous ne pouvez pas être sérieux !

Shawn resta debout, les jambes écartées, essayant d'être intimidant. Reggie n'allait pas accepter ça.

— Vous m'avez détesté depuis le premier jour où vous êtes arrivés, et vous m'avez pris en grippe. Et maintenant, une pourriture dit quelque chose et vous l'utilisez comme une excuse pour me virer ?

Il déposa son arme sur le bureau, Reggie la prit et la mit en sécurité, se sentant instantanément mieux.

— En fait, c'est vous qui me détestez. Vous aimiez les choses comme elles l'étaient. Vous dirigiez les choses sous l'ancien shérif, et en gros, vous dirigiez la ville et vous pouviez mettre en place votre propre petit business aventureux. J'ai un témoin qui peut localiser votre véhicule personnel à la station-service. Je suppose que c'était pour un rendez-vous avec vos partenaires d'affaires. Je n'ai pas encore de preuve, mais j'ai gardé un œil sur vous.

Reggie se tint de toute sa hauteur.

— Je vais aller au fond des choses, assez rapidement. Si vous êtes impliqué, je jure que je vais vous rôtir à la broche.

Il ouvrit la porte.

— Vous allez rester à votre bureau et ne pas quitter le bâtiment. Si vous le faites, je lancerai un mandat pour votre arrestation si rapidement qu'il vous donnera le tournis.

Il lança un regard noir à Shawn et le regarda quitter son bureau puis s'asseoir au sien, les bras pliés sur son torse.

Reggie s'arrêta au standard et demanda à Marie de garder un œil sur Shawn.

— S'il essaie de partir, appelez-moi et vous pourrez l'arrêter.

— Vraiment ? demanda-t-elle avec un large sourire.

— Absolument.

Reggie lui retourna son sourire et balaya du regard les locaux. Jasper et Willy étaient assis à un bureau, parlant doucement. Il alla à la recherche de Sam et le trouva dans la salle d'interrogatoire. Il se dirigea vers le miroir sans tain pour observer. Le suspect transpirait, tirait sur son col, puis passait les mains dans ses cheveux bruns en bataille. Il semblait parler et Reggie ne voulait pas l'interrompre, donc il attendit jusqu'à ce que Sam se lève, quitte la pièce et le rejoigne.

— Mince alors, dit calmement Sam. Je lui ai mis beaucoup de pression et il a craqué comme un œuf. Le gars n'est pas très intelligent, et je ne pense pas qu'il en sache tant que ça sur le fonctionnement de ce trafic. Mais il devait s'arrêter à la station-service pour laisser les femmes utiliser les toilettes. Il a dit qu'il a fait ça, comme le Bon Samaritain qu'il est, puis il était supposé attendre parce que quelqu'un devait lui apporter deux femmes de plus. Ensuite, il devait conduire vers le nord vers Seattle, où elles avaient un travail qui les attendait.

Il grogna, et Reggie sut exactement quel genre de travail elles allaient faire. Les femmes n'en avaient probablement aucune idée et pensaient qu'elles travailleraient dans une usine ou peut-être comme domestiques. Mais elles allaient certainement travailler sous la crasse et d'horribles vêtements... donc c'était probablement plutôt de l'ordre de la prostitution.

— A-t-il dit qui il était censé rencontrer ? demanda Reggie en observant le suspect gigoter.

Il ne s'attendait pas à ce que Sam obtienne autant d'information de leur suspect. Il semblait avoir des talents cachés, ce qui était génial.

— Non. Il n'a pas de nom, seulement qu'il le connaissait par un nom de code : « chardon ». Il savait que s'il avait des problèmes, il devait appeler un adjoint qui était dans le coup. Il a certainement reconnu Shawn au poste, et a demandé spécifiquement après lui. Il a dit qu'il l'avait vu en de multiples occasions, et même s'il ne connaît pas le nom de Shawn, il l'a identifié, ainsi que sa voiture.

Sam montra à Reggie ses notes.

— Donc même si nous coffrons Shawn, il y a encore quelqu'un ? grogna Reggie. Et je sais qui c'est, je pense. Cela va devenir vraiment moche.

Il y avait vraiment peu de doute là-dessus.

— Parlez-lui un peu plus. Obtenez autant que vous le pouvez sur l'autre homme et des détails sur ses rencontres avec Shawn. Je veux le clouer au mur et voir si notre collègue va se retourner contre ses complices.

— Compris, dit Sam.

—Appelez si vous êtes coincé, lui dit Reggie, et il laissa Sam à sa tâche.

Il retourna dans la salle principale du poste de police et s'assit en face de Shawn, le fixant sans détourner le regard.

— Quoi ? grogna Shawn.

— Il semblerait que la terre s'ouvre sous vos pieds.

Reggie lui fit un bref sourire.

— J'ai un suspect qui chante comme un canari, et je vais aller à l'hôpital pour parler avec l'autre. Je parie qu'il chantera plus fort et plus longtemps pour sauver sa misérable peau.

Il resta où il était, adorant la façon dans la lèvre supérieure de Shawn tressaillit. Puis il se leva et fit le point avec Jasper qui avait fini avec Willy.

— Je vais taper le rapport et le faire signer à Willy.

— Bien. Lorsque ce sera fait, faites-le-moi savoir et je reconduirai Willy à sa voiture sur mon chemin vers l'hôpital.

Reggie était maintenant presque certain qu'il avait un homme en moins et réfléchissait qui il pourrait bien choisir pour remplacer Shawn. Il reporta son attention sur le présent et sur ce qu'il devait faire. Heureusement la police d'État était arrivée avec leur interprète. Il l'installa avec les trois femmes et s'entretint avec l'agent en chef dans son bureau.

— Jack Penner, dit Jack, serrant la main de Reggie après sa propre présentation.

— Merci d'être venu, dit Reggie en s'asseyant à son bureau.

— Vous avez arrêté un réseau de trafiquants. Bon travail. Nous sommes après certains de ces gars depuis un certain temps.

Jack semblait extrêmement ravi.

— J'ai une complication. Un de mes adjoints est impliqué. J'ai assez de preuves pour l'arrêter, mais le témoin est l'un des conducteurs. J'ai besoin de quelque chose de plus afin que les charges tiennent. Je vais aller à l'hôpital pour parler avec notre autre suspect, puis nous devrons remonter la hiérarchie.

Jack eut un grand sourire.

— Vous savez qui c'est ?

Bon sang, Reggie aurait pensé que c'était Noël.

— Oui. Mais je ne vais rien dire. Laissons-le mijoter un moment et voir à quel point l'enquête progresse. Shawn va avoir de plus en plus peur. Il n'a pas son téléphone et j'ai coupé la ligne de celui à son bureau, donc tout ce qu'il peut faire est s'asseoir et s'inquiéter. C'est une belle chose. Le laisser voir son monde tombé en morceaux petit à petit autour de lui.

Jack gloussa.

— C'est diaboliquement brillant. Je vais m'assurer qu'un de mes agents s'assoit avec lui et nous augmenterons la pression. Donc une fois que nous serons prêts à lui parler, il videra son sac simplement pour sauver sa peau.

— C'est l'idée. J'ai besoin qu'il dénonce son boss comme un chien demandant une friandise. Il sue déjà à grosses gouttes. Nous allons voir ce que nos dames ont à dire, puis nous devrons faire ce que nous pouvons pour les aider.

— Je suis déjà dessus. Allez parler à votre suspect, et nous allons gérer les choses ici.

— J'apprécie l'aide. Il me manque un adjoint, pour des raisons évidentes.

Reggie appela Sam dans son bureau et fit les présentations.

— Travaillez avec Jack pour lui fournir tout ce dont il pourrait avoir besoin. Je vais ramener Willy à sa voiture et puis j'irai à l'hôpital.

Reggie se leva.

— Appelez-moi si vous avez besoin de quoi que ce soit.

Il avait une longue nuit devant lui, et il devait vraiment s'y mettre.

LES LUMIÈRES étaient faibles quand Reggie arriva finalement à la maison. La télévision flashait à travers la fenêtre de devant, donc il savait que Willy était là. Il se gara dans le garage, entra et trouva Willy endormi sur le canapé.

— Hé, chéri. Tu aurais dû aller au lit.

Reggie éteignit la télévision et souleva Willy dans ses bras. Ce dernier se blottit contre lui, réagissant à peine alors que Reggie le portait jusqu'au lit.

— Je suis désolé. J'ai essayé de rester réveillé, marmonna Willy. Tout va bien ?

— Oui. Shawn est dans une cellule et je lui parlerai demain matin. Les deux suspects l'ont désigné comme faisant partie du réseau. Il peut rester en prison une nuit. Je suis trop fatigué pour traiter avec lui.

Reggie plaça Willy sur le lit, puis tira les couvertures. Willy retira le short et le tee-shirt qu'il portait puis se nicha sous les couvertures.

— Qu'en est-il des femmes ?

— Elles sont dans un hôtel et nous nous sommes assurés qu'elles ont assez de nourritures et de boissons. La police d'État travaille avec elles pour les renvoyer à leurs familles. Elles vont être plus que probablement expulsées. Elles ont été amenées ici illégalement et apparemment ont été appâtées avec la promesse d'une bonne vie et d'un bon travail. La police d'État va veiller à ce qu'on ne leur fasse pas de mal.

Reggie bâilla.

— Le reste attendra jusqu'au matin.

Il éteignit les lumières, alla dans la salle de bain se brosser les dents et se débarbouiller avant de rejoindre Willy sous les couvertures.

Le jeune homme était déjà endormi, Dieu merci. Reggie avait été inquiet qu'il puisse être vraiment affecté, mais il semblait avoir pris tout ce qui était arrivé plutôt bien. Il est vrai que cela pourrait le rattraper plus tard. Il se blottit contre Willy, le maintenant contre lui, faisant silencieusement une prière aux forces qui existaient pour le lui avoir rendu en toute sécurité. C'était ce qui était le plus important pour lui. Willy était en sécurité, et Reggie avait été capable de trouver la pomme pourrie dans son département. Le reste, il pourrait le gérer en temps et en heure.

— Reggie ? demanda Willy en se retournant. Es-tu certain que tout va bien se passer ?

Reggie le tint plus fermement.

— Je l'espère vraiment. Jack aide à démanteler le reste de l'organisation, et aussitôt que j'ai des preuves sur les leaders, nous irons après eux aussi. Cela ne va pas être long avant que nous soyons capables de suivre la trace jusqu'aux personnes concernées.

Reggie l'embrassa doucement.

— Dors et essaie de mettre ça derrière toi. Je suis là et tu es en sécurité.

WILLY SE réveilla en sursaut, tirant Reggie de son profond sommeil.

— Tout va bien.

— Quelqu'un est ici.

Willy repoussa les couvertures, sortit du lit et enfila sa fine robe de chambre.

Un coup hésitant retentit, et Reggie roula sur le côté, grognant à la vue de l'heure. Supposant que celui qui était à la porte à cette heure le cherchait, il enfila rapidement son pantalon, sortit du lit et se dépêcha de traverser la maison jusqu'à la porte d'entrée, avec Willy derrière lui.

Il ouvrit la porte et fut surpris de voir le révérend Gabriel sur son porche. Il regarda Willy puis lui de nouveau, prêt à passer en mode protection si nécessaire.

— Je peux vous aider ?

— Je suis désolé de venir à cette heure, mais je n'ai pas dormi de la nuit et j'ai besoin de voir mon fils.

Il n'y avait aucun arrivisme ou même un soupçon de rudesse dans sa voix. Reggie détecta un ton d'inquiétude parentale et il s'écarta afin de le laisser entrer. Se tournant vers Willy, il mit un bras autour de sa taille afin de soulager l'inquiétude qui remplissait ses yeux.

— Nous étions à moitié mort de peur, ta mère et moi. Est-ce que tu vas bien ? As-tu été blessé ?

Willy secoua lentement la tête, restant là où il était.

— Je vais bien, papa. J'ai été un peu secoué à l'arrière du van, mais Reggie m'a trouvé très rapidement et ils n'ont pas vraiment eu l'occasion de me faire du mal.

Il s'approcha, mais resta derrière Reggie, prenant son bras. Reggie se rapprocha légèrement.

— Je suis désolé de vous avoir inquiété maman et toi, mais tout va bien, comme je te l'ai dit hier.

Reggie resta entre eux alors que le révérend Gabriel se rapprochait.

— Je sais que les choses ont été… difficiles entre nous. Mais je veux quelque chose de différent. Je veux quelque chose de mieux.

Il se tordit les mains.

172

— Je ne sais pas quoi faire. Mes croyances me disent une chose, et pourtant mon fils... c'est vraiment difficile.

Il soupira et devint silencieux.

— Tu étais toujours si sûr de toi, que tes croyances sont justes. Mais, papa, c'est faux. Tes croyances sont juste ça – une opinion, rien de plus. Oui, tu y crois fortement, mais moi aussi, et je ne vais pas acquiescer à ce que tu dis plus longtemps. Je dois vivre ma propre vie. Reggie m'a aidé à le voir.

Willy tint son bras un peu plus fortement.

— Peut-être que nous pouvons parvenir à une entente. Nous pourrions être capables de nous entendre. Mais ça requiert que tu acceptes que je sois l'homme que je suis.

Reggie pouvait sentir la force se construire en Willy. Cela avait toujours été là, mais maintenant elle venait au premier plan et y resterait.

— Révérend, j'aime votre fils.

Reggie se tourna vers Willy et ils s'échangèrent un sourire.

— Ce n'est pas un engouement passager. Il est fort et intelligent, gentil et c'est un homme incroyable.

— Reggie, dit Willy rougissant adorablement devant l'opinion de Reggie.

Mais cet affichage d'affection rendit seulement le révérend Gabriel plus nerveux, et il déplaça légèrement son poids d'un pied sur l'autre.

— J'espérais te convaincre de revenir à la maison et être de nouveau une part de la famille. Pour...

— Pour faire les choses de la façon dont tu le souhaites et être à ta botte ?

Willy secoua la tête.

— Je ne reviendrai pas dans cette maison de deuil et de douleur. Je ne vivrai plus à ta botte désormais. C'est ma vie, et je trouverai mon propre chemin.

Willy contourna Reggie et se dirigea vers son père.

— Tu vas vivre ici ? demanda le révérend Gabriel.

— Je ne sais pas. J'ai un travail maintenant, et je cherche un endroit où vivre. Je n'ai peut-être pas toute ma vie de planifiée, mais je suis tout seul, vivant ma vie, et cela va rester de cette façon. Les gens en ville peuvent parler de moi ou me regarder bizarrement, je m'en moque. Ils passeront à autre chose aussitôt qu'il y aura un quelconque événement ou quelqu'un d'autre sur qui discuter. Cela dit, veux-tu faire partie de ma vie ou pas ?

Il mit ses mains sur ses hanches, et Reggie souhaita pouvoir voir ses yeux à cet instant. Il pouvait seulement imaginer la dureté en eux.

— Je ne crois pas aux mêmes choses que toi. Peux-tu vivre avec ça ?

Reggie toucha l'épaule de Willy simplement pour lui rappeler qu'il était là pour lui. Cela devait être l'une des choses les plus pénibles et difficiles que quelqu'un puisse faire, être en désaccord et s'éloigner d'un parent.

— Je suppose que je vais devoir apprendre, dit le révérend Gabriel. Tu es toujours mon fils et je t'aime toujours.

Sa lèvre inférieure tremblota.

— Je ne sais pas comment je peux comprendre les choix que tu as faits ou...

— Papa, être gay n'est pas un choix. C'est une part de qui je suis. Maman et toi n'avez rien fait pour me rendre ainsi. C'est simplement comment je suis né.

Willy recula jusqu'à ce qu'il touche Reggie.

— Je pourrais nier qui je suis, mais cela me conduirait seulement à une vie misérable.

Il tendit la main et prit l'une de son père.

— Tu dis toujours que Dieu ne fait pas d'erreurs, nous le faisons. Eh bien, alors je suis qui, je suis, et je ne suis pas une erreur. Si tu veux une relation avec moi, tu dois accepter cela.

Willy relâcha sa main.

Le révérend Gabriel resta planté là, clignant des yeux. Reggie avait déjà vu quelques fois dans le passé ce regard bouleversé comme si la terre avait tourné sur son axe. L'homme semblait en état de choc et dépassé. Une part de la fondation en pierre sur laquelle il pensait avoir construit sa vie avait été changée en sable, et il ne savait pas quoi en faire.

— Je...

— J'ai reçu un bon conseil d'un ami l'autre jour. Pense à ce que tu veux vraiment, papa. Est-ce que tes croyances sont tellement vitales pour toi et qu'elles valent la perte de ton fils ?

Willy attendit quelques secondes, mais le révérend Gabriel ne donna aucune indication de ses sentiments. Puis Willy se tourna et traversa l'entrée vers la chambre, le son d'une porte qui se ferme résonnant dans la maison.

Le révérend Gabriel hocha la tête et se tourna.

— Je suis désolé de vous avoir dérangé aussi tôt.

Il quitta la maison et Reggie ferma la porte d'entrée avant de retourner dans leur chambre.

— Chéri, dit-il alors qu'il entrait dans la pièce.

Willy était assis au bord du lit et il releva la tête quand Reggie entra.

— Je suis tellement désolé... dit doucement Reggie.

Willy secoua la tête une fois et s'essuya les yeux.

— Non. Il n'y a rien à être désolé. Mon père… papa… est qui il est, et je ne peux pas changer cela. Seul lui le peut, et il n'accepte pas bien les changements. Donc…

Il haussa les épaules.

— Au moins, nous avons pu parler, et c'est à peu près tout ce que je pouvais espérer.

Il se leva et se dirigea vers la porte, prenant la poignée en main.

— Je devrais m'habiller. Peut-être que je peux trouver un endroit où vivre.

La pensée que Willy parte envoya une pointe de douleur dans le cœur de Reggie.

— Reste ici. Tu peux prendre la chambre d'ami si c'est ce que tu veux.

Il l'attira contre lui.

— Je veux dire, tu n'as pas à rester ici dans cette chambre avec moi. Partager mon lit n'est pas une condition à…

Seigneur, maintenant il était extrêmement nerveux.

— Tu veux que je reste ? Vraiment ?

Un sourire se forma sur les lèvres de Willy comme l'aube, lentement et brillamment.

Reggie s'éclaircit la gorge.

— Bon sang, oui, je veux que tu restes. Et si nous parlons de ce que je veux, alors je veux que ce côté du lit soit le tien et celui-là, le mien aussi longtemps que tu veux de moi. Je veux que tu souries quand tu me vois au drugstore, et je veux voir ce regard dans tes yeux chaque fois que je suis en uniforme.

Reggie fit un grand sourire et essuya ses propres yeux.

— Mais cela fait seulement quelques semaines, et…

— Alors, garde tes affaires dans la chambre d'ami si ça te fait te sentir mieux. Nous n'avons pas à nous presser. Aussi longtemps que tu es sain et sauf et que je peux te tenir dans mes bras…

Reggie le prit dans ses bras.

— … alors nous pouvons faire face à n'importe quoi, y compris les ragots, ton père, et Dieu sait quoi d'autre qui se mettra sur notre chemin.

Il sourit alors que Willy hochait la tête et se rapprochait encore plus.

— Mais ce n'est pas trop ? demanda Willy de façon hésitante.

Reggie secoua la tête.

— Non. C'est un petit prix à payer… pour toi.

Il referma la distance entre eux. Il y avait encore beaucoup à faire, mais il avait ce qui était le plus important, et le reste pouvait être géré… plus tard…

Il poussa à nouveau Willy vers le lit. Certainement, plus tard.

175

ÉPILOGUE

DE LA musique instrumentale de Noël jouait en fond alors que Willy était occupé à remplir l'étalage de bonbons. À cette époque de l'année, le magasin était toujours bondé, ce qui était merveilleux. Willy avait conçu et installé la vitrine, tout comme les autres décorations du magasin. C'était très festif, et M. Webster était ravi, principalement parce qu'il n'avait pas à le faire.

Il s'avérait qu'après toutes ces années dans les affaires, M. Webster était un peu comme Scrooge.

— Je veux seulement que cette saison soit finie, dit-il doucement alors qu'il approchait. Chaque année, c'est la même chose. Ils veulent le seul produit pour lequel je n'ai pas assez commandé, et ils s'en plaignent pendant des jours.

Il leva les yeux au ciel.

— La famille est toujours tellement excitée et je rentre à la maison complètement épuisé par les longues heures de travail.

— Pourquoi ne leur demandez-vous pas de travailler ? Ils sont assez âgés pour aider. Peut-être les faire gagner un peu d'argent pour les vacances, proposa Willy. Je peux les garder occupés.

M. Webster eut un petit rire.

— Je parie que tu peux le faire. Mince, tu pourrais diriger ce magasin sans aucune aide de ma part.

Il tapota Willy sur l'épaule et lui tendit une enveloppe.

— C'est ta prime de Noël et une notification d'augmentation. Tu le mérites.

Willy ouvrit l'enveloppe, clignant des yeux devant le montant.

— C'est beaucoup trop.

— Non, ça ne l'est pas, dit M. Webster en lui tapotant l'épaule une nouvelle fois.

Puis il se hâta de retourner à l'arrière du magasin où un client l'appelait.

Willy fixa, incrédule, le chèque de cinq cents dollars. Il le mit dans sa poche et retourna au travail, finissant son étalage. Il porta les cartons vides dans la salle de stockage pour les jeter puis prit les derniers articles de Noël. Il restait encore deux semaines jusqu'à Noël, et il semblait qu'ils allaient être en rupture de stock pour les produits de fête, ce qui était incroyable. Tout le monde à Sierra Pines semblait être dans l'esprit des vacances.

— Willy !

Willy laissa le chariot à l'extérieur de la salle de stockage alors qu'Ezekiel se jetait sur lui. Il étreignit son frère, le soulevant dans ses bras.

— J'ai vraiment bien fait. Tu vois ?

Il montra à Willy un papier de l'école avec une étoile et un smiley souriant dessus.

— J'en ai eu plein comme ça.

— C'est génial, dit Willy. Es-tu ici avec maman ?

Ezekiel secoua la tête, montant du doigt le père de Willy s'approchant avec Reggie non loin derrière lui. Alors ça, c'était une vue étrange.

— Papa ? demanda Willy.

Il n'avait pas beaucoup vu son père ces derniers mois, et quand il l'avait fait, il était froid et assez réservé. Il n'avait rien dit de mauvais ou blessant – distant était probablement la meilleure description que Willy pouvait trouver.

— Révérend, dit Reggie alors qu'il rejoignait Willy. Je suis venu te chercher pour le déjeuner, mais on dirait que tu as déjà de la compagnie.

— Ezekiel, pourquoi n'irais-tu pas voir si tu peux trouver quelque chose à offrir à ta sœur pour Noël ? proposa son père et Ezekiel se précipita vers l'aile des bonbons.

Dieu seul sait ce qu'il allait choisir.

— Willy, Reggie, commença son père. Je….

Il gigota.

— Nous faisons une réunion de famille la veille de Noël et je voulais vous inviter tous les deux.

Willy se tourna vers Reggie alors qu'un élan d'excitation courait dans ses veines.

— Maman t'a-t-elle demandé de faire ça ?

Son père hésita.

— Non. Il est temps que je mette de côté un peu de ma fierté et de mon obstination.

La douleur dans les yeux de son père dit à Willy qu'il était sincère.

— Tu es mon fils et je suis ton père, et il est temps que je commence à agir en tant que tel à nouveau. Du moins, je vais essayer.

Il les regarda tous les deux.

— S'il vous plaît, venez.

Il se tourna, rejoignant Ezekiel, et un cri aigu et enfantin de ravissement résonna dans le magasin alors que son père le prenait dans ses bras, tous les deux riant.

— Pouvons-nous y aller ? demanda Willy en se jurant qu'il n'allait pas pleurer, mais mince, il était tellement proche.

— Bien sûr que nous le pouvons. Je vais appeler mes parents et leur faire savoir que nous devons ajuster un peu nos plans. Ils ont leur petit rassemblement pour le dîner de Noël, donc ça ira.

Reggie mit son bras autour de lui, et Willy eut immédiatement l'impression que le monde qui tournait se calmait une fois de plus.

— Merci. C'est le premier signe qu'il…. C'était difficile à dire pour lui.

— Je sais, chéri, dit doucement Reggie. Pourquoi ne vas-tu pas dire à M. Webster que tu pars, puis vas chercher ton manteau afin que je puisse t'emmener déjeuner. Il y a beaucoup de choses que j'ai à te raconter.

— Donne-moi une minute, dit Willy, puis il se hâta vers le bureau afin de prendre son manteau.

Il dit à M. Webster qu'il allait déjeuner et enfila son manteau. Il fit un signe de main à Rose qui était à la caisse en partant et elle le lui rendit.

Une fine neige tombait autour d'eux alors qu'ils marchaient jusqu'au *diner.*

— Je pensais que tu étais à Sacramento et que tu n'allais pas rentrer avant demain.

Le cas de trafic d'humains était rapidement devenu beaucoup plus large que leur petite ville. Les ramifications de l'organisation avaient atteint aussi loin que Los Angeles et San Diego. Il semblait que Reggie avait été capable de tirer assez de fils de l'organisation et Jack les avait suivis jusqu'à leur racine. Des douzaines de personnes avaient été arrêtées.

— Shawn a plaidé coupable, et il a balancé James Calder, qui a aussi plaidé coupable. Ils vont passer beaucoup de temps derrière les barreaux, mais leur coopération va aussi envoyer beaucoup plus de mauvaises personnes en prison. Donc cette partie du dossier est finie. L'état a approuvé l'argent pour un adjoint en plus pour aider à s'assurer que ce genre de choses ne recommence pas dans notre zone.

— Donc tu dois engager deux nouveaux adjoints ?

— Seulement un de plus. Jack dit qu'il veut rejoindre les forces de l'ordre ici. Il aime l'endroit et cherchait un endroit où il pourrait s'installer. Il va prendre le poste de Shawn en tant que mon adjoint en chef, et je vais faire des recherches pour pourvoir l'autre. Jack commencera juste après Noël. J'aurais dû pourvoir le poste il y a un moment, mais je voulais m'assurer que celui que j'engagerai s'adapterait bien ici.

— Tu penses que Jack le fera ? demanda Willy en ouvrant la porte du *diner.*

— Oui. Il m'a dit que son petit ami l'a quitté il y a un an et il voulait partir pour recommencer à zéro dans un nouvel endroit.

Reggie lui fit un clin d'œil et Willy gloussa.

— Sam et Jasper travaillent bien avec lui et ils le connaissent déjà, donc cela devrait être une intégration plutôt facile.

Ils trouvèrent une table et Willy enleva son manteau, attendant que Reggie en fasse autant avant de s'asseoir.

— La ville entière a besoin d'une chance de digérer ce qui s'est passé.

— Oui, mais en considérant que personne n'aimait vraiment Shawn et que James Calder était un abruti prétentieux, je pense qu'ils vont s'en remettre, en particulier maintenant que le procès est fini et que l'histoire peut s'estomper des nouvelles et tout ça.

Willy attrapa le menu et y jeta un œil avant de le reposer. Il le connaissait par cœur et commanda sa salade de poulet préféré.

— Je suis content que tu sois de retour.

— Moi aussi. Il est censé y avoir une tempête ce soir. Ils ont annoncé vingt à vingt-cinq centimètres de neige. J'ai essayé de rentrer avant que ça commence.

Reggie fit courir ses doigts sur ceux de Willy avant de retirer sa main. À peu près tout le monde savait qu'ils étaient un couple. La plupart des gens s'occupaient de leur affaire, cependant quelques-uns avaient essayé de leur attirer des ennuis, mais cela n'était pas allé bien loin. De toute manière, lui et Reggie faisaient attention en public.

— Ça fait du bien de t'avoir à la maison, murmura Willy. La maison semble toujours tellement vide sans toi.

Leur lit l'était certainement.

APRÈS LE déjeuner, Willy retourna au travail puis rentra à la maison. La maison de Reggie lui était rapidement apparue comme un foyer, et Willy associait Reggie avec ce sentiment, donc quand il partait, l'endroit ne semblait jamais se réchauffer, peu importe à quel point il essayait de la chauffer. C'était simplement vide lorsque Reggie n'était pas là.

Willy se gara dans le garage, entra, et rassembla les ingrédients pour faire le dîner. Reggie rentra un petit peu plus tard et alluma toutes les guirlandes de Noël pour donner à la maison un aspect plus festif. Parfois, Reggie se comportait comme un grand enfant.

— Que mangeons-nous ce soir ?

— Je fais des steaks et de la purée. J'ai aussi pris des carottes fraîches au marché. Ça te va ? demanda Willy alors que Reggie faisait le tour de

179

la cuisine, prenait la main de Willy dans la sienne et le guidait jusqu'au canapé.

— Je sais qu'il est tôt, mais j'ai ton cadeau de Noël. J'ai essayé d'attendre jusqu'au jour J, mais ça n'a pas marché.

— Reggie, c'est trop tôt. Emballe-le et mets-le sous le sapin. J'attendrai jusque-là.

Il n'était pas Ruthie, qui jetait un coup d'œil sous le sapin bien avant les vacances. Sa mère cachait toujours ses cadeaux.

— Je ne pense pas que je puisse le faire, dit Reggie en se levant. Attends ici.

Il se hâta de partir, revint avec une large boîte et la plaça sur le sol en face de lui.

Willy souffla et l'ouvrit. Un grand chiot noir essayait de grimper pour sortir de la boîte, et Willy tendit les bras pour le prendre, le câlinant immédiatement contre lui. Le chiot lécha le menton de Willy, se tortillant et gigotant comme un fou.

— Il s'appelle Bear et c'est un labrador. Les personnes qui l'avaient à l'origine ne peuvent pas le garder. J'avais espéré trouver quelqu'un pour le garder jusqu'à Noël, mais j'ai supposé que c'était mieux qu'il s'installe dans sa nouvelle maison.

— Reggie, dit doucement Willy. C'est...

Il s'essuya les yeux alors que Reggie s'asseyait à côté de lui.

Reggie se rapprocha, glissant un bras autour de lui.

— De cette façon, tu ne seras pas seul lorsque je dois partir quelques jours pour le travail. Et simplement afin que tu le saches, mes parents ont déjà invité leur nouveau « petit-chiot » à Noël.

— Merci. J'ai toujours voulu un chien...

Willy se pencha pour un baiser.

— C'est parfait. Je t'aime tellement.

Il embrassa Reggie plus profondément jusqu'à ce que le chiot se tortille et pleurniche. Willy le posa sur le sol et il déambula à travers la pièce, explorant et reniflant partout.

— Cela veut-il dire que je n'aurais pas de cadeau le jour de Noël ? dit Willy en riant alors que Reggie le poussait contre les coussins du canapé.

REGGIE L'EMBRASSA au lieu de répondre à la question, sachant que l'anneau reposait au fond de son tiroir à chaussettes, déjà emballé, attendant simplement le matin de Noël.

ANDREW GREY a grandi dans l'ouest du Michigan, entouré d'un père qui adorait lui raconter des histoires et d'une mère qui adorait lui en lire. Depuis, il a vécu un peu partout aux États-Unis et voyagé à travers le monde. Diplômé de l'Université du Wisconsin à Milwaukee, il se consacre désormais à l'écriture à plein temps. Pour se détendre, il aime collectionner les objets anciens, jardiner et laisser sa vaisselle sale n'importe où sauf dans l'évier, et ce en particulier lorsqu'il écrit. Il se considère extrêmement chanceux d'avoir une famille tolérante, des amis fantastiques et le soutien du mari le plus aimant du monde. Andrew vit actuellement dans la charmante ville historique de Carlisle en Pennsylvanie.

E-mail : andrewgrey@comcast.net
Site Internet : www.andrewgreybooks.com

Par ANDREW GREY

Alchimie organique
Destinés l'un à l'autre
Fermier malgré lui
Ferrer le poisson
Une juste cause
Tout pour toi

AMOUR…
Amour… sans honte
Amour… et courage
Amour… sans limite
Amour… et liberté
Amour… sans peur

LES ARÔMES DE L'AMOUR
La saveur de l'amour
Une portion d'amour

DREAMSPUN DESIRES
#4 – Le rancher solitaire

LES FLICS DE CARLISLE
Feu et eau

HISTOIRES DE CŒUR
Cœur de loup
Cœur à prendre
À cœur ouvert
À cœur perdu

PAR LE FEU
Le baptême du feu
Tout feu, tout flamme

Publié par DREAMSPINNER PRESS
www.dreamspinner-fr.com

Cela pourrait être la chance d'une vie.

Deux fois par an, William Westmoreland échappe au sentiment d'insatisfaction que lui procure sa vie à Rhode Island en se rendant en Floride et louant le bateau de pêche de Mike Jansen pour une sortie dans le Golfe. L'eau bleue cristalline et les paysages tropicaux ne sont pas la seule vue qu'il aime, mais il n'est jamais passé à l'acte. Un amour de vacances n'est tout simplement pas à l'horizon.

Mike a commencé son service de location de bateau de pêche à Apalachicola comme un moyen de subvenir aux besoins de sa fille et de sa mère, faisant passer leur sécurité avant les besoins de son cœur. Niant son attirance, qui devient de plus en plus en plus forte à chaque visite de William.

La récente excursion de William et Mike commence par un temps magnifique, mais la course erratique d'un ouragan change tout, piégeant William. Alors que la pluie et le vent font rage à l'extérieur, la passion à laquelle les deux hommes ont tenté de résister depuis des années s'abat sur eux. Dans le sillage de la tempête, il ne reste que deux hommes qui aspirent à prolonger ce qu'ils ont trouvé. Mais la vie réelle ramène William à ses obligations. Peuvent-ils trouver un moyen de réduire la distance entre eux et découvrir un endroit où leurs âmes pourraient se retrouver ? La traversée sera mouvementée, mais l'avenir brillant qui se profile pourrait valoir la peine d'affronter la houle.

www.dreamspinner-fr.com

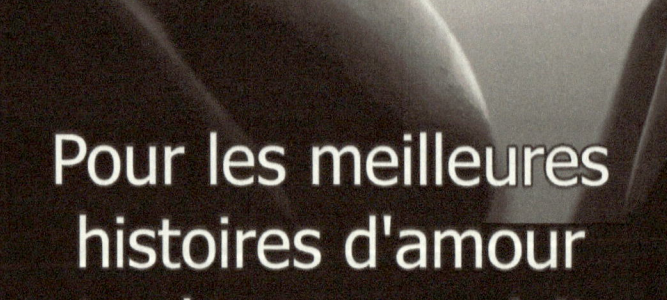